주인공의
여동생이다

주인공의 여동생이다 3

안경원숭이 장편소설

초판 1쇄 찍은 날 | 2021년 4월 23일
초판 1쇄 펴낸 날 | 2021년 4월 30일

지은이 | 안경원숭이
펴낸이 | 권태완 우천제

편집책임 | 박은정
편집 | 박가연 심성경 유안진 손혜진 장현아 이예린 정나래

펴낸곳 | (주)케이더블유북스
등록번호 | 제25100-2015-43호
등록일자 | 2015. 5. 4
WFN | 제3-069호

주소 | 서울특별시 구로구 디지털로31길 38-9 에이스테크노타워 1차 401호
전화 | 02-867-4626 팩스 | 02-866-4627
E-mail | cl_production@kwbooks.co.kr

ISBN 979-11-293-7672-5 04810
     979-11-293-6235-3 (set)

주인공의 여동생이다

안경원숭이 장편소설

≫≫≫ 3 ≪≪≪

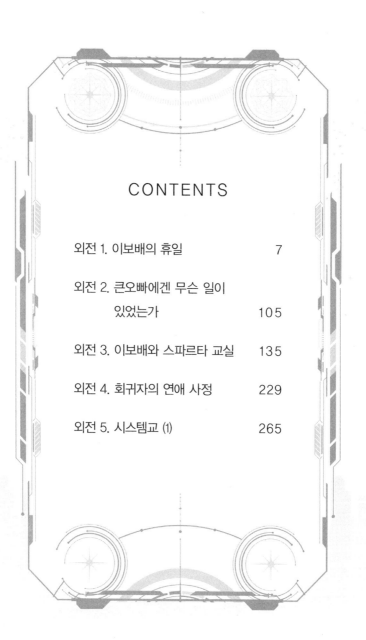

CONTENTS

외전 1. 이보배의 휴일

누구나 그럴싸한 계획을 갖고 있다. 퇴사하기 전까지는.

사계절 길드를 박차고 나올 때만 해도 이보배에겐 하고 싶은 일, 하려는 일이 많았다.

개업 준비만이 아니다. 가족이 몇 년 만에 모였으니 돈독한 우애와 추억을 쌓고 싶었다.

지난 6년 동안 세계는 또 얼마나 변했나. 회사에 박혀일만 하느라 몰랐던 방송 프로나 드라마, 영화 등도 보면서 자유로운 돼지가 된 기분을 만끽하고 싶었다.

퇴사한 후 할 일을 적은 리스트는 길고 길었다.

그런데 이보배가 제대로 이룬 건 하나도 없었다.

'어디서부터 잘못됐지.'

이보배는 공허한 눈으로 천장을 응시했다.

일단 첫 단추를 잘못 채웠다. 사남매의 기념비적인 첫 가족 여행이 회귀자의 신나는 보상 독식 계획에 휘말렸다.

균열에서 나온 후 강원도에 가긴 했지만 처음의 흥은 되살릴 수 없었다.

이해기에게 흥이 다 깨진 책임을 지워 머슴으로 부리면 뭐 하나. 원래도 이해기가 집안일을 거의 도맡았기에 이전과 별 차이도 없었다.

여행은 체력 싸움이다. 여행을 하기 전에 균열 진입으로 체력을 소비했으니 집에 와서도 며칠은 외출을 삼갔다.

'그리고 납치에 휘말렸지.'

산책 좀 하겠다고 나갔다가 뒤통수를 얻어맞고 납치당했으니 통탄할 노릇이다.

그래도 납치당한 후엔 나름 건설적으로 움직였다. 무려 〈포이즌 메이커〉 스킬을 얻은 것이다.

동아시아 양지의 각성자 전체를 통틀어 한현우만 갖고 있다는 희귀한 스킬이었다. 이보배도 그때만큼은 세상을 다 가진 듯 뿌듯했다. 인생의 주인공이 된 기분을 만끽했더랬다.

이보배는 퇴직금을 털어 지하에 공방 설비를 갖췄다. 많이 비쌌지만 설비가 좋아야 좋은 품질의 포션과 독을 뽑을 수 있단 생각에 투자를 아끼지 않았다. 이해기도 몰래 꿍쳐뒀던 비상금을 보탰다.

설비도 갖췄겠다 본격적으로 독과 포션 연구에 돌입하려는데 난관에 부딪혔다.

이보배를 가로막은 장애물은 재료였다. 그녀가 좌판을 열던 시절과 비교하면 말도 안 되게 재룟값이 오른 것이다.

이보배는 짐꾼과 채집꾼 일을 병행한 이해기에게 재료 원가나 채집꾼의 임금이 올랐냐고 물었다. 이해기는 단호하게 고개를 저었다.

사연인즉 이렇다. 이전의 포션 재료 공급 방법은 균열 내 채집이 유일했다. 하지만 채집으론 수요를 맞출 수 없었다.

인간은 채집에서 농경으로 발전했다. 생산계 각성자 중 농사 스킬을 지닌 각성자 몇이 약초 재배로 눈을 돌렸고, 성공했다.

자연산과 양식이 있으면 자연산이 비싸고, 수제 포션과 양산형 포션이 있으면 수제 포션이 비싸다. 같은 이치로 균열 내에서 채집한 재료는 '자연산' 딱지가 붙어 고가에 팔리기 시작했다. 유기농이 안 붙은 게 신기했다.

"그럼 채집꾼 인건비는 왜 안 오르는 건데?"

"마석을 국가에서 전매하는 것처럼 채집꾼들도 채집한 재료를 무조건 동행한 공략대에게 팔아야 하거든. 불공정 거래지만 그렇게 하지 않으면 채집꾼을 받아주지 않으니까 어쩔 수 없어. 공략대는 소속한 길드나 중개업자에게 다시 판매하고."

이보배가 좌판을 열던 시기는 아직 유통망이 정립되지 않은 초창기였다. 하지만 사회가 안정되고 균열 산업이 고부가가치 산업으로 인정받으면서 대형 자본이 넘어왔다.

대형 자본은 채집꾼과 헌터들이 파는 재료를 일괄적으로 매입했다.

그 뒤는 일사천리다. 채집꾼과 헌터는 좌판을 열지도, 소형 유통상에게 재료를 팔지도 않게 되었다. 자본을 앞세운 자만 끼어들 수 있는 배타적 유통망이 형성된 것이다.

자연산이 비싸면 양식을 사면 된다. 하지만 이보배는 재배된 재료도 살 수 없었다. 가격은 적당했다. 그런데 물량이 없다고 팔지 않았다.

"저희는 도매 전문입니다. 소매는 안 해요."

길드와 계약해 밭떼기로 넘기거나 몇몇 대형 공방과 계약해 물건을 납품하기 때문에 개인 영세업자에겐 줄 물량이 없단다. 이보배는 기가 막혀 뒷목을 잡았다.

'고인물이 신입 내쫓기 시작했다던 게 이런 거였어?'

이보배는 재료상을 소개해 주겠다던 한현우의 제안이 정말 친절한 것이었음을 깨달았다.

확실히 그녀가 좌판 열고 포션 팔던 때와 달랐다. 달라도 너무 달랐다.

"어쩐지 팀장님이 재룟값 장난 아니라고 우는소리 하

더라."

재료상이 모인 거리를 둘러본 이보배가 팀장이 했던 것처럼 앓는 소리를 냈다. 상시 과보호 모드 발동 중이라 따라 나온 이해기가 어깨를 두드렸다.

"너무 상심하지 마. 현우가 재료상 소개해 줬으니 가게는 열 수 있잖니."

"그건 개업했을 때 얘기잖아. 개업하기 전에 연구용으로 좀 살랬더니 소매는 자연산만 팔잖아? 작은오빠가 아는 나는 어떻게 했어? 자연산 사서 연구했어?"

"너는."

이해기가 이보배를 앞에 두고 그만 아는 미래의 이보배를 회상했다. 슬픈 기억을 떠올렸는지 이해기가 씁쓸한 미소를 지었다.

"미안하다. 각성하고 몇 년은 성장에만 정신이 팔려서 널 돌아보지 못했다. 어느 순간 네가 나처럼 명성을 쌓았더구나."

"명성 쌓은 나는 어땠는데?"

"원하는 재료를 공략대에 의뢰했지."

"우와."

정말 있어 보이는 답변이었다. 이해기가 부드럽게 웃으며 이보배의 어깨를 두드렸다.

"너도 곧 그렇게 될 거다."

"그렇게 말해도 감이 안 오는데."

〈포이즌 메이커〉를 획득하면서 마신 주인공 뽕은 약발이 떨어진 지 오래다.

"저, 저건!"

자신을 격려해 주는 작은오빠에게 농담을 건네던 이보배는 봐선 안 될 것을 목격하고 말았다.

"끄응, 끙."

"막내 왜 저래?"

"돼지가 왜 앓는 소리를 내느냐? 돼지 독감이라도 걸렸느냐?"

"보배가 얼마 전에 포션 설비 풀 세팅을 마쳤잖아."

비싼 설비를 더러운 곳에 둘 수 없단 이유로 이귀한과 이한생까지 닦달해 지하를 청소했다. 가장 열심히 청소한 이해기가 쓴웃음을 지었다.

"거의 새것 같은 중고가 반값으로 나온 걸 봐버렸어."

이보배는 끙끙거리며 후회하고 또 후회했다.

'너무 성급했어.'

본래는 포션 설비를 이리 성급하게 구매할 예정이 아니었다. 시세를 잘 알아보고 꼭 필요한 품목과 쓸모없는 품목을 따져 현명한 소비를 할 계획이었다.

그런데 갑자기 생긴 〈포이즌 메이커〉 스킬에 눈이 멀어서 그만.

냅다 질렀는데 반짝반짝한 중고가 눈에 들어올 건 뭔가.

고인물이 신입 유입을 견제하는 만큼 견제를 버티지 못한 신입이 내놓은 중고 설비가 있을 게 당연했는데도!

"그 돈이면 재료가……. 내 퇴직금……."

형제들이 다가와 상심한 막내를 위로했다.

"쯧쯧, 돼지가 신나서 팍팍 지를 때부터 알아보았다."

정정한다. 하나는 비꼬고 둘은 위로했다.

"막내야, 울지 마."

"그래, 보배야. 너무 상심하지 마라. 기왕 시작하는 거 중고보단 신품이 좋지. 과소비가 아니라 꼭 필요한 물건이었잖니."

"맞아, 맞아. 막내는 자기 물건은 싼 것만 사니까 이럴 땐 비싼 거 사도 괜찮아."

"그 돈으로 가구나 바꿀 것이지. 침대 말곤 마음에 차는 게 하나도 없다."

"막내 오빠 말대로 가구나 바꿀걸!"

가구는 온 가족이 사용하니까 가성비라도 좋다. 이해기는 자신에게 하는 투자를 아까워하는 이보배를 지적했다.

"형 말대로 네게 한 투잔데 아까워하지 마라."

"그래도. 가격 차이가 너무 심하잖아."

이보배는 좀 더 알아보지 않은 죄로 날려 버린 돈을 생각하고서 다시 뒷목을 잡았다.

"꼴도 보기 싫을 것 같아. 그치만 비싸게 샀으니까 더 열심히 사용해서 본전을 뽑아야……."

이보배가 오지 않을 미래의 자신처럼 2시간씩 자며 연구에 몰두할까 고민했다.

"막내야, 그러지 말고. 꼴 보기 싫으면 보지 말자."

"무슨 소리야?"

"솔직히 나 서운행. 회사 나오면 나랑 같이 놀아주기로 했잖아."

이귀한이 귀환한 후 약 2주의 휴가를 받았을 때를 빼면 이보배는 줄곧 바빴다. 이귀한은 이해기처럼 옆에 있어주지 않는 이보배가 서운했다.

"반년은 놀아준댔잖아. 근데 아직 한 달도 안 됐어."

이귀한이 이해기에 이어 이보배에게도 타락의 마수를 내밀었다. 이귀한은 비 맞은 강아지처럼 불쌍한 표정을 지으며 이보배의 손을 잡고 흔들었다.

"나랑 좀 더 놀고 일해라. 응?"

지천명에서 1살 모자란 이해기도 타락시킨 이귀한이다. 자신 있게 동생을 유혹했지만 이보배는 이해기처럼 쉽게 넘어오지 않았다.

"내가 너무 않는 소리 했구나. 나 괜찮아, 큰오빠."

이귀한은 속으로 혀를 찼다. 막내는 둘째처럼 쉽지 않았다. 애초에 이해기가 쉽게 넘어온 것도 형을 제 손으로 죽였다는 죄책감과 계획이 물거품 된 고통, 22년의 피로가 몰려온 반작용 때문이긴 했다.

"그러지 말고. 나랑 놀자아. 나 용돈 안 받아도 되는데."

이귀한이 삐뚤빼뚤한 글씨로 적은 동생들과 하고 싶은 일 목록을 꺼냈다. 목록엔 동생들과 숨쉬기, 동생들과 밥 먹기, 동생들과 잠자기 등이 적혀 있었다.

"이건 지금도 하는 거잖아."

"내가 하고 싶은 게 아니라 막내가. 우리 막내가 쉬어야지. 나 없는 동안 쉬지 않고 일했잖아. 그러니까 최소 반년은 놀 자격이 있지."

5년 일했으니 최소 반년은 놀아도 된다. 이귀한이 해괴하지만 듣는 사람 귀가 솔깃해지는 논리를 내세웠다.

"형 말대로다. 좀 더 쉬렴. 넌 너무 일만 했어."

22년 고생했으니 형 따라서 10년만 놀겠다고 선언한 회귀자가 동조했다.

"자유로운 돼지면서 제대로 쉰 적 없지 않으냐? 좀 더 쉬어라. 원래 돼지는 놀아도 되느니라."

이보배의 현명하지 못한 소비를 비꼬던 화르세인지까지 쉬라는 의견에 찬성했다.

이보배는 혹했다. 혹할 수밖에 없었다. 재료에서 1차로 빈정상하고 야심차게 장만한 설비에서 2차로 빈정상했다. 이렇게 상한 마음은 시간만이 치유할 수 있었다.

"그럼 일주일만. 딱 일주일만 더 놀까?"

"응!"

"너무 짧은 것 같지만 네가 정했으니 어쩔 수 없구나."

"돼지의 휴식을 허락해 주마! 앞으로 일주일을 돼지의 휴일로 선포한다!"

반년을 놀라던 형제들은 일주일이라는 확 줄어든 기간에도 반대하지 않았다. 이보배는 의아했지만 좋은 게 좋은 거였기 때문에 대수롭지 않게 넘겼다.

2주가 지난 지금은 안다.

"으어어어."

이보배는 허리에 힘을 줘 몸을 뒤집었다. 제 입으로 말한 일주일이 두 번 지나서 2주가 지났지만 여전히 일어나기 싫었다.

'빈둥거리는 거 너무 좋아!'

한번 놀면 멈출 수 없다.

이해기가 했던 매 맞을 소리가 왜 흘러나왔는지 알 수 있었다. 이보배는 다시 한번 몸을 뒤집어 천장을 보았다.

아무것도 하고 싶지 않다. 이미 아무것도 하지 않고 있지만 더 격렬하고 적극적으로 아무것도 하고 싶지 않다!

이불 위에서 사지를 퍼덕인 이보배는 한 몸 같았던 이불을 혼신의 힘을 다해 벗어났다. 이보배는 스스로에게 경각심을 주기 위해 외쳤다.

"이러면 안 되지!"

한심하게 여기던 두 오빠의 행동을 그대로 답습하고 있지 않은가! 피는 물보다 진하다더니 이보배에게도 한량의 자질이 넘쳐흘렀다.

"이렇게 살 순 없어!"

이보배가 방을 박차고 나오자 거실 소파에 누워 있던 이해기가 혀를 찼다. 못마땅한 기색이 역력했다.

"쳇. 겨우 2주인가."

"뭐야, 나로 내기라도 했어?"

"그건 아니다. 어떻게 귀한 동생을 두고 내기하겠니. 그냥 네가 이대로 엘릭서에 대한 건 잊고 계속 놀아주면 좋겠다고 생각했다."

다 끝낸 얘기를 포기하지 않은 이해기 때문에 이보배는 황당해서 물었다.

"얘기 끝난 거 아니었어?"

"말했잖니. 돕진 않을 거라고. 네가 스스로 포기하게 만드는 건 적극 도울 생각이다."

'어쩐지 서비스가 좋더라니.'

이보배는 자신이 노는 동안 집에 박혀 착실하게 살림하던 작은오빠의 모습을 떠올리고 얼굴을 구겼다.

이보배도 거들긴 했지만 웬일로 바지런히 움직이며 세 끼 밥상과 간식에 야식까지 챙겨주더라니 이런 꿍꿍이가 있었다.

"오빠 동생 돼지 된 거 안 보여?"

"넌 예쁜 꽃돼지니까 괜찮아."

죽어도 돼지가 아니라는 소리는 안 했다. 그런 이해기가 얄미워서 이보배가 쏘아붙였다.

"엘릭서는 포기한다 치고 계속 놀면 우리 집은 어떡해? 다 백수로 나앉아?"

"산 입에 거미줄 치겠니."

"치거든! 막내 오빠 무료 급식 봉사하는 거 따라갔을 때 줄이 이만큼 길었거든!"

평범하게 살던 소시민이 균열의 날을 기점으로 파산하거나 복지의 혜택이 필요한 계층으로 떨어진 경우는 흔했다.

8년이나 지나 사회가 안정되면서 그럭저럭 이전의 소시민으로 복귀한 사람도 있지만 그러지 못한 사람도 많았다.

유일하게 호황인 시장이 균열 산업이다. 이보배가 보기엔 잘사는 사람은 더 잘살고 못사는 더 못사는 것 같았다. 천장은 더 높아지고 바닥이 더 깊어진 것이다.

"내가 진지하게 생각해 봤는데, 보배야."

이해기가 갑자기 진지한 표정을 지었다.

과거 몇 번의 사례로 작은오빠가 이런 표정을 지으면 마지막에 초를 친다는 사실을 이보배는 알게 되었다.

하지만 이보배는 이해기를 믿었다. 설마 이번에도 또 그러겠어?

그리고 그런 안일한 믿음은 배신당해도 하소연할 수 없다. 그런 세상의 진리도 모른 채 이보배는 이해기 앞에 앉았다.

"우리는 세계를 구하고 있다. 맞지?"

"으응, 그렇지."

"그럼 세계에 우리의 활약을 알리진 못해도 정부엔 알려서 월급을 받아야 하는 거 아닐까? 넌 어떻게 생각하니?"

'제발 농담이었으면.'

이보배는 이해기에 대한 미련을 못 버려 애절하게 응시했으나 이해기는 말을 철회하지 않았다. 한술 더 떴다.

"심지어 나는 세상을 한 번 구했다. 과거로 돌아와서 없던 일이 되긴 했지만 그래도 구한 건 구한 거야. 세계에서 나한테 연금이라도 줘야 하는 것 아니겠니?"

"정부 협박해?"

자신의 방에서 둘의 대화를 듣던 이귀한이 끼어들었다. 이해기가 하라고 하면 바로 시작할 기세였다.

"농담이야, 큰오빠."

"둘째가 괜찮은 말 한 것 같아. 역시 우리 둘째가 똘똘해. 나라에서 돈을 주면 막내 계속 놀아도 되잖아."

"아니야. 그건 아닌 것 같아, 큰오빠. 그리고 내가 일어난 건 더 누워 있기 힘들어서야."

"그건 막내가 바닥에서 자서야. 셋째처럼 슬라임 침대로 바꾸자! 나도 슬라임 침대 사 줘!"

화르세인지가 쓰는 슬라임 침대는 한번 누우면 벗어날 수 없는 푹신함을 자랑한다. 이보배는 거기에서 벗어나 봉사 활동 다니는 망나니가 굉장하다고 생각했다.

"큰오빠 슬라임 침대 사려면 내가 열심히 일해야지."

"살살 일해도 돼. 돈은 둘째한테 벌어 오라고 하자."

"아니야, 형. 내가 재정적으로 서포트하더라도 가장은 보배가 맡아야 해. 그래야 〈가장의 위엄〉 스킬을 쓸 수 있지. 안심하렴, 보배야. 우리 집 가장은 영원히 너란다."

납치 사건 당시 〈가장의 위엄〉이 SS급 스킬의 진가를 발휘했다. 써먹으려면 이보배가 계속 가장인 게 낫다. 이해기의 말이 맞긴 맞는데.

'왜 안 좋게 들리지.'

이보배는 찝찝함의 원인을 알지 못해 입맛만 다셨다. 이해기는 동생이 배고픈 줄 알고 참외를 깎았다.

"막내 오빠, 참외 먹어!"

"냉큼 대령하여라!"

"에휴. 알아 모시겠습니다."

벗어날 수 없는 마성의 슬라임 침대에 누워 있을 테니

갔다 주기로 했다. 이보배가 참외를 갖다 바치자 이한생이 특유의 고까운 표정을 지었다.

"왜? 참외 싫어? 수박 썰어줄까? 아님 화채 먹을래?"

"누가 너 같은 돼지라더냐? 하여간 돼지 눈엔 돼지만 보인다고 사람을 보면 무조건 먹이려고 드니⋯⋯."

"나도 옛날엔 안 이랬거든. 대피소에서 하루 한 끼도 못 먹어가며 지내봐. 밥심이 최고인 걸 깨닫게 되니까."

그리고 욕창 방지용 슬라임 침대에 누워 있는 이한생을 보면 뼈와 가죽만 남아 생명 유지 장치에 기대 숨 쉬던 모습이 떠올랐다.

각성해 건강해졌다지만 6년간 제대로 못 먹었는데 영양을 섭취해야 하지 않겠는가? 이보배는 잘못이 없었다.

"내 아래에서 들려오는 이야기를 듣자니 다시 활동하려는 것 같았다. 맞느냐?"

"응. 사람이 누워만 있으면 안 되지. 너무 중독적이야. 깨달았을 때 벗어나야 해."

"좀 더 놀지 그러느냐?"

"방금 내가 한 말 못 들었어? 벗어나야 한다니까."

"하지만 내가 지켜본 바로 집에서 빈둥거리기만 하지 않았느냐. 참으로 돼지다운 자세였다만 노는 게 빈둥거리는 것만은 아니지 않으냐? 설마 이 세계는 논다의 개념도 다른 것이냐?"

"듣고 보니 그러네?"

이보배는 눈썹을 치켜세웠다. 망나니가 또 맞는 말을 했다. 망나니면 처맞는 말을 해야 하는데 자꾸 맞는 말을 하니 계속 망나니로 불러도 되는가 의문이 들었다.

"큰오빠가 놀자고 해놓고 계속 빈둥거려서 나도 같이 그러다 보니까……."

이귀한이 집 밖에 나갈 생각을 안 하는 바람에 이보배도 덩달아 이불과 한 몸이 되었다. 이보배는 모든 건 오빠 탓으로 돌리고 밝게 웃었다.

"그럼 우리 어디 놀러 갈까? 영화 보러 갈래? 영화가 뭐냐면 큰 TV 같은 건데."

"내가 이 말은 하지 않으려 했다만."

참외를 다 먹은 화르세인지가 우아하게 포크를 내려놓으며 말했다.

"돼지는 본디 무리 생활을 하는 가축이니 네가 가족들과 함께 다니려 하는 건 이해해 주겠다. 한데 너무 가족이랑만 놀려는 것 아니냐? 설마 친구 없느냐?"

친구가 없냐니. 황당무계한 음해에 이보배는 발끈했다. 이보배의 교우 관계는 양아치보다 원만했다.

"친구가 없다니! 너보다 많았거든!"

"그럼 친구랑 놀아라. 외출을 허락해 주마. 아, 외박은 안 된다."

"윽."

친구가 있었는데, 없어졌습니다!

이보배가 살던 동네는 균열이 사라지지 않아 피해가 극심한 지역 중 하나였다. 운이 좋은 친구는 살았고 운이 나쁜 친구는 죽었다. 살아남은 친구도 이보배처럼 가족을 잃거나 이사 가면서 뿔뿔이 흩어졌다.

친한 친구들과는 사회가 안정되면서 연락을 재개했었다. 그러다 이귀한이 실종되었다. 마음의 여유가 사라진 이보배는 친구와의 교류를 끊었다.

이보배는 입술을 삐죽였다. 친구 없냐는 말은 모욕적이었지만 사실이었다.

"정 친구가 없다면 신실한 신자들의 모임에 끼워주도록 하마. 이번 주 토요일에 나를 위한 만찬이 예정되어 있다. 거기에 너도 초대해 주마. 내 체면을 생각해 주제를 잃지 말고 성실하고 착실한 돼지로 지내야 할 것이야."

"친구랑 놀게. 찾으면 나오겠지."

먹고살기 힘들어 친구들 이름도 까먹었지만 학교를 검색하면 누구든 나올 것이다.

이보배는 일단 SNS 계정을 만들고 졸업한 학교를 적었다. 중학교 이름을 적던 이보배의 손가락이 느려졌다.

이보배는 고등학교에 입학하지 못했다. 중학교도 졸업식 전에 균열이 터졌으니 사실은 졸업하지 못했다. 후에 비슷한 처지인 사람들과 함께 일괄적으로 중학교 졸업 학력을 인정받지 않았다면 최종 학력이 초졸에 중학교 중퇴가 될 뻔했다.

이보배처럼 피해가 극심한 지역 출신에게는 흔한 일이지만 그래도 사회가 안정되면서 검정고시로 중단한 학업을 잇는 사람이 늘었다. 강한 교육열과 대학은 못 가더라도 고등학교는 졸업해야 한다는 사회적 인식 때문이었다. 중졸이면 취직도 어려웠다. 운 좋게 취직하더라도 승진 조건으로 검정고시 합격을 요구하는 직장이 많았다.

그러나 이보배는 천상계 각성자기 때문에 고등학교 졸업장이 필요 없었다. 공부에 욕심이 있는 것도 아니었다.

다만 그녀가 고등학생이 되면 늘 똑같은 남자 교복만 보다가 여자 교복 입은 모습 보겠다고 부모님이 좋아하시던 모습이 떠올라 가슴이 뭉클했을 뿐이다.

'검정고시 준비도 나쁘지 않겠네.'

포션 연구에만 몰두하지 않겠다고 가족들과 약속했다. 대학 욕심은 없지만 틈틈이 검정고시를 준비하는 것도 괜찮을 듯싶었다.

'그래, 난 이렇게 건설적인 사람이란 말이야. 이불 밖은 위험하지 않아.'

이보배의 이불 탈출 선언을 환영하듯 가입한 SNS 계정 방명록에 새 글이 올라왔다. 가입한 지 얼마 안 되었는데 방명록에 글이 달리다니. 시작이 좋았다.

[너 살아 있었어?]

솔직하면서 세태를 반영하는 반응에 이보배는 쓴웃음을 지었다.

"동창 모임?"

"응. 몇 명 시간 되는 애들이랑 만나기로 했어."

방명록에 글을 쓴 이는 학교 이름을 주기적으로 검색해 본다고 했다. 우연히 이보배가 가입한 직후 검색해 그녀의 계정을 발견한 것이다.

"돼지가 학교도 다녔느냐?"

"우리 다 같은 학교 다녔어. 내가 입학할 땐 막내 오빠만 있었지만."

연년생인 삼형제는 같이 학교를 다니는 해가 꼭 있었지만 이보배는 초등학교 이후로 그러지 못했다. 어릴 땐 그게 내심 섭섭했다.

특히 이한생은 이보배와 사이가 가장 안 좋은 오빠였다. 때문에 이보배는 늘 큰오빠나 작은오빠와 학교를 다녔으면 좋겠다고 투덜거리곤 했다.

"막내 오빠가 학교에서 아는 척하면 죽여 버린다고 했
는데……."

"돼지가 오라비를 끔찍이 아껴 사이좋은 줄 알았는데
아니었구나. 살해 협박하는 오라비를 그리 극진히 아끼다
니, 그러지 말거라."

"아니야, 막내 오빠. 반대. 오빠가 나한테 아는 척하면
내가 죽여 버린다고."

"뭣이라?"

충격받은 화르세인지가 얼어붙었다. 내심 이보배와 이
한생이 우애가 두터운 남매였다고 착각하고 있었기 때문
이다.

외동의 상상력을 발휘해 픽션에서나 등장할 법한 닭살
돋는 남매를 상상했나 본데 그런 남매는 극히 드물었다.

"동창 모임이라……."

지천명을 앞둔 이해기에겐 동창 모임이 가져다주는 울
림이 남다른 듯했다. 이보배는 생각난 김에 오빠들에게 물
었다.

"오빠들은 친구 안 만나? 큰오빠는 친구 많았잖아."

"기억 안 나는뎅."

이귀한이 딱 잘라 말하고서 게임 내 채팅창에 집중했다.

-님들아, 오늘 시작한 뉴빈데 이거 좋은 거임? SSR에 철혈 공주라고 적혀 이씀.

-뒈지기 싫으면 닥쳐라.

-이런 새끼들은 왜 계속 출몰하냐. 어디 공장에서 찍음?

-뉴비님^^ 그거 구린 거예요. 리셋탈퇴하시고 새로 뽑으세요.

SSR급 철혈 공주는 이귀한이 게임을 시작할 때부터 갖고 싶어 한 카드였다. 이귀한이 세계 최강자의 면모를 살려 누구보다 빠르게 남들과는 다르게 욕으로 채팅창을 도배했다.

"난 너희만 있으면 돼."

"큰오빠, 제발 고소장만 안 날아오게 해줘."

"운빨X망게임!"

답정녀의 도발에 넘어간 이귀한이 세상의 불공평함을 토로했다. 이보배는 한숨을 쉬고 저런 게임을 소개해 준 이해기를 흘겨보았다. 이해기가 억울한 듯 변명했다.

"전투 이펙트의 폭력성이 약하고 스토리도 감동적인 힐링물이란다."

"그럼 뭐 해. 하는 사람들 마음이 버서컨데."

이보배가 외출할 채비를 하자 이해기가 깜짝 놀랐다.

"설마 모임이 오늘이니?"

"응. 나도 깜짝 놀랐는데 시간 되는 애들이 몇 있다고 해서 오늘 보기로 했어. 나처럼 죽은 줄 알았던 애들은 이렇게 빨리 만나기도 한대."

"연락이 두절되었다가 몇 년 만에 만나는 동창이라. 이럴 땐 보험, 정수기, 비데, 옥장판, 펀드, 카드……."

"작은오빠, 흥 떨어지게 이러기야?"

"클리셰대로라면 널 시기하던 동창이 헌터가 되어 으스대겠지. 네가 썸을 타던 동창에게 들이대면서 네 신경을 살살 긁을 거다. 그럼 네가 꾹 참다가 마지막에 B급 포션 메이커인 걸 밝히는 거다."

"소설 열 개는 읽은 것 같네. 그럴 일 없으니까 괜찮아. 오늘 만나기로 한 애들 전부 여자거든."

"오빠는 너만 좋다면 남자든 여자든 괜찮다."

"고마워, 작은오빠. 나도 오빠만 좋다면 남자든 여자든 괜찮아."

남매는 뜨뜻미지근한 눈빛을 교환하고 우애를 확인했다.

"잘 다녀와라. 생존 신고는 한 시간 간격으로 부탁한다. 오늘의 남매 암호는 고기만두다."

남매 암호란 이보배가 생존 신고 문자를 보낼 때 본인 확인을 위해 이해기가 매일 정하는 암호문이다. 생존 신고를 하면서 끝에 암호를 붙이면 되었다.

"왜 고기만두야?"

"오늘 저녁이 만둣국이거든."

"만두 좋앙!"

"내 허락을 받았어도 방종하지 않도록 하여라."

"세상에, 진짜 보배 맞아? 오빠 셋인 이보배."

"맞아. 오빠 셋 이보배야."

"우린 다 너 죽었다고 생각했어."

"아니면 오지로 팔려 갔거나."

"혹시 어디 팔려 갔다가 도망친 건 아니지?"

듣기 살벌한 이야기지만 그 살벌한 이야기가 잠시 현실이었던 시기가 있었다.

이보배는 얼굴과 이름이 기억나는 동창과 그렇지 않은 동창 사이에 앉아 기억력을 더듬었다.

"살아 있으면 생존 신고를 해야지."

"미안해. 사는 게 너무 바빠서."

"다들 똑같이 바쁘지 너만 바쁘냐?"

이름이 기억날락 말락 하는 동창이 이보배에게 핀잔을 주자 다른 동창이 눈총을 주며 고개를 저었다. 이보배의 사정을 아는 동창과 아닌 동창이 섞여 있어 발생한 일이었다.

이보배는 동창들의 정보격차를 해소하기 위해 최신 정

보를 밝혔다.

"어, 너희가 어디까지 알고 있는지 모르겠지만 우리 오빠들 다 살아 있어. 큰오빠 실종되었다가 돌아왔고 작은오빠 계속 멀쩡했고 막내 오빠도 얼마 전에 회복해서 퇴원했어."

"대박."

"어떻게 버텼니? 대단하다."

"어쩐지. 죽은 줄 알았던 애들이 생존 신고하면 꼭 살 만해졌거나 다단계 들어갔을 때더라고."

"그래서 그동안 어떻게 살았어? 뭐 하고 지냈고?"

"내 얘긴 들어도 재미없을걸. 8시 출근해서 11시 퇴근하고 그랬거든."

"아, 듣기만 해도 죽을 것 같아."

"취직했었구나."

"응, 막내 오빠 병원비 대야 했으니까. 다행히 퇴원해서 겸사겸사 나도 퇴직하고 잠시 쉬는 중이야."

"병원비 어마어마했을 텐데 그게 돼? 뭐 했는데?"

"회사 복지가 좋아서 병원비 지원을 해줬거든."

"세상에, 그렇게 복지 좋은 회사가 있어? 어디야, 나 지원할래!"

"야야, 사람 갈아 넣었는데 그 정돈 해줘야 하는 거 아니야?"

"애는 집안 안 망했다고 아직도 세상 물정 모르네. 너희 부모님 회사 복지 어떻게 해주시냐고 여쭤봐."

"그러는 지는."

시간이 되어서 찾아온 동창들은 대부분 학생이거나 취업 준비생이었다. 이미 결혼해서 가정을 꾸린 동창도 있었다.

이보배는 어색하게 웃으며 대화에 참여했다. 즐겁긴 한데 오랜만에 이런 자리에 있으니 어색했다. 팀원들이랑 있을 때 어색해도 그게 당연한 사이였기에 괴리감이 들지 않았는데 동창들과 있으니 어색한 게 이상하게 느껴져 더 어색했다.

"너희끼린 자주 만났나 봐?"

"우리도 각자 살기 바쁘지 뭐. 이렇게 핑계 있을 때 모여서 생존 확인하고 근황 묻는 거야."

"마지막으로 본 게 2년 전일걸?"

"맞아, 그때 왜 만났더라?"

"누가 헌터 됐다 그래서 모이지 않았어?"

동창 중 동종 업계인이 있다는 소리에 이보배의 귀가 솔깃해졌다.

"누가? 계열은 뭐야? 전투계, 생산계, 보조계?"

"헌터는 다 헌터 아냐?"

"얘는, 어디 가서 그런 말 하면 무식하다 소리 들어."

"너 왜 아까부터 나한테만 띠꺼워?"

"자자, 오랜만에 봤는데 싸우지 말자. 싸울 거면 나가서 너희끼리 싸워. 오늘은 보배의 생존을 축하해 주려고 모인 거니까."

티격태격하는 동창을 말리면서 어영부영 대화하고 시간을 보냈다. 다들 술을 즐기는 편이 아니었기에 다시 만날 것을 기약하며 늦기 전에 헤어졌다.

"만나서 반가웠어!"

"또 보자!"

"밥 한번 먹자!"

"나와줘서 고마워."

'다 같이 모이는 거 아니면 만날 일 없을 것 같네.'

이보배는 한숨을 쉬었다. 만나기 전에는 마냥 기대되고 재밌을 것 같았는데 만나고 나니 그게 아니었다. 다들 많이 변했고 옛날 기억도 흐릿해서 추억을 되새기는 재미도 없었다.

친했던 친구의 근황을 물었더니 죽었다는 답이 돌아왔을 땐 많이 놀랐다. 아마 그게 모임이 재미없게 느껴진 결정적 이유였을 것이다.

버스를 기다리는 이보배의 눈에 영화 광고판이 띄었다. 회귀자가 천만 관객을 달성했다고 말한 그 영화였다.

'보자, 액션 감수 검성에 특수 효과에 반야 길드? 반야가 여기서 왜 나와?'

균열 공략해야 하는 소수 정예 길드가 영화 특수 효과엔 왜 낀단 말인가?

'반야에서 연예 쪽에 투자하려나?'

장르는 액션 무협이었다. 무림계 세계에서 귀환한 검성이 액션 감수를 맡았다고 하니 기대감이 상승했다.

'오빠들에게 이거나 보자고 할까.'

이해기는 봤을 확률이 높지만 운전기사 시키면 된다. 이보배는 고개를 끄덕이다가 오늘 들은 화르세인지의 막말을 떠올렸다.

'또 친구 없냐 소리 들으려나.'

친구 많다고 해놓고 영화 보러 가자고 하면 돌아올 말이야 뻔했다. 너 친구 없니? 친구 사귀게 시스템교에 올래?

친구 많았던 이귀한이나 좁지만 깊은 교우 관계를 유지했던 이해기면 모를까, 아웃사이더를 자처하던 이한생에겐 그런 얘기를 듣고 싶지 않았다.

'친구랑 보러 간다고 해놓고 나 혼자 보러 가버려?'

핸드폰이 울렸다. 이보배는 이해기나 망나니가 건 전화라고 생각했지만 박마노였다. 이보배는 바로 자세를 공손히 해 보이지 않는 상대방에게 예의를 갖췄다.

"네, 이보배입니다."

—안녕, 보배야. 지금 통화 가능해?

"예, 가능해요. 안녕하세요, 선배."

─납치 건은 요한이에게 들었어. 바로 연락 못 해서 미안. 신라 해결하고 급하게 균열 좀 도느라.

"아니에요, 괜찮아요. 선배야 몸이 열 개라도 모자라게 바쁘시잖아요."

박마노는 범죄지만 잡는 게 아니다. 가끔 마감이 임박한 균열을 돌며 정리하기도 했다. 이귀한도 그렇게 발견했다.

"최요한 씨에게도 정말 감사했다고 다시 전, 아니지, 제가 전화해서 다시 감사 인사 드릴게요."

─에이, 안 해도 돼. 그게 개 일인데.

"아니요, 정말 감사했어요. 혹시 그 뒤로 문제가 생기셨다거나 저희 때문에 피해 보신 건 없으시죠?"

납치범은 맞아 죽어 마땅하지만 세상엔 법이 있다.

납치범들의 입과 코, 눈가에 최루액을 바를 땐 신났다. 오빠들이 때릴 땐 흥도 났다.

그러나 돌아와서 혼자 뒷수습했을 최요한을 생각하니 이보배는 많이 미안했다.

─진짜 괜찮아. 헌터는 제압이 어려워서 치명상을 입힌 뒤에야 제압하는 경우가 대부분이거든. 현행범으로 딱 걸렸으니까 죽을 만큼 팼어도 문제없어. 그리고 그 새끼들 빌런이더라. 죽여도 될 뻔했어.

"네? 빌런이요? 제 생각엔 삼류 악당도 못 되는 저질쓰레기였어요."

−응? 아아, 그렇네. 악당이란 말도 아까워.

박마노가 그 새끼들은 죽어도 싼 놈들이라며 호쾌하게 웃었다. 이보배도 신나서 따라 웃었다.

−토요일에 한가해? 나랑 영화 보자.

"안 한가해도 가야죠. 보시고 싶은 영화 있으세요?"

−영화는 못 골라. 공짜 표 받았거든. 요즘 광고 엄청 때리는 무협 영화 알지?

"네, 알아요."

−그거 공짜 표 받았어.

박마노와 같이 영화를 본다니, 그것도 보고 싶었던 영화라니. 이보배는 이게 꿈인가 생신가 싶어 볼을 꼬집었다. 아픈 걸 보니 생시였다.

"어, 그런데 마노 선배. 영화 개봉은 다음 주 토요일인데요."

−개봉 전 특별 시사회라나 뭐라나. 원래 개봉 전에 이것저것 하잖아.

"정말 제가 가도 괜찮을까요?"

−나랑 영화 보기 싫어?

"보고 싶죠!"

−그럼 됐네.

박마노가 약속 시간과 장소를 불렀다. 이보배는 스케줄을 추가한 다음 실실 웃었다.

－이번엔 5차 가즈아!

"가자!"

친구는 몰라도 친한 언니는 확실히 생긴 것 같아 기분이 좋았다.

이보배가 웃는 얼굴로 집에 들어가자 이씨 삼형제가 반겼다.

"실실 웃는 걸 보니 꽤 만족스러운 돼지 회합이었나 보군."

"막내 왔니!"

"잘 놀다 왔어?"

"그냥저냥. 애들 근황 듣고 사는 얘기 하고. 이번에 모인 애들은 다 한가한 애들이더라. 다음엔 바쁜 애들이랑도 모이기로 했어."

"각성자인 거 밝히고 쏘지 그랬니. 소설이나 영화에서 나오는 것처럼 멋있게."

"됐거든요. 백수가 무슨 골든벨이야."

이보배는 대충 대꾸하고 옷을 갈아입기 위해 방문을 닫았다. 오랜만에 만난 동창들에게 잘 보이려고 꺼내 입었던 외출복을 벗었다. 편하게 티셔츠로 갈아입는데 내내 이해기의 기척이 문 앞을 떠나지 않았다. 이보배는 벌컥 문을 열었다.

"할 말 있어?"

"그게 말이다, 보배야."

"응."

이해기가 말을 바로 하지 못하고 자꾸 눈치를 봤다. 이보배는 문에 기대 작은오빠가 입을 열길 기다렸다. 설마 꿍쳐둔 돈으로 투자했다가 실패한 건가 싶었지만 위로 올라가는 입 근육을 보니 그건 아닌 듯했다

'투자 성공인가?'

이보배는 게임에 몰입한 이귀한을 흘깃 보았다. 저 게임을 만든 회사의 주식이 많이 올랐다. 이해기가 회귀한 직후 구매했으면 대박이 터졌을 것이다.

그때 반대한 게 자신이라 할 말이 없어 주식 얘기는 이씨 집안에서 금기였다. 만약에 이해기가 이보배 몰래 주식을 구입했다면 작은오빠에게 과거의 근시안을 사과할 용의가 있었다.

"뭔데?"

이보배는 납작하게 엎드릴 준비를 갖추고 다시 물었다. 투자에 성공했단 얘기는 언제든 환영이었다.

"네가 저번에 보고 싶다고 한 영화 말이다."

"스포일러야? 아아아아, 안 들린다!"

"그게 아니다! 그 영화 말이다, 현우랑 보기로 약속했는데."

스포일러가 아니란 얘기에 이보배는 귀에서 손을 내렸다.

'언제 그렇게 친해졌대?'

이해기가 한현우와 언제 그렇게 친해졌나 의아했다. 그러다 곧 납득했다.

한현우는 이해기를 스카우트하고 싶어 하고 이해기는 한현우를 대견하게 생각한다. 서로가 서로에게 호감이 있으니 얼마든지 친해질 수 있었다. 회귀자의 인간관계가 늘 파투 나는 건 아니었다.

"작은오빠 그 영화 본 거 아니었어?"

"말했잖니, 이 시기에 나는 균열 다니느라 바빴다고. 이 영화는 액션이 좋다고 해서 보려고 했는데 어째서인지 극장에서 내린 후 재방송을 안 해주더구나."

이해기는 블루레이나 VOD로도 나오지 않았다며 의아해했다. 영화야 그의 삶에서 중요한 게 아니니 금방 잊었지만.

"영화를 보러 가기로 했는데 어쩌다 보니 내가 약속을 깨게 되어서."

"응, 깨게 되어서?"

"갑자기 취소하는 거라 현우에게도 미안하고. 그런데 이게 네가 보고 싶다고 한 영화인 게 기억나지 않았겠니. 너와 현우가 초면도 아니고 안면도 있고, 동갑에 직업도 같으니까 공통점도 있고, 퇴사해서 상사와 부하 사이도 아니니 네가 나 대신 가는 게 어떠니?"

"무슨 소리야. 부길마는 작은오빠랑 보고 싶어서 보자고 한 걸 텐데. 꿩 대신 닭은 요리에서나 쓰지."

"아니다! 내가 현우에게 물어봤는데 괜찮다고 했어!"

"그래도 그건 아니지. 그리고 나 그 영화 보기로 약속 잡았어."

"취소해라. 딴 거 봐."

'왜 이래.'

이보배가 떫은 표정을 짓자 이해기가 구차하게 굴었다.

"한현우처럼 대단한 사람이니?"

"응. 마노 선배거든."

사람에 따라 이견은 있겠으나 박마노 vs 한현우라면 박마노의 압승이다. 한현우도 대한민국에서 손꼽히는 헌터지만 박마노의 인지도는 검성에 필적한다.

이보배가 박마노의 이름을 거론하자 이해기의 눈동자가 흔들렸다.

"설마 이번 주 토요일?"

"잘 아네. 부길마도 공짜 표 받았대?"

돈을 많이 쓴 영화 같더니 공짜 표도 많이 뿌렸나 보다. 아니면 화제성을 위해 박마노나 한현우 같은 유명한 헌터에게 공짜 표를 뿌렸을 가능성도 있었다.

이해기가 뭔가 곰곰이 생각하더니 핸드폰을 두드리며 말했다.

"보배야, 오빠 다른 약속이 다시 취소되었는데."

"그래서?"

"기왕 이렇게 된 거 자리 붙이자."

"초대 표니까 좌석 정해져 있을 텐데."

"가서 바꿔달라고 하면 되지. 아니다, 영화 다 보고 같이 밥이나 먹을까?"

속이 훤히 들여다보이는 수작질이었다. 이보배는 한심하다 못해 하찮은 작은오빠를 향해 입을 어물거리다 이마를 짚었다.

이보배가 이해기에게 뭐라 말하려는데 계단에 얼굴을 내민 이귀한, 이한생과 눈이 마주쳤다. 이한생은 이보배처럼 한심하단 얼굴로 제 방에 들어갔다. 이귀한은 천천히 고개를 저었다. 그러지 말란 의미였다.

'형제의 연애는 말릴 때 빼곤 참견하는 게 아니란다, 막내야.'

큰오빠의 조언이 말하지 않아도 눈에서 눈으로 전해졌다. 이보배는 이귀한의 조언을 접수했다.

"마노 선배한테 물어는 볼게. 우리 5차까지 달리기로 했으니까 1차 정도야."

"밥은 우리가 산다고 해. 신세 진 거 대접한다고."

"그렇게 치면 최요한 씨도 불러야지."

"최요한은 목숨을 구해줬으니까 괜찮다. 내가 얻어먹

어야지."

"또또 미래 얘기한다. 그 미래 이제 안 온다니까."

혼자만 기억하는 게 슬프겠지만 그것이 회귀자의 숙명이다. 스스로 회귀를 선택한 이상 오지 않을 미래 겸 과거에 미련을 버려야 한다.

이보배가 그러지 말라고 구박했다.

"그런 게 아니다. 하긴, 미래가 많이 바뀌었으니 다른 쪽으로 조언을 해 생존율을 높이는 게 낫겠군. 한턱 쏘는 것보다 내 조언이 나을 성싶다."

이해기는 일방적으로 결론 내리고서 계단을 내려갔다. 화르세인지가 방문을 열고 나와 계단을 보며 혀를 찼다.

"사기꾼 주장대로 미래의 기억이 있다면 연인 한 명에게 보내는 순애가 애틋해 보이긴 하다만……. 너무 들이대는 거 아니냐? 연륜이 있으니 더 능숙해야 할 텐데……. 연애 경험이 없느냐?"

"인기는 좋았지. 학교 다닐 때 인기가 좀 괜찮았어."

"하기야, 돼지의 오라비들이 얼굴 생김새가 괜찮은 편이긴 하다. 물론 이 몸뚱이가 제일 잘생겼지만."

"막내 오빠도 인기 좋았지. 내 친구 중에도 소개해 달란 애들 많았거든. 어쨌든 막내 오빠는 숙맥이라 여자한테서 도망 다녔고, 큰오빠는 적당히 대시해 가면서 연애하고 그랬어. 그리고 작은오빠는."

"사기꾼은?"

"자연스럽고 운명적인 만남을 기다린다고 다 찼어."

화르세인지가 얼굴을 찌푸리더니 다시 물었다.

"운명적인 만남의 기준은 무어냐? 태내에 있을 때 부모님이 정해주신 약혼자? 전쟁을 종결하기 위한 국혼?"

"그런 거 말고 일상에서의 운명적이고 자연스러운 만남을 원하던데."

"그래서 만났느냐?"

"만나서 마노 선배랑 사귄 것 같긴 한데……. 솔직히 진짜 사귀었는지 난 의심스럽거든."

"내 생각엔 그런 만남이 한 명밖에 없었기 때문에 집착하는 것 같다."

이보배는 턱을 짚고 고민에 빠졌다.

"도대체 어떤 만남이었는데 저러는 거지?"

"뻔하지."

화르세인지가 비웃었다. 번개를 뿌리는 무시무시한 마법사와의 운명적인 만남이라면 딱 하나밖에 없었다.

"벼락이라도 맞은 것 아니겠느냐."

"하하하! 그 말이 정답이네!"

청력이 좋아 동생들 대화를 모두 들은 이해기가 1층에서 경고했다.

"한생아, 다 들린다!"

이에 화르세인지는 형들이 그를 핍박할 때면 항상 하던 말을 외쳤다.

"작은형은 맨날 나한테만 그래!"

간헐적 작은오빠에 이어 간헐적 막내 오빠도 여전했다.

이씨 사남매는 귀가 좋다. 모두 각성자니 당연한 얘기다.

박마노와 통화하면 이해기가 귀를 기울여 감청할 것 같아서 이보배는 문자를 보냈다.

내 귀에 도청 장치가 농담이 아니다. 이해기의 귀가 곧 도청 장치였다.

이보배는 박마노에게 이해기와 한현우도 공짜 표로 영화를 본다고 전달했다.

[그래서 말인데, 영화 끝나고 작은오빠랑 부길드 마스터와 같이 식사 괜찮으세요? 식사는 저희가 대접할게요.]

[난 괜찮아. 요한이도 부를까?]

'오, 잘됐다.'

최요한이 낀다면 한 번에 관계자를 전원 대접할 수 있었다. 이보배는 즉답했다.

[네! 완전 좋아요! 근데 표가 있을까요?]

[요한이도 공짜 표 받았거든. 안 본다고 했는데 다시 물어볼게.]

잠시 뒤 박마노가 문자했다.

[검성 양반 얼굴 보기 껄끄러워 안 간대. 새끼가 담력을 길러야지 상대는 아무것도 안 하는데 지레 쫄아서. 그래서야 범죄자 잡겠어? 안 그래?]

이보배는 자연스럽게 부하 직원 험담으로 흘러가는 대화에서 걸리는 대목을 발견했다. 존재감이 엄청나서 무시할 수 없었다.

'검성?'

여기서 검성이 왜 나와?

검성이 액션 감수와 자문을 맡고 반야 길드에서 특수효과를 일부 담당했다고 적혀 있긴 했다.

'설마 까메오로 등장하나?'

이보배는 혹시나 싶어 한 자 한 자 신중하게 엄지손가락을 놀렸다.

[영화에 검성도 나오나요?]

[글쎄? 그건 모르겠네. 검성 양반 바빠도 시사회에 오긴 올 거야. 자필 초대장 돌려놓고 본인이 빠지면 욕먹지.]

이보배는 오묘한 표정을 지었다. 박마노야 위치가 위치다 보니 온갖 공짜 표를 다 받을 것이다. 한현우가 받았다고 했을 때도 그러려니 하고 대수롭지 않게 여겼다.

그런데 검성이 친필로 쓴 초대장이라니. 뭔가 이상했다.

[이게 초대장.]

박마노가 사진을 보냈다. 한자라곤 하늘 천 땅 지 가마솥에 누룽지밖에 모르는 이보배는 죽었다 깨어나도 읽을 수 없는 글자였다. 다행히 이보배만 그런 게 아니었다.

[도저히 못 읽겠어서 자존심 굽히고 무슨 한자냐고 물어봤더니 무림 세계에 있던 한자라 이쪽엔 없는 글자래. 진짜 한 대만 때리면 소원이 없겠다.]

분노하는 박마노의 모습이 눈에 선했다. 이보배는 떨리는 심장을 다잡고 문자를 보냈다.

[검성이 액션 감수만 맡은 거 아니에요?]

[주역 배우 이름 안 봤어? 검성 동생이잖아. 아아, 예명에 언론 통제했구나. 검색해도 안 나오네.]

주역 검성 동생, 제작비 전액 검성 부담. 홍보와 특수 효과는 반야 길드에서. 이제까지 없었고 앞으로도 없을 가족 영화의 등장이었다.

[검성네도 사정이 너희 집이랑 비슷해. 알지?]

[네, 알아요.]

세계 최강의 헌터이자 세계 최강의 소수 정예 길드 반야의 마스터 검성. 본명은 고진수.

균열의 날 실종되어 2년 뒤 귀환했다. 그는 대한민국의 공식적인 첫 귀환자다. 정말로 첫 번째 귀환자인 건 아니고 사회가 안정되어 공무원이 월급을 받을 수 있게 된 후에 귀환한 첫 번째라는 소리다.

본래 유복했던 검성의 가정은 검성의 실종과 아버지의 암 투병으로 가세가 기울었다.

몸이 약한 어머니 대신 가계를 유지한 건 검성의 여동생이었다. 온갖 궂은일과 험한 일을 마다하지 않으며 아버지의 병원비와 생활비를 댔다.

귀환한 검성은 무림의 신비로운 의술로 아버지의 암을 치료하고 어머니를 건강 체질로 바꿨다. 무너진 가계를 세우고 그 와중에 헌터 특별법의 계기가 되는 사건도 많이 벌였다.

굳이 그 사건이 아니더라도 대한민국 백화점엔 전설이 내려온다. 검성이 고생한 여동생을 위해 명품관을 휩쓸었다는 전설이.

백화점 관계자에겐 안타깝게도 검성의 골든벨은 몇 번 울리고 끝났다. 기성품을 구입하지 않고 주문 제작을 의뢰하기 시작했기 때문이다.

검성의 일화는 모든 균열 실종자 가족의 꿈이요, 희망이었다. 이보배 또한 이해기와 종종 농담하곤 했다. 이귀한이 돌아와 검성처럼 호강시켜 주면 좋겠다고.

[동생 꿈이 배우래.]

배우가 꿈인 동생을 위해 영화를 만들어주는 오빠.

10년만 놀겠다는 누구누구랑 비교 안 하고 싶은데 자꾸 하게 되었다.

'검성 자필 초대장이라니.'

이보배는 이런 엄청난 시사회에 자신이 가도 되는지 의심이 들었다. 이보배의 머릿속에서 레드 카펫을 밟고 극장에 들어가는 유명한 헌터들과 사진 찍는 기자들이 떠올랐다.

[혹시 드레스 코드도 있나요?]
[없어. 업계인들만 모이니까 편하게 입고 와.]

'그 업계인이 문젠데요!'

초대받은 사람이 박마노에 한현우다. 초대한 사람은 한 술 더 떠 검성이었다. 대한민국 최강에 이어 세계 최강자. 균열 업계에선 한국 최강을 논할 때 아예 검성과 반야 길드를 제외한다. 상대가 안 되기 때문이다.

이보배는 황급히 시사회가 열리는 극장을 검색했다. 극장의 수용 인원이 400명이니 초대장을 200매 돌렸다 치자.

검성이 모든 사람에게 자필 초대장을 보내지 않았고 박마노가 초대객 중 가장 유명인이라 가정해도 모일 면면이 심상치 않을 것 같았다.

'정말 내가 가도 되는 거야?'

이보배의 새가슴이 쪼그라들었다.

[꽤 중요한 자리인 것 같은데 정말 제가 가도 괜찮을까요? 다른 분 데려가시는 게 어떨지⋯⋯.]

[나랑 영화 보기 싫으면 싫다고 하지. 서운하다.]

"으아아아아아!"

이보배는 핸드폰을 부여잡고 울부짖다 그런 게 아니라는 문자를 연달아 보냈다. 오타에서 진실한 마음이 전달되었는지 전화가 왔다. 이보배는 이해기의 감청 가능성을 무시하고 전화를 받았다.

─농담한 건데, 놀랐어?

"으아아, 전 정말 영화 보고 싶은데요! 좀 뭐라고 해야 하나, 야심 있는 분을 데려가시는 게 어떨까 해서요! 업계인에게 눈도장 찍어두고 싶은 유망한 후배!"

─응, 너잖아.

"제가요?"

─나 B급 포션 메이커랑 통화 중인 거 아니었어? B급 회복 포션 수제 제작도 가능하다며? 내가 장담하는데 너 소개하면 명함 받느라 지갑 터진다.

B급 포션 메이커가 괜히 천상계 소릴 듣는 게 아니었다. 힐러가 없기 때문에 고위 연금술사는 헌터들에게 귀족 대접을 받았다.

─나랑 친하다고 눈도장 찍어두면 공방 차린 후에 B급 포션 자기한테만 팔라고 지랄하는 새끼 안 나타날 거야.

"저 생각하셔서 권해주신 거예요?"

−그것도 있고.

이보배가 너무 감동한 나머지 양심이 찔린 박마노가 진실을 고백했다.

−실은 친구들한테 다 까였어. 약속 잡았다가 일 생겨서 못 나간 적 많거든. 이젠 한가해져서 안 그런데 애들이 안 믿더라. 갑자기 불러서 술 먹자는 건 믿겠는데 미리 약속 잡는 건 못 믿겠대.

친구의 신뢰를 상실한 박마노가 혀를 차고 신세 한탄했다.

−하, 인생. 열심히 살았는데 인간 박마노에 대한 믿음이 이것밖에 안 되다니.

갑자기 약속을 파투 내도 사정을 이해해 줄 업계 지인은 대부분 초대장을 받았다.

그래서 박마노는 한동안 계속 한가할 예정이며 사정도 이해해 줄 업계 후배 이보배를 떠올린 것이다.

−크윽, 날 이렇게 구차하게 만들다니. 이렇게 된 이상 꼭 나랑 영화를 보고 5차까지 달려줘야겠어. 이번엔 진짜 무슨 일이 터져도 안 나간다.

너무 열심히 살아서 친구들의 신뢰를 잃었다는 슬픈 얘기를 들어버렸다. 이보배는 당황해서 말했다.

"갈게요, 꼭 갈게요."

−보배는 자존심이 너무 부족하구나. 이럴 땐 왜 나를

먼저 생각해 주지 않았냐고 화내야 하는데. 요한이 같았으면 너무하세요, 과장님. 이 지랄을 떨었을 거야.

"아하하."

─부족한 자신감은 터지는 명함 지갑으로 채워! 옷은 정말 대충 입어도 되니까 걱정하지 마! 레드 카펫 그런 거 없어!

"네, 알겠습니다."

통화가 끝나자마자 이보배는 옷장을 뒤졌다. 입고 갈 만한 옷이 하나도 없었다. 동창을 만나기 위해 나름 잘 차려입었던 옷도 검성 앞과 박마노 옆에 서기엔 부족했다. 많이 부족했다.

이보배는 계단을 뛰듯이 내려갔다.

"작은오빠! 내일 백화점 가자!"

"그래, 가자!"

이해기는 이미 자기 옷장은 물론이고 이귀한의 옷장까지 뒤엎은 뒤였다. 이해기가 패션쇼를 벌이고 이귀한과 이한생이 참견 중이었다.

이보배는 옷 잘 입고 다니는 이한생이 아니라 이귀한의 옷장을 뒤졌다는 부분에서 귀를 의심했다.

"막내 오빠 옷이 아니라?"

"마노 누나는 남성적이고 거친 스타일을 좋아해."

"호박에 줄 긋는다고 수박 되더냐. 제 장점을 살리라고 몇 번을 말해도 듣지를 않으니…….”

화르세인지가 드높은 자신의 미학에 위배된다며 한숨 쉬었다. 이보배는 그 즉시 망나니를 코디 담당으로 결정했다. 다른 건 몰라도 고급스러워 보이는 옷은 잘 골라줄 것 같았다.

“막내 드레스 입어? 우리 돼지, 공주 돼지 하는 거?”

“깔끔하고, 있어 보이게 입으면 될 것 같아.”

이보배가 코디 담당 망나니에게 원하는 스타일을 의뢰했다. 망나니가 난색을 표했다.

“그건 옷이 아니라 옷걸이의 문제니라.”

“갑옷을 입고 가면 좀 그렇겠지? 디자인은 좋은데.”

“사기꾼이 돌았구나.”

“이해해 줘. 세계가 반파된 곳에서 살다 왔잖아.”

이해기의 패션 감각은 지나치게 미래지향적이었다. 세상이 멸망하는 미래는 그의 회귀로 막았기 때문에 오지 않을 미래를 지향해서 문제다.

“작은오빠, 갑옷 입으면 식당에서 안 받아줄 거야.”

“그런 게 어딨니? 조금만 지나면 이런 헌터룩이 유행한다.”

“패션 리더는 다른 사람에게 맡기자. 식당에서 진짜 안 받아준다니까.”

이보배가 그렇게 입고 가면 같이 밥을 먹을 수 없다고

말한 후에야 이해기는 갑옷을 포기했다.

"마노 선배랑 데이트할 때 뭐 입었는데?"

"누나는 내가 뭘 입든 좋다고 했다."

"아, 그러세요."

'괜히 물어봤어.'

이보배와 이한생이 뜻밖의 염장 공격에 혀를 찼다.

"그런데 얘들아."

이귀한이 핸드폰을 손에서 내려놓고! 무려 게임을 시작한 후 잘 때 빼곤 손에서 놓은 적 없는 핸드폰을 내려놓고 동생들을 훑어보았다.

"너희 다 나가면 나 혼자 집 봐?"

매분, 매초 파괴 충동을 억누르며 살아가는 재앙은 동생들을 위해 참기로 했다. 하지만 딱 하나 참기 싫은 게 있었다.

"날 혼자 두면 참지 않을 건데."

이귀한은 참지 않는다. 장남은 동생 중 하나가 토요일에 외출하지 않고 집을 지킬 것을 요구했다.

"난 안 되느니라. 나를 위한 만찬이다. 그리고 내 약속이 가장 먼저 잡혔다!"

이씨 삼형제에서 정상인 포지션을 획득한 망나니 화르세인지가 정당하게 제 권리를 주장했다.

"나, 나도 안 돼! 꼭 가겠다고 말했어!"

약속 잡은 시기로 치면 가장 마지막인 이보배가 오랜만에 막내의 억지를 부렸다.

결국 남을 사람은 한 명밖에 없었다. 모두의 시선이 자신에게 쏠리자 이해기가 정색했다.

"약속은 보배보다 내가 먼저 잡았잖니."

"내가 안 가면 마노 선배가 작은오빠랑 밥 먹어줄 것 같아? 다음으로 미루자고 할 거야!"

"그렇지만!"

이해기가 이귀한을 보고 호소했다.

"형 혼자서 집 볼 수 있잖아! 우리가 외박하는 것도 아니고 오후에 나가서 밤에 들어오는 건데! 우리 없을 때 낮잠 자면 되잖아!"

"둘째야."

이귀한이 온화한 미소를 머금었다.

"사람은 안 죽일게."

이해기가 돈으로 회유를 시도했다.

"형 새 카드 뽑고 싶댔지? 내가 1,100연속 뽑기 돌리게 해줄게!"

"형은 0과 1로 구성된 데이터 쪼가리보다 동생이 좋아."

형의 말에 감동받은 것도 잠시뿐이다. 이해기가 이귀한에게 질문했다.

"내가 남으면 뭐 할 건데?"

"프린세스! 프린스! 프린세스!"

"으으윽."

이해기가 머리를 쥐어 짜며 괴로워했다. 그는 사랑하는 동생들과 형을 응시했다. 하지만 어쩌겠는가. 이 집에서 가장 지은 죄 많은 이가 자신인 것을.

형을 죽이고, 동생을 죽게 놔두고, 지키지 못한 죄를 이해기는 책임져야 했다. 그러기로 결심했다.

"영화는 포기하고 끝난 뒤의 식사를 형과 같이⋯⋯. 안 돼, 누나가 나보다 형한테 관심을 가질 거야."

"둘째야, 너한테 악감정은 없다. 알지?"

"알아! 아는데, 형! 진짜 못 참겠어? 참을 수 있는 거 다 알거든!"

"참기 싫엉."

"형 지금 엄청 얄미운 거 알지? 일부러 이러는 거잖아."

"오해란다. 난 막내 빼고 너희를 공평하게 사랑해."

이쯤 되니 이해기가 불쌍해서 눈 뜨고 못 볼 지경이었다. 이보배는 박마노에게 한 말이 있어 이러지도 저러지도 못했다.

오만상을 찌푸리던 화르세인지가 성질냈다.

"쯧! 도저히 못 봐주겠다!"

망나니가 이귀한에게 삿대질했다.

"사기꾼은 나쁘지만 사랑은 올곧다! 그 마음을 악마 새끼가 농락하는 꼴을 더는 못 보겠다! 혼자서 집을 보기 싫다면 날 따라오거라! 나를 위해 벌이는 주연이니 이 몸의 혈육이란 자를 외면하진 않을 것이다!"

모두가 행복해지는 방법에 모두가 깜짝 놀랐다. 이귀한을 꺼리다 못해 무서워하는 화르세인지가 함께 외출을 권유한 것이다.

"셋째야, 진짜로?"

"물론 조건이 있다! 내가 주인공인 만찬을 망쳐선 안 된다! 그 자리에 참석한 이들을 해쳐서도 안 되며 내 체면을 구겨서도 안 되고 이상한 눈깔을 해서도 안 된다! 너무 많이 먹어서도 안 되고 너무 적게 먹어 위화감을 조성해서도 안 되며 지금처럼 사람을 협박하는 일도 없어야 할 것이며……."

조건이 끝도 없었지만 알게 뭔가. 늘 그를 두려워하던 셋째의 초대에 이귀한의 눈이 초롱초롱 빛났다.

"응, 셋째야! 나 잘할게!"

이해기로 말하자면 감동에 전율해 말도 제대로 잇지 못했다.

"하, 한생아. 나를 위해서 널 희생하다니!"

"흥! 착각하지 마라, 사기꾼아! 널 위해서가 아니라 내 눈과 귀를 위해서다. 아주 눈 뜨고 못 볼 만큼 추했다!"

"한생아, 형은 믿었다! 늘 믿는다. 알지?"

"셋째야, 나도 나도!"

"막내 오빠!"

이보배는 솔직하지 못하고 부끄러워하는 이한생을 끌어안았다. 양다리는 이귀한과 이해기가 끌어안았다.

"놓아라!"

"막내 오빠 정말 고마워!"

이보배에겐 어느 정도 마음을 열었으나 두 형에겐 좀처럼 정을 붙이지 못하는 이한생 때문에 얼마나 걱정했던가. 여러 번의 대화를 통해 화르세인지의 마음도 들었지만 바뀌는 건 없었다. 그러던 이한생이 둘에게 정을 붙여보겠다는 말을 실천에 옮긴 기념비적인 순간이었다. 그것도 사기꾼이 아니라 무시무시한 악마 새끼에게!

"사기꾼에게도 조건이 있다."

"말만 해, 한생아. 형이 들어줄 수 있는 건 다 들어줄게."

"너저분한 넝마는 치우고 내가 골라주는 옷을 입어라."

이보배는 두 손을 모아 쥐고 화르세인지 드 체키빙을 찬양했다.

"공자님, 공자님이 왜 망나닌지 모르겠어요. 이렇게 참한 분을 누가 망나니라고 했을까. 공자님이랑 그쪽 세계랑 안 맞았나 봐요."

다음 날. 백화점에 가 체키빙 공자님이 고르시는 옷의

가격대를 본 이보배는 흥청망청 써서 망나니가 된 게 확실하다고 생각했다.

'아니지. 막내 오빠 자기 옷 고를 땐 이렇게 비싼 거 안 골랐잖아. 나름의 눈치는 있는 거야.'

쌍욕과 도박 조금 했다고 공작가의 유일한 후계자가 망나니 소리 들었을 린 없다. 그리고 원래 귀족은 사치가 일이다.

이 또한 언젠가 풀어야 할 의문이라며 이보배는 기억 속 서랍장에 쑤셔 넣었다.

망나니가 코디한 이해기는 완벽했다. 뉘 집 오빠지 훤칠하게 잘생긴 데다 연륜이 느껴지는 눈매가 더해지면서 원숙미와 젊음이 공존하는 묘한 매력을 자아냈다.

"너무 기생오라비 같지 않아? 누나는 이런 타입 싫어하는데."

이해기가 거울을 보고 배부른 소리를 했다. 이한생이 짜증 냈다.

"호박에 줄 긋는다고 수박 되더냐? 수박 화채가 될 수 없으면 맛있는 호박 수프라도 되어야 할 것 아니냐."

"셋째 말이 옳다. 잘생겼다, 내 동생."

이해기의 옷을 고른 후, 이한생이 제 옷을 골라 사심을 채웠다. 이귀한의 옷도 고르려 했지만 당사자가 적극 반대하는 바람에 불발에 그쳤다.

키 훤칠한 총각 셋이 우르르 몰려다니니 사람들의 이목이 집중되었다. 백화점에서 옷을 갈아입은 이해기와 원래 잘 입는 이한생은 말할 것도 없다. 이귀한은 추리닝 차림이었지만 옷보다 옷걸이가 중요하단 말대로 얼굴과 체격이 좋아 동생들에게 꿀리지 않았다. 무엇보다 피부가 아기 피부다. 조명 아래에서 광이 났다.

'모델인가?'

'배우 아냐?'

백화점 거울에 비친 얼굴이 자기의 진짜 얼굴이라고 착각한 이해기가 말했다.

"우리 보배, 오빠들이 이렇게 잘생겨서 사람을 못 사귀었나?"

"셋 중에 내 얼굴이 제일 미적 조형이 뛰어나긴 하다. 태어날 때부터 이 얼굴을 봤으니 돼지의 눈이 높아질 만하지."

"아이고, 우리 동생들 날 닮아서 예쁘다, 잘생겼다."

이보배는 폐부 깊숙한 곳에서부터 진심을 끌어모아 짧고 굵게 말했다.

"지랄한다."

이보배가 여성복 코너로 성큼성큼 걸어가자 셋이 고개를 숙이고 우르르 뒤따랐다.

남성복을 고를 때와 달리, 화르세인지는 이보배의 옷을 고르는 데 시행착오를 겪었다. 평소 남자 옷은 유심히 살폈지만 여자 옷은 유심히 살피지 않았기 때문이다.

판타지 세계 귀족가의 화려한 드레스가 눈에 익은 그에게 간소한 옷도 이보배가 보기엔 너무 화려했다. 그래서 몇 번의 시행착오를 거친 뒤에야 이보배가 납득하고 입어 볼 만한 심플한 옷이 나왔다.

탈의실에서 옷을 갈아입고 나온 이보배의 옷매무새를 직원이 매만졌다.

"오빠분이 옷도 골라주시고, 좋으시겠어요."

"하하, 그렇죠."

"모두 남매신 거죠?"

"네."

"다들 인물이 좋으셔서 멀리서도 눈에 확 박히네요."

직원의 립 서비스를 웃으며 넘기던 이보배의 머리를 무언가 스치고 지나갔다.

'잠깐만. 이거 위험한 거 아닌가?'

이보배는 유명해지지 않기 위해 노력하는 이해기를 떠올렸다. 업계인이 잔뜩 모인 곳에서 한현우와 영화를 같이 보면 당연히 주목받을 것이다. 그런 데다 외모까지 눈에 확 박혀?

이보배는 거울을 보며 머리를 올리느냐 내리느냐로 갈등하는 이해기를 손짓해 불렀다.

"무슨 일이니? 이걸로 살래?"

"작은오빠 가능한 눈에 안 띄게 살겠다고 하지 않았어?"

제가 말해놓고 잊었었는지 이해기의 눈이 흔들렸다. 조용한 삶과 박마노와의 저녁 식사. 이해기는 결론을 내리고 웃으면서 이보배에게서 멀어졌다.

"한생아, 머리 올리는 게 나을까 내리는 게 나을까?"

"아이고, 못 살아."

견제당하지 않으려고 조용히 사는 게 아니라 그냥 일하기 싫었던 게 진실이었나 보다. 이한생이 큰마음 먹고 이귀한을 초대한 마당에 말해서 무엇 하겠는가.

부디 사라진 미래에서 박마노를 사로잡은 매력을 다시 발산할 수 있기를.

이보배는 작은오빠의 연애가 만범순풍이길 빌었다.

이보배와 이해기는 박마노와 극장 근처에서 만났다. 한현우는 극장에서 바로 만나기로 했다. 옷에 신경 쓸 필요 없다던 박마노는 정말 평소와 비슷하게 입고 왔다.

"이야, 남매가 기깔나게 빼입었네."

"안녕하세요, 박 과장님."

"뭐야, 아직도 삐졌어요? 이걸 어쩌나. 나는 기분이 좋은데!"

박마노가 푸하하 웃으면서 이해기에게 어깨동무했다. 이해기가 찜해뒀던 대장장이가 속성 부여 스킬을 얻은 것이다. 스카우트한 박마노로선 자다가도 웃을 일이었다.

"이해기 씨 안목 인정합니다. 인정 응 인정."

"박마노 씨 말대로 끝난 일이고 신세 져서 대접하는 마당에 더 붙들고 늘어지는 것도 추하겠죠. 잊겠습니다."

"호탕한 양반이네! 하하하!"

박마노가 어깨동무를 풀지 않고 이해기의 등을 퍽퍽 쳤다. 친밀한 스킨십에 이해기는 아닌 척해도 좋아했다.

'분위기 나쁘지 않은데?'

이보배는 시작이 좋은 것 같아 덩달아 기분이 좋아졌다.

작은오빠가 박마노와 대화하게 내버려 두고 극장까지 이동하니 한현우가 먼저 와 기다리고 있었다.

"아이고, 우리 한현우 부길드 마스터."

"안녕하십니까, 박 과장님."

"오늘따라 부길드 마스터 신수가 훤합니다? 좋은 일 있나 봐요?"

한현우는 예상대로 박마노를 경계했다. 그러다 신경 써봐야 박마노에게 놀림받는다는 사실을 깨닫고 이보배에게로 고개를 돌렸다.

"병원에서 헤어지고 처음 뵙습니다. 몸은 괜찮으십니까?"

"네, 괜찮습니다. 신경 써주셔서 감사해요."

"두 분이 이렇게 나오셨다는 건 다른 가족분은 돌봐주는 분이 계신 겁니까?"

한현우는 창고와 병원에서 이귀한과 이한생을 보았다. 형제 때문에 일할 수 없다는 이해기의 변명이 거짓말이었음을 눈치챘을 것이다.

"아하하, 그렇죠. 저녁에만 잠깐 나오는 거니까 오빠들을 재우고 왔죠. 그 정도는 괜찮거든요. 그나저나 오늘 아주 멋지세요."

절반은 말을 돌리려는 의도고 절반은 진심이었다. 평소와 비슷한 박마노와 다르게 한현우는 전신에 돈을 두르고 왔다. 헌터용 장비로 추정되는 게 곳곳에 보이긴 했지만 정장과 매치를 잘했다. 이해기가 말한 미래의 패션 유행인 헌터룩의 좋은 예시였다.

"오늘은 제가 사계절을 대표해 이 자리에 나왔으니까요. 원래는 풀 장비를 맞춰 올 생각이었습니다만 길마 형이 말렸습니다."

좋은 예시는 개뿔이. 이해기 같은 사람이 여기 또 있었다. 이보배는 어쩐지 둘이 친해진 이유를 알 것 같았다.

극장 안으로 들어서니 영화 상영이 시작되기 전에 즐길 수 있는 간식과 앉을 공간이 있었다. 약속이라도 한 것처럼 일행은 내부를 훑었다.

"캬, 검성 양반 기분 좋아 죽는 소리 들리죠? 대통령도 이만큼 못 모으겠다."

박마노의 말대로였다. 유력 길드의 마스터나 부길드 마스터, 네임드 헌터와 각성자가 육군본부의 별처럼 널려 있었다.

"반야의 영향력이 날로 커지고 있군요. 사계절도 힘내야겠습니다."

별 중 하나인 한현우는 덤덤했고 왕년에 왕별이었다는 이해기도 무덤덤했다. 이보배 혼자 마음속으로 비명을 질렀다.

'끼아아아아아악!'

이보배에게 박마노와 한현우가 동시에 경고했다.

"나나 한현우에게서 떨어지지 마."

"저나 박 과장님에게서 떨어지지 마십시오."

이해기는 누가 챙겨주고 말고 할 것 없이 자연스럽게 한현우의 뒤에 섰다. 그러자 부길드 마스터를 수행하러 온 길드원으로 보였다.

'오, 괜찮네.'

별의 빛으로 자신을 감춘다. 이해기가 아주 생각 없이 나온 건 아닌 듯해 이보배는 납득했다.

박마노와 한현우를 알아본 사람들이 인사했다.

"어쩐 일로 둘이 같이 왔어? 빙제는?"

"박 과장님, 잘 지내셨죠?"

"사계절은 부길드 마스터 한 명만 보냈나 봅니다."

TV에서나 보던 사람들이 한자리에 있으니 이보배는 머리가 어지러웠다. 박마노에게 누가 되지 않도록 표정 관리에 힘썼다.

"같이 온 사람은 누굽니까? 소개 부탁드려도 될까요?"

박마노와 인사를 마친 사람들이 이보배에게 관심을 가졌다.

"내 친한 아는 동생입니다. 일하다가 우연히 연이 닿아 만났는데, 아, 사람이 착해. 인성이 어찌나 바르고 훌륭한지 몰라. 그래서 계속 친하게 지내려고 그래요."

"각성자십니까? 전투계, 생산계, 보조계?"

"생산계 연금술사입니다. 포션 메이커고 아직 수행 중이라 미숙합니다……."

"B급 포션 메이컵니다. 얘가 이렇게 겸손해요."

그 말을 들은 길드 관계자들이 이보배에게 집중했다. 이보배는 쥐구멍이 있다면 숨고 싶은 심정이 되었다.

'이렇게 관심받아도 되는 건가?'

슬쩍 이해기를 보고 구원을 요청했더니 이해기가 괜찮다는 듯 고개를 끄덕였다.

"사계절 있다가 전투 연금에게 인정받고 독립해서 공방 차릴 예정입니다. 괜히 눈독 들이거나 찔러보기 금지. 성장하는 후배를 예쁜 눈으로 봐줍시다."

명함 지갑이 터질 것이라던 박마노의 예언이 사실이 되었다. 이보배는 명함을 받다가 정신이 없어져 결국 받는 족족 인벤토리에 수납했다.

"연락 부탁드립니다."

"개업하시면 꼭 연락주십시오. 화환이라도 보내겠습니다."

"연금술사 친목 모임이에요. 내키면 들어와요. 오픈 대화방도 있어요."

"네, 감사합니다. 연락드리겠습니다."

"다 받았지? 자자, 이제 끝!"

박마노가 장사 종료를 알리는 상인처럼 휘이휘이 손짓했다.

'아이, 깜짝이야.'

박마노의 손짓을 피해 뒤로 물러나던 이보배는 한현우와 부딪쳐 어깨를 떨었다. 조금 떨어진 거리에서 다른 사람과 대화하던 한현우가 언제 왔는지 이보배 뒤에 바짝 붙어 서 있었다.

"괜찮으십니까?"

"아니요, 제가 갑자기 뒤로 물러서서……."

이보배는 한현우가 박마노처럼 가까이에 있었던 이유를 생각하기 위해 머리를 굴렸다.

'설마 마노 선배랑 같은 이유인가?'

이보배와의 친분을 과시해 뒷배가 있음을 보여주기 위해서?

'마노 선배가 있으니까 굳이 부길마까지 낄 이유는 없는데……. 아, 혹시 개인으론 안 된다는 뭐 그런 건가?'

이보배는 이런 쪽으로 약한 짱돌을 열심히 굴렸다. 판타지 소설에서 본 길드 간 알력이나 다툼 에피소드 등이 사고 확장에 도움을 주었다.

사람이 아무리 강해도 혼자서 할 수 있는 일엔 한계가 있다. 오지 않을 미래의 이해기는 검성을 넘어서 세계 최강자의 자리에 올랐다. 하지만 동생을 노린 마수는 방지하지 못했다. 사람이 아무리 강해도 초월적인 힘을 보여주지 못하면 얕보거나 빈틈을 노리는 자가 생긴다.

이해기를 박마노로 치환해도 동일하다. 언뜻 보면 박마노의 뒤에 관리국이 있는 것처럼 보이지만 사실은 반대다. 관리국의 뒤에 박마노가 있는 것이다. 그렇기 때문에 관리국의 위상은 박마노의 위상을 뛰어넘을 수 없다.

그것을 보완해 주는 것이 한현우, 즉 사계절의 존재다. 사계절은 세계에서 노는 반야 길드보단 떨어지지만 이번 균열 공략의 성공으로 대한민국 1위의 길드가 되었다.

이보배가 사계절 출신이고 길드를 나온 후에도 한현우와 교류를 이어가는 모습을 보여주면 사계절이 뒤를 준다는 인상도 동시에 줄 수 있었다.

'작은오빠, 이거 맞지? 내가 생각하는 게 맞는 거지?'

이보배는 활짝 웃고 싶어 올라가는 입꼬리를 억누르며 이해기를 보았다. 한현우 뒤에서 수행인처럼 위장하고 있는 이해기는 실제로 만족스러운 미소를 짓고 있었다.

이해기의 미소는 이보배와 눈이 마주치자 사라졌다. 이해기가 아닌 척하고 고개를 돌렸다. 그렇지만 이보배는 이미 작은오빠의 마음을 다 알아챈 뒤였다.

'상시 과보호 모드가 나쁘기만 한 건 아니네.'

이보배와 비슷한 생각을 한현우와 박마노도 했다.

박마노야 처음부터 이보배의 뒷배를 자처할 생각이었다. 한현우 또한 이씨 남매와 지금보다 더 긴밀한 관계를 유지하고 싶었으니 괜찮은 선투자였다.

"사계절 덕분에 일이 좀 쉽네."

"가족은 독립해도 한 식구 아니겠습니까."

서로에게 공치사를 날리려던 둘은 이쪽을 응시하거나 귀를 기울이고 있는 주변을 신경 썼다.

이보배와 박마노는 친해도 되고 이보배와 사계절은 친해도 되지만 박마노와 사계절은 적당한 거리를 유지해야 했다.

초대객의 대부분이 헌터다 보니 무슨 말을 하든 확성기 끼고 말하는 것과 비슷했다. 한현우가 인벤토리에서 스크롤을 꺼내며 이보배에게 말을 걸었다.

"이보배 씨."

한현우가 말을 거는 중간에 스크롤을 찢었다. 이보배와 일행 주위로 반투명한 막이 쳐졌다.

"이제 편히 말씀하셔도 됩니다."

반투명한 막은 외부의 소리는 그대로 전달하면서 내부의 소리를 차단한다. 입술 움직임으로 대화 내용을 파악하지 못하도록 얼굴 부위도 블러 처리해 주는 획기적인 상품이었다.

박마노는 인상을 구겼다.

"거미가 파는 거네. 하긴, 한현우 부길드 마스터는 거미 새끼 단골이었지."

"훌륭한 정보상 겸 중개상이 있는데 이용하지 않는 건 자원과 시간 낭비입니다."

"근데 이거 쓰면 안 친한 척하려고 한 거 쓸모없지 않습니까? 어떻게 생각합니까, 한현우 부길드 마스터."

"이보배 씨가 궁금해서 보여준 거라고 둘러대면 되겠죠."

외부 소리가 차단되고 얼굴 부위는 안 보인다. 이보배는 너무 신기해서 막 사이를 여러 번 왔다 갔다 했다. 그런 이보배를 헌터 셋이 귀엽다는 듯 바라보았다.

"제가 너무 어리게 굴었죠? 죄송해요. 그런데 너무 신기해서."

"와, 산전수전 공중전 다 겪은 능구렁이만 보다가 보배 보니까 너무 풋풋하다."

"처음 보면 신기할 수 있습니다. 어쨌든 헌터들은 귀가 밝고 눈이 맑으니 프라이버시를 위한 상품도 많습니다."

"이런 건 얼마인가요?"

"얼마 안 합니다."

"그렇구나, 한현우 부길드 마스터에겐 얼마 안 하는구 나. 가난한 공무원은 부러워서 엉엉 웁니다."

군납품을 무려 독점으로 판매하시는 한현우에게 비싼 물건이 있기는 할까? 그 군납, 이보배도 무척 하고 싶었다.

'포이즌 메이커 스킬 얻었단 소리는 여기서 하면 안 되 겠지.'

아무리 스크롤로 대화를 차단했어도 이곳은 너무 공개 된 장소다. 이보배는 입을 다물고 손가락으로 반투명한 막 만 콕콕 찔렀다.

"제 동생이 좀 귀엽죠?"

막내의 재롱(?)에 흠뻑 빠진 이해기가 자랑하듯 말했 다. 한현우는 동조하듯 고개를 끄덕였다. 박마노는 반대로 뭐 이런 새끼가 있냐 표정을 지었다. 동생 등골 빼먹으면 서 귀여워하기만 하면 다냐는 얼굴이었다.

박마노는 한마디 쏘아붙이려다 포기했다. 이해기의 표 정이 전장에서 20년 구르다 은퇴해 손주 어리광을 보는 어르신 같았기 때문이다.

"이걸로 나아쁜 새끼들은 떨어져 나갔겠지?"

"재료 공급을 빌미로 부정 계약을 들이밀 양심 없는 사람들도 사전 차단되었을 겁니다."

주위 시선 때문에 하지 못한 공치사가 이어졌다.

"역시 A급 균열 공략에 성공한 길드가 있으니 다르구먼. 이상하게 나를 만만하게 보는 사람이 있더라고. 공무원이라 그런가?"

"그런 말씀 마십시오. 최근에 신라로 본보기를 보이셨으니 한동안 쥐 죽은 듯 조용할 겁니다."

이보배는 고마워 어쩔 줄을 몰랐다.

"정말 감사합니다. 식사 대접 한 번으로는 모자랄 은혜를 입었어요."

"우리도 다 바라는 게 있어서 해주는 거니까. 그리고 이 자리를 마련한 사람은 따로 있잖아."

박마노가 가리키는 이는 검성이 아니다. 이보배는 바로 알아들었고 한현우는 한발 늦게 알아채 돌아서서 이해기를 보았다.

"영화를 보자고 하셨다가 갑자기 약속을 취소하시고 이보배 씨를 보내신다더니 다시 말을 정정하셔서 당황했었습니다만, 이보배 씨를 위해 자리를 마련하신 거였군요. 역시 이해기 씨. 노련하십니다."

"아, 모인 김에 같이 먹기로 한 게 아니라 보배 때문에 그런 거였어?"

"네. 약속은 저희 쪽이 먼저였습니다. 이보배 씨에게 전하는 게 늦고 박 과장님이 끼시면서 일이 더 쉬워졌지만요."

"이해기 씨 돈은 안 벌어도 보배 위하는 마음은 있구나."

이보배는 경력 22년 헌터의 혜안을 모르고 작은오빠를 무시했던 과거를 반성했다. 그리고 아까부터 하고 싶었던 말을 했다.

"작은오빠, 내가 공방 차린다니까 내 생각해서 약속 잡은 거였지? 난 그것도 모르고……."

약속을 잡아놓고 동생을 대타로 내보낸다. 그런 무례한 짓으로 스스로의 신뢰도를 깎는 짓을 왜 하나 했더니 다 이보배를 위해서 그런 거였다.

"날 위해서라고 솔직하게 말하지. 괜히 오해했잖아."

"하하, 대놓고 말하면 부끄럽니."

"이런 건 생색내도 돼."

이해기가 그런 게 아니라며 계속 겸양 떨었다. 동생을 위해 체면을 버리기 쉽지 않았을 텐데 겸손한 모습을 지속하자 박마노와 한현우가 고개를 끄덕였다.

"암, 생색내야지. 우애 좋은 모습, 보기 좋네."

"좋은 형님을 둔 이보배 씨가 부럽습니다."

"하하하하."

진짜 속셈은 따로 있었지만 그것만은 들켜선 안 되기에 이해기는 멋쩍은 듯 웃었다. 이해기에겐 다행히도 넷의 대화는 오래가지 않았다.

대통령도 한 번에 모을 수 없는 헌터를 한자리에 모은 주역이 등장했다. 검성 고진수가 특유의 무림풍 장포를 휘날리며 등장했다. 묵빛 장포에 은사로 수놓은 용은 장포가 움직일 때마다 살아 있는 것처럼 꿈틀거렸다.

그가 등장하자 약 400명의 사람이 동시에 입을 다물었다. 그만큼 검성의 존재감은 압도적이었다.

검성의 등 뒤에 시립한 사람들도 모두 무협풍 옷을 입었다. 검성을 필두로 저쪽만 무림에 간 듯 분위기가 달랐다.

극장 안이 침 삼키는 소리도 울릴 만큼 조용해졌다. 모두의 시선이 자신에게 향했다고 확인한, 아니, 확신한 검성이 포권을 취했다.

"본좌의 초대에 이렇게 모여주어 고맙소."

나직이 말했지만 소리가 바닥을 울리며 멀리 떨어진 사람의 귀에도 선명하게 전달되었다.

이보배는 소름이 돋아서 팔을 감쌌다. 짧은 순간이지만 검성이 400명 전원과 한 번씩 눈을 마주친 것 같았다.

"곧 영화가 시작되니 즐겨주길 바라오."

검성은 단 두 마디만 말해 버리고 나갔다. 검성을 따라온 무림풍 옷을 입은 사람들은 나가지 않고 상영관 입구로 가 좌석을 안내했다.

"곧 상영이 시작됩니다. 입장해 주시기 바랍니다."

"초대장을 보여주시면 좌석으로 안내하겠습니다."

상영관으로 가는 사람은 없었다. 다들 오랜만에 목도한 검성에게서 느낀 바를 정리하느라 바빴다.

박마노가 이를 갈고 말했다.

"염병할 영감탱, 더 강해졌네."

"변함없이 거대한 벽이군요."

박마노가 물꼬를 트자 각자가 동행인이나 지인, 친구, 동료와 소감을 나눴다. 이보배는 영화를 보기 전 화장실에 다녀오기로 했다.

"무슨 일 있으면 소리 지르렴."

"내가 같이 갈까?"

"손만 씻을 거라 괜찮아요."

"검성의 객을 건드리면 무사하지 못할 테니 안전은 안심하셔도 될 겁니다."

검성뿐이겠는가. 이보배를 건드리면 검성보다 무시무시한 마왕이 쫓아온다. 이보배는 종종걸음으로 화장실에 갔다.

'긴장됐어.'

실제로 본 검성의 위압감은 압도적이었다. 절로 기가 질려 이보배의 손엔 식은땀이 배어 나왔다.

'얼굴도 질렸나?'

이보배는 혹시나 해서 거울을 보았다. 화장실 조명 덕분인지 잘 차려입은 보람이 있는지 오늘따라 자신이 예뻐 보였다. 이보배는 혀를 끌끌 찼다.

'백화점 거울보다 무서운 화장실 거울이야.'

화장실을 나온 이보배는 검성과는 다른 의미에서 시선을 사로잡는 붉은색과 마주쳤다. 선명하게 붉은 치파오를 입은 아라크네가 벽에 기대 인사했다.

"안녕하세요, 이보배 고객님."

검성의 초대를 받은 쟁쟁한 업계인들이 한자리에 모인다. 정보상이라면 초대받지 않아도 와볼 만한 장소였다.

'이 사람이라면 초대받았겠지만.'

"안녕하세요, 아라크네 씨. 초대받아 오셨나 봐요?"

"네, 온 김에 VIP 고객님들께 인사드리고 있었답니다. 근데 샌드위치가 너무 맛있어서 립이 좀 번져 버렸어요."

아라크네가 작은 손거울을 들여다보며 입술 화장을 고쳤다. 치파오 색만큼 붉은 입술을 지우니 색이 옅은 본래 입술이 드러났다.

"고객님 앞에서 화장을 지우니 조금 부끄러워요."

"화장실에 거울 크고 조명 좋은데 안에서 고치세요. 파우더 룸도 있어요."

"아이 참, 고객님도. 안에 들어가면 동태를 못 살피잖아요."

"아, 그러네요."

아라크네는 순식간에 화장을 고쳤다. 이보배는 멍하니 그 모습을 올려다보며 아라크네의 키에 감탄했다. 이보배 자신도 평균보다 살짝 큰데 아라크네는 모델처럼 길었다.

'180은 넘겠지? 이렇게 짐작해 봐야 어차피 헤어지면 까먹을 텐데.'

아라크네와 대화하고 있을 땐 모든 게 떠오르지만 헤어지면 붉은 치파오만 뇌리에 남는다. 수정 화장을 마친 아라크네가 거울과 화장품을 인벤토리에 수납했다.

"그냥 인사만 드리러 온 건데 기다리게 해버렸네요. 고객님의 시간을 뺏어 죄송하니까 정보를 하나 알려 드릴게요."

모르는 게 약이고 아는 것이 힘이다. 이보배는 둘 중 후자를 골랐다.

"검성은 신파극을 좋아해요."

"신파극이요?"

"눈에 빤히 보이는 약자의 몸부림이요."

'그건 신파가 아닌 것 같은데.'

아라크네가 한 말은 무림식으로 표현하자면 사파스러웠다. 검성은 무림계로 치면 하오문주쯤 되는 인물이니 당연한 것일지도 모른다.

"그럼 전 다음 고객님께 인사드리러 가볼게요. 박 과장님껜 저 봤다는 얘기 하지 말아주세요."

아라크네가 요염하게 윙크하고선 사라졌다. 이보배는 안개처럼 흩어지는 아라크네의 인상착의를 붙잡지 않고 미련 없이 일행이 기다리는 곳으로 향했다.

검성이 신파극을 좋아한다니. 어쩐지 영화 스토리에 대한 기대가 떨어졌다.

"곧 상영이 시작됩니다. 착석해 주십시오."

이보배는 박마노의 뒤를 따라가다가 옆에서 걷는 이해기를 보았다. 세계 최강자를 보았지만 이해기는 여전히 덤덤했다. 덤덤한 걸 넘어서 못마땅한 심기를 감추려는 느낌이 강했다. 이보배는 무슨 일인가 싶어 문자를 보냈다.

[표정이 왜 그래?]
[검성은 강하지만 신뢰할 수 없다.]
[왜? 마노 선배가 싫어해서?]
[그게 아니다. 검성은.]

"초대장을 보여주십시오."

"여기요."

"박마노 님과 동행인, 자리 안내해 드리겠습니다."

상영관에 들어가면서 이보배는 핸드폰을 인벤토리에 넣었다. 이해기와 가까이 앉는 우연을 바랐지만 그런 일은 벌어지지 않았다.

무림풍 옷을 입은 사람이 안내해 준 자리에 도착한 이보배와 박마노는 침묵했다. 박마노가 손가락으로 자리를 가리켰다.

"진짜 여기가 우리 자리?"

"지존께서 박 소협의 자리는 특별히 친히 지정하셨습니다."

"와, 사람 엿을 이렇게 먹이냐."

박마노가 뒷목을 잡았다. 이보배는 주위를 둘러보았다.

둘이 안내받은 자리는 상영관의 맨 앞줄이었다. 무대 인사를 보러 왔다면 가장 좋은 자리겠으나 아이맥스 영화를 보려면 목이 고생하는 자리였다.

초대한 검성도 그 사실을 알고 있는지 앞의 두 줄은 비워두었다. 오직 박마노만 맨 앞 정중앙 자리를 안내받은 것이다.

"그냥 서서 보면 안 됩니까?"

"지존께서 박 소협의 자리는 특별히 친히 지정하셨습니다."

"그럼 얘는? 얘는 나 따라온 죄로 목 디스크 걸리게 생겼잖습니까."

"전 괜찮아요."

초대한 사람이 모두 참석하지는 않았다. 검성에게 반감을 가져 초대를 거부한 사람도 있고 갑자기 일이 생겨 빠진 사람도 있었다. 박마노가 그런 빈자리에 이보배를 앉게 해달라고 했지만 직원은 완강했다.

영화가 상영되려는 듯 조명이 꺼졌다. 이보배는 자리에 앉았다.

"저 정말 괜찮아요."

"아냐. 미안해, 보배야. 나중에 보고 싶은 영화 생기면 말해. 극장 전세 내고 보자."

영화가 시작되었다. 박마노도 자리에 앉았다. 이보배는 고개를 뒤로 젖혔다. 자세가 조금 불편했지만 의자가 편해서 그럭저럭 볼 만했다.

영화가 끝나고 상영관에 불이 켜졌다. 영화는 재밌었다. 검성이 감수를 맡았다는 액션은 진짜 박진감과 현장감이 넘쳤다. 무협지에서 글로만 보던 무술들이 눈앞에서 펼쳐지니 감탄이 절로 나왔다.

액션만 웅장한 게 아니다. 반야 길드 소속 마법사들이 맡았다는 특수 효과는 어찌나 화려한지 CG가 아니라는 걸 믿을 수 없었다.

유명한 거장에게 의뢰했다는 음악도 좋았고 건물과 복식 등도 훌륭했다.

스토리는 검성이 있던 세계의 영웅담이라는데 고전적이고 좋았다. 검성이 신파극을 좋아한다는 말에 스토리를 걱정했던 이보배는 눈물을 닦았다. 쥐어 짜낸 눈물이 아니라 감동해서 나온 눈물이었다. 천만 관객을 찍었다는 영화다웠다.

다만 영화제에 출품하면 온갖 상을 휩쓸 이 영화에도 딱 하나의, 그리고 아주 치명적인 단점이 있었다.

"주인공 표정 연기가 다 똑같아서 몰입에 방해되더군."

단독 주연인 배우의 연기력이 많이 부족했다.

"얼굴은 낯이 익은 걸 보니 나름 알려진 배우인 것 같은데 왜 저렇게 연기 못하는 사람을 데려다 썼지?"

"누가 이 사람 입 좀 막아."

"검성 동생이잖소!"

"그것도 모르면서 여기에 오다니 간이 부었네."

"검성 동생 이름은 고진아 아닙니까? 엔딩 크레디트엔 지나라고 뜨던데."

"해외 진출을 위한 예명이잖아요. 아, 사람 눈치 없기는."

보좌관이 신신당부한 말을 귓등으로 흘려 넘긴 눈치 없는 자가 당황했다. 그가 필사적으로 자신이 한 말을 수습하려 애썼다.

"발성은 아주 훌륭하던데."

"용쓴다."

박마노가 끌끌 혀를 차고서 기지개를 켰다. 이보배도 옆에서 따라 했다. 세 시간 동안 고개를 젖히고 있었더니 목덜미와 어깨, 턱 전체가 뻐근했다.

"재밌네."

"네, 재밌었어요."

'연기가 참⋯⋯.'

재미는 있었는데 주연 배우의 연기가 참 아쉬웠다. 이보배는 설명하기 어려운 복잡한 감정을 느꼈다.

천하의 검성도 동생의 연기력은 어쩔 수 없었던 모양이다. 이보배는 자신의 꿈이 가수나 배우가 아닌 걸 천만다행으로 생각했다.

'똑같이 돈과 시간을 투자해도 엘릭서 못 만드는 거랑 연기력 안 느는 건 느낌이 다르거든.'

동일하게 재능의 영역임에도 사람의 인식이 다르다. 전자는 그럴 수도 있다는 반응이라면 후자는 이렇게 투자했는데도 그것밖에 못 하냐 소리 듣기 딱 좋았다.

"귀빈들을 위한 만찬이 준비되어 있습니다. 만찬에 참여하실 분은 이쪽으로 와주시기 바랍니다."

"우린 나가자."

"만찬에 빠져도 괜찮을까요? 저희 때문에 빠지시는 거면…….."

"괜찮아, 괜찮아. 난 이미 찍혔어."

다행히 박마노 말고도 만찬에 불참하는 사람이 많았다. 애초에 여기 온 모두가 대한민국 균열 업계에서 한가락씩 하는 사람들이다. 그리고 균열과 몬스터는 때와 장소를 배려해 주지 않았다. 영화 상영 중에도 핸드폰이나 무전이 쉬지 않고 울렸고 중간에 빠져나가는 사람도 있었다.

이보배와 박마노는 자리가 자리인 만큼 가장 빨리 상영 관에서 나왔다.

그런데 화장실을 찾는 둘 앞에 뜻밖의 사람이 등장했다.

"영화를 본 소감이 어떻소, 박 소협?"

검성이었다. 가까이에서 검성을 보게 된 이보배는 눈이 빠질 것처럼 놀랐다. 심장이 고양이에게 물린 병아리처럼 콩닥콩닥 뛰었다.

"영화 좋던데요. 잘 만들었습디다. 근데 인간적으로 자리 너무하신 것 아닙니까?"

"홋, 평소 박 소협의 목이 뻣뻣한 것 같아 일부러 지정한 자리이오만. 본좌의 배려가 마음에 들지 않았나 보오."

"제 목은 원래 이래서 괜찮은데 얘 어쩔 겁니까."

박마노가 뒤에 숨어 있던 이보배를 앞으로 끌어냈다. 이보배는 놀라서 기절하는 줄 알았다. 검성이 눈썹을 치켜세웠다.

"이 소저는 누구요?"

"제 아는 동생입니다. 보배야, 인사 올려라. 검성 어르신이다."

"안녕하세요, 이보배입니다."

최근 담력을 길러 간신히 이름을 밝힐 수 있었던 이보배를 검성이 진중한 눈동자로 훑었다.

"무재는 없는 듯한데 사적으로 친분을 쌓은 소저인가?"

"무재가 다는 아니죠. 연금술사입니다."

"연단술사라. 박 소협의 눈에 들었다면 적절한 재능이 있겠군."

"그건 맞지만 재능이 전부는 아니죠. 얼마나 착한 앤데요. 영감 동생과 사연이 비슷합니다."

박마노가 이보배의 등을 툭툭 쳤다. 이보배는 의도를 몰라 어리둥절해하다가 곧 박마노의 의도를 깨달았다.

특이한 스킬을 얻은 후 이보배는 처음 만나는 사람에게 꼭 가정사를 풀어놓았다.

"균열의 날 부모님을 잃고……."

가정사가 비슷해서 그런지 검성은 이보배의 구구절절한 사연을 끊지 않고 끝까지 들었다. 다 들은 후엔 감탄하기까지 했다.

"참으로 심성이 곱고 갸륵한 소저구나! 진아 생각이 나."

"저는 각성했으니까요. 검성 님의 동생분처럼 고생하진 않았어요."

"진아는 본좌가 돌아와 고생의 결실을 누리고 있으나 이 소저는 여전히 집안을 이끄는 가장이 아닌가! 가뜩이나 고단한 처지의 소저가 본좌의 심술에 얽혀 고생이 많았다."

"예? 아뇨아뇨. 송구합니다."

"기특한 아해를 그냥 보낼 순 없지."

검성이 장포 소매에 손을 넣더니 뒤적거렸다. 그러곤 옥패 하나를 꺼내 던졌다. 검성이 던진 옥패가 물 흐르듯 부드럽게 이보배가 잡기 좋은 위치로 움직였다.

'이게 말로만 듣던 허공섭물.'

이해기의 추천은 판타지에만 그치지 않았으니. 이보배는 무협도 조금 읽었다. 대부분 천마가 주인공이었기에 허공섭물은 기본 무술로 등장했다.

"누군가 힘으로 너를 억누르려 하거든 옥패를 가지고 반야 길드로 오너라. 진짜 힘이 무엇인지 보여주마."

이보배가 옥패를 두 손으로 받으며 허리를 굽혔다. 무협식으로 절이라도 할까 싶었지만 그건 좀 과한 것 같아서 참았다.

"대인의 은혜에 감사드립니다."

이보배는 아까 영화에서 본 대로 따라 했다. 검성이 근엄한 얼굴로 고개를 끄덕였다.

박마노는 이보배의 대사 때문에 영화 생각이 났는지 소리 내 웃었다.

"무공으로 암은 고쳐도 연기력은 어떻게 못 하나 봅니다?"

"네 이놈, 박가야. 감히 본좌의 혈육을 우롱하는 게냐?"

검성의 몸에서 중후한 내력이 방출되었다. 박마노는 번개 같은 속도로 이보배를 뒤로 물리고 몸에 전기를 둘렀다.

"왜요, 영감님? 팩트 폭행에 뼈가 아프십니까?"

"어설픈 힘과 잔재주를 믿고 날뛰는 천둥벌거숭이 같으니라고."

"영감님이야말로 법치국가에서 힘 있다고 인생 막사는 거 아닙니다."

기운을 먼저 거둔 건 검성이었다. 검성은 땅이 꺼져라 깊은 한숨을 내쉬었다.

"그렇게 심각했소?"

"주연 연기 빼고 다른 게 다 고퀄리티라 위화감이 장난 아니던데."

"어허 통재라. 절세의 무공을 지녀도 가족을 위해 노력한 동생의 소원 하나 들어주지 못하는구나."

검성이 진심으로 안타까워하는 게 느껴졌다. 박마노가 계속 깐죽거렸다.

"영감 귀환한 후에 사기 치던 거 보면 연기에 재능이 있던데 동생은 없나 봅니다. 아쉽게 되었수다."

검성의 기운이 다시 폭발했다.

"놈! 어린것이 재능이 아까워 살려두었더니 하늘 높은 줄 모르는구나! 내 가엾은 아해를 보아 참았거늘 하늘을 들쑤시려 하느냐!"

"내가 신라 뒤지다가 뭘 발견했게요? 신라가 무슨 짓 하는지 알면서도 냅뒀대?"

"본좌의 식솔은 그런 하찮은 일에 끼지 않느니라!"

"끼진 않는데 알고 있었으면 찔러주면 덧납니까? 덧나? 죽어?"

"본좌와 반야는 누구보다 위험한 사지에 들어가 요마와 혈투를 벌이고 있다! 그런 하찮은 일에 신경 쓸 필요 없지!"

"개구라 치시네. A급 균열 공략한다고 구라 치고 이 영화 찍은 거 다 알거든요? 노는 거 자유고 균열 공략 안 하는 것도 자유지만 구라는 치지 맙시다. 그 나이 먹고 인생 그렇게 살아서 좋아요? 아, 진짜 내가 댁한테 속은 것만 생각하면 혈압이 올라서."

사실 검성이 먼저 박마노의 뒤통수를 후려쳤기 때문에 보통은 검성이 이쯤에서 물러난다. 그런데 이번엔 검성이 물러나지 않고 역정을 냈다.

"놈! 오냐오냐 봐주니 끝도 없이 기어오르는구나! 정녕 벌주를 들 테냐!"

"한 대 치겠습니다?"

'아니, 왜 여기서, 아니, 왜 나 있는데!'

이보배는 이제라도 도망칠까 망설이다가 아라크네가 했던 말을 떠올렸다.

'신파극을 좋아한다고 했지?'

그렇지 않아도 이보배가 집안 사정을 얘기하니 검성의 반응이 꽤 호의적이었다. 이보배는 이를 악물었다.

'통할지 안 통할지 모르지만 내가 인생의 주인공이다 생각하고 질러 버리는 거야.'

이보배는 박마노 뒤에서 고개를 내밀고 외쳤다.

"동생분 소원을 들어주지 않기는요! 들어주셨, 아니지, 두 개나 들어주셨잖아요!"

"본좌가?"

"몸 건강히 돌아오셨잖아요. 아버님 치료도 해드리고요. 제가 장담하는데 그거 두 개가 동생분의 가장 큰 소원이었을 거예요!"

할 말을 다 하고 이보배는 눈을 꼭 감았다. 이보배는 최선을 다했다. 남은 건 이 뻔하면서 한없이 진심에 가까운 대사가 검성에게 얼마나 먹혔는지에 따라 달렸다.

검성이 박마노를 보았다. 어떻게 이런 착한 아이와 친해졌냐는 눈빛이었다. 박마노는 나니까 친해질 수 있었다는 눈빛으로 응수했다.

"이 기특한 아해의 얼굴을 봐 박 소협의 무례를 잊겠소. 다음에 볼 때까지 몸 성하길 바라오."

검성은 구름을 밟는 듯 신묘한 경공을 선보이며 둘의 앞에서 사라졌다. 이보배는 긴장이 풀려 쭈그려 앉았다.

"으하, 깜짝 놀랐어요."

"미안. 나라도 참았어야 했는데 너무 빡쳐서."

박마노가 진심으로 사과했다. 검성이 먼저 물러서지 않으면 자신이라도 물러났어야 했는데 신라 길드 일과 영화 만든답시고 균열을 소홀히 한 일 등이 겹쳐 참지 못했다.

"동생 연기력 때문에 창피해서 그런가, 평소보다 화를 잘 내는데. 평소엔 나 잘났소, 하고 아량 넓은 어르신 연기하는 양반이. 정말 미안해, 보배야."

박마노가 미안한 마음을 담아 이보배를 끌어안았다. 이보배는 숨이 막혀 죽는 줄 알았다.

이보배는 놀란 마음을 진정시킨 뒤 검성을 만난 소감을 밝혔다.

"생각보다 소탈한 분이시네요. 인간적이시고."

"저거 다 연기다. 속지 마."

"연기요?"

"능구렁이 백 마리는 고아 먹은 양반이니까 속지 마. 내가, 내가⋯⋯."

박마노가 주먹을 꽉 쥐고 이를 갈았다. 박마노의 몸 주위에서 스파크가 튀었다.

"감쪽같이 속은 걸 생각하면 자다가도 뒷목이 그냥. 하, 천마 새끼. 선의를 엿으로 보답하냐. 그래놓고 내가 건방지게 군다고 고깝게 보고."

"천마요?"

"그럼 저게 천마지 검성이겠어? 무슨 일 있으면 힘으로 억누르고 장애물은 죽여서 치우는데? 저 영감 꼴 보기 싫은 사람은 머리통 터뜨려서 죽여. 본인은 검성을 자처하지만 누가 봐도 천마지."

'역시 무림계 귀환자는 천마구나.'

박마노는 검성 앞에서 천마라고 부르면 목이 날아간다는 생존 팁을 알려줬다. 이보배는 그 외의 정보를 들으며 극장 밖으로 나갔다.

박마노와 이보배가 있던 통로는 대화가 방해받는 걸 막기 위해 검성이 통제했던 듯했다. 다른 통로로 먼저 나온 이해기와 한현우가 둘을 기다리고 있었다.

"오는 중에 무슨 일 있었니?"

이해기가 먼저 나가놓고 늦게 나온 동생을 걱정했다. 이보배는 늦은 걸 사과하며 검성과 마주친 사실을 알렸다.

"만찬장에 간 사람들은 목이 빠져라 기다리고 있겠군요."

검성과 만나기 위해 만찬장에 갔을 텐데 검성이 바로 오지 않으니 애가 탈 것이다. 이보배도 한현우의 말에 동의했다.

"기다리느라 지루하셨죠? 죄송해요."

"아닙니다. 저희도 아라크네와 만나 잠시 담소를 나누었습니다. 갑자기 대화를 중단해 왜 그러나 했더니 과장님과 이보배 씨가 오신 겁니다."

"거미 새끼 왔어? 이 새끼 분명히 만찬장으로 갔을 텐데!"

박마노가 만찬장으로 달려가려다가 이를 갈며 참았다.

"가서 뭐 하냐. 찾지도 못하는데. 밥이나 먹으러 갑시다."

"그럼 식당으로 가시죠."

남매가 예약한 식당으로 가기 위해 앞장섰다. 그때 귀에 익은 목소리가 일행을 불러 세웠다.

"과장님."

주위에 헌터가 많다 보니 다가오는 기척에 예민하게 반응하지 않은 셋이 일시에 돌아보았다. 이보배는 반 박자 늦었다.

최요한이 웃으면서 넷에게 인사했다.

"이보배 씨와 이해기 씨, 한현우 부길드 마스터도 안녕하세요."

"기척이 익숙하다 싶더니 진짜 너였냐. 왜 왔어?"

"영화만 보자고 하시고 이보배 씨와 식사한다는 얘기는 안 하셨잖아요."

최요한이 이보배를 흘깃 보고는 계속 말했다.

"저번에도 저만 빼놓고 대게 드셔서 이번엔 저도 끼려고 왔죠. 근데 괜히 왔다 싶네요."

최요한이 특유의 선량한 미소를 지었다.

"더블 데이트에 낄 만큼 눈치 없진 않거든요."

데이트란 소리에 이보배와 박마노가 동시에 고개를 저었다.

"그런 거 아니에요. 마침 잘 오셨어요. 최요한 씨도 같이 가요."

"아니에요, 제가 어떻게. 기왕 온 거 검성이 주는 식사나 먹어야겠네요. 아는 사람도 없이 저 혼자 쓸쓸히……."

데이트에 낄 생각 없다면서 최요한은 불필요한 사족을 달았다. 뿐인가. 대놓고 쓸쓸한 표정을 지으며 고개를 숙이고 어깨를 축 늘어뜨렸다.

"수 쓰지 마라. 누가 보면 내가 굶기는 줄 알잖아."

"그러지 말고 같이 가요. 지금 식당에 전화해서 한 명 늘어난다고 알릴게요."

설마 사람 한 명 늘어난다고 안 된다고 하겠는가. 이보배가 예약한 식당에 전화했다. 식당에선 알겠다고 흔쾌히 대답했다.

이보배가 앞서 걷고 박마노가 옆에서 나란히 걸었다. 최요한이 둘의 뒤를 따랐다. 한현우는 묘한 눈빛으로 사색에 잠겼다가 발을 떼었다. 마지막으로 이해기가 혀를 차며 걸음을 옮겼다.

이씨 남매가 고른 음식점은 베이징덕을 전문으로 하는 중식당이었다. 박마노와 한현우의 입맛을 알고 있는 이해기가 선택했다.

"공무원이 이렇게 비싼 음식을 대접받아도 되는 걸까 몰라."

"과장님, 침 흘러요."

"그동안 신세 진 게 많은데 식사 한번 대접 못 해드리다가 이제야 하는걸요. 부족하지만 마음껏 즐겨주세요."

"신세 많이 졌습니다."

실제로 한 일이 많은 박마노와 최요한은 사양하지 않았다.

한편 한현우는 여전히 떨떠름한 표정을 지우지 않고 있었다.

'입맛에 안 맞나? 아니면 자리가 불편한가?'

한현우의 입맛을 아는 이해기가 선택했으니 가리거나 알레르기가 있는 음식이 나오진 않았을 것이다. 대접하는 입장에서 손님의 심기가 불편해 보이니 이보배의 마음도 조마조마했다.

"입에 안 맞으세요?"

"아니요, 맛있습니다."

오리를 입에 넣은 한현우의 표정이 한결 부드러워졌다. 최요한은 먹는 데 열중했고 박마노가 검성 욕을 하면 이해기가 맞장구쳤다. 자연스럽게 이보배는 한현우와 대화를 이어갔다.

"자리가 불편하셨을 텐데 괜찮으십니까?"

"끝나고 조금 불편했는데 지금은 괜찮아요."

둘은 영화에 대한 감상을 나눴다. 한현우는 작중 등장한 무술과 파괴력에 주목했고 이보배는 주먹질 한 번 허투루 보지 않은 그의 안목에 감탄했다.

"무술이 그렇게 많이 나왔나요? 저도 볼 걸 그랬나……."

먹는 데 열중하던 최요한이 대화에 꼈다. 이보배는 부족하게나마 열심히 나온 무술을 설명했다.

"이쪽으로 슉 하니까 저쪽에서 펑 하고."

"와아, 그렇군요."

"개봉하면 극장에서 보면 됩니다."

"하아, 호출하면 출동하는 인생에 극장에서 볼 시간이 있을지 모르겠네요."

"블루레이나 VOD 서비스를 이용하시죠. 그보다 이보

배 씨."

동갑 꼰대가 진지하게 자신을 부르자 이보배는 지레 놀라 긴장했다. 소싯적에 학습지 좀 쌓아둔 경험자로서 숙제 검사를 할 것 같다는 불길한 예감이 들었다.

"포션 연구 진척은 어떠십니까?"

불길한 예감은 현실이 되었다. 이보배는 적당한 변명을 찾기 위해 필사적으로 뇌세포를 가동했다.

"개업은 반년 뒤라고……. 아직 반년 안 지났는데요. 호호호."

"개업이 반년 뒤고 그 전엔 연구와 개업 준비를 하신다고 들었습니다. 개업 준비는 많이 하셨습니까?"

이보배는 퇴사 후 그녀가 뭘 하든 우쭈쭈해 주는 오빠들과 지냈다. 놀거나 쉬라는 얘기는 지겹게 들었어도 일하라는 소리는 한 번도 들은 적 없다.

현실을 일깨워 주는 동갑 꼰대와 만나니 마음속 한량이 비명을 질렀다.

'끄아아아악!'

"판매 상품은 정하셨습니까? 상품에 따라 소개할 재료상이 바뀌어서 여쭤보는 겁니다."

"제게 조금만 더 시간을 주시면……."

이보배는 지원 투수를 찾았다. 박마노는 박자까지 타가며 검성 욕을 했고 이해기는 거기에 추임새를 넣고 있었다. 작은오빠의 연애는 그린라이트였다.

"너무 재촉하지 마세요. 이보배 씨는 큰일을 겪으셨잖아요. 휴식이 필요해요."

작은오빠도 이보배를 버렸는데 그녀의 지원군을 자처한 이는 최요한이었다.

"납치 현장도 같이 보셨잖아요. 얼마나 충격받으셨겠어요. 제가 범죄에 휘말린 피해자를 많이 봤는데 직후엔 괜찮다고 생각하다가 나중에 충격이 찾아오는 분이 많으세요."

"듣고 보니 그렇군요. 제 생각이 짧았습니다. 죄송합니다, 이보배 씨."

이보배가 게으름 피웠을 뿐인데 애꿎은 한현우가 사과하니 마음이 좋지 않았다. 이보배는 어떻게든 그간의 게으름을 무마할 핑계를 찾았다.

"충격은 괜찮고요. 사실은 제가 새 스킬이 생겨서 생각 좀 하느라."

"새 스킬을 얻으셨습니까?"

한현우가 눈을 빛냈다. 검성 욕을 하던 박마노도 입을 다물었다. 이해기는 새 스킬에 대해 말하려는 이보배를 말리지 않았다. 자리에 있는 사람들이 모두 회귀자 입장에선 신뢰할 만한 인물이기 때문이다.

"실은 제가 얼마 전에 〈포이즌 메이커〉 스킬을 얻었는데요."

"보배야, 관리국 오자. 잘해줄게! 월급 적으면 내가 사비로 준다!"

"이보배 씨를 처음 뵈었을 때 뒤에서 후광이 비쳤다고 말씀드렸던가요?"

소녀 가장은 양심상 스카우트하지 않겠다던 박마노가 관리국에 오라고 꼬드겼다. 최요한은 갑자기 이보배를 찬양했다.

한현우는 둘처럼 호들갑 떨지 않았다. 그는 진지하게 이보배가 한 말을 확인했다.

"등급은 어떻게 되십니까?"

"E급이요. 제가 독을 제조하려고 하니까 그게 잘……."

"포션과 다르죠. 압니다. 기본적으로 포션이라 하면 떠오르는 건."

"회복 포션이요."

"하지만 독 하면 떠오르는 대중적인 독은 없습니다. 그렇기 때문에 〈포이즌 메이커〉 스킬을 이용해 마력만으로 독을 제조하면 제작자가 알고 있거나 중독 경험이 있는 독만 제조됩니다."

"아, 그래서 균열개미의 마비 독만 주야장천 나왔구나!"

스킬을 시험한 후 내내 이보배를 괴롭히던 의문이 단번에 풀렸다.

"독 때문이라면 제게 오셨어야죠. 마침 잘되었습니다. 한동안 연구와 길드 운영에 집중할 예정이었으니 이보배 씨를 위해 시간을 낼 수 있습니다."

'시간을 내? 왜?'

이보배만 한현우의 말에 의문을 품은 것일까. 주위를 돌아보니 모두 당연하단 얼굴이었다. 심지어 이해기는 뿌듯해했다.

"시간을 내주신다니…… 요?"

"독 제작은 제가 전문입니다. 해외에 나가지 않는 이상 관련 지식을 얻기 어렵습니다. 제가 가르쳐 드리죠."

"제가 독학하면서 막히는 부분을 여쭤보는 건 안 될까요?"

"이보배 씨."

한현우가 팔짱을 끼고 스산하게 말했다.

"눈을 감고 해독제를 제작할 수 있습니까?"

"아니요."

"눈코입귀는 물론이고 전신의 땀구멍에서 피를 쏟으며 해독제를 제작할 수 있습니까?"

"아니요."

"마비된 상태에서 해독제를 먹는 꼼수는 아십니까?"

"아니요."

"제가 이 날 이때까지 목숨 붙이고 살아 있는 건 길드에서 균열 보상으로 나온 해독제를 제게 몰아줬기 때문입니다. 해독제 제작도 못 하시면서 독학하시겠다고요?"

'이게 아닌데.'

그냥 〈포이즌 메이커〉 스킬이 생겼다고 말했을 뿐인데 한현우가 개인 교습을 자처했다. 인구 많은 동아시아를 통틀어 양지의 포이즌 메이커가 한현우 한 명밖에 없다 보니 외로웠던 것인지도 모른다.

'어쩔까.'

극한의 효율을 추구하는 한현우에게 배운다면 스파르타 방식이 확실할 것이다. 그러나 이보배 내면의 한량이 공부하기 싫다고 징징거렸다.

'시끄러워, 어차피 슬슬 그만 놀아야겠다고 생각했잖아.'

스스로를 지킬 힘을 원해 독이 생겼으면 쓸 줄도 알아야 한다. 업계 최고면서 이보배가 접할 수 있는 유일한 전문가의 교육 제의를 거부하면 바보였다.

"열심히 하겠습니다."

당초의 계획보다 길고 무의미하지만 한없이 달콤했던 이보배의 휴일은 그렇게 끝났다.

이보배와 박마노는 5차를 약속했으나 내일부터 수업

을 시작하겠다는 한현우의 말로 취소되었다. 박마노는 이씨 남매와 한현우를 먼저 보내놓고 근지러웠던 입을 털었다.

"저거 그거지?"

"네, 그거네요."

"아직 본인은 모르는 거 같지?"

"이보배 씨도 짐작 못 하시는 것 같던데요?"

"이해기 씨가 판을 깔아놓으면 뭐 하나. 하나는 자기 마음을 모르고 하나는 아예 생각이 없는걸."

"방해꾼 난입도 막지 못했죠."

"진짜 일부러 온 거였냐? 여우 같은 새끼."

박마노가 최요한을 밀쳤다. 최요한이 약한 척 멀찍이 밀려났다.

"이걸 어쩌나. 상대가 연어면 우리 여우 승산이 있나?"

"네? 제가 뭘요?"

"오, 여우는 모르는 척하시겠다."

"과장님이 뭘 말씀하시는 건지 모르겠지만 외모랑 성격은 제가 이기죠."

"너 원래 성격 더럽잖아."

"좋아하는 사람에게만 착하면 되는 거 아닐까요?"

최요한이 특유의 선량한 미소를 짓고는 박마노를 돌아봤다.

"과장님이야말로 어쩌실 거예요?"

"뭐가?"

"이해기 씨요."

"쓰읍, 첫인상은 별로였는데 계속 보니까 나름 귀엽단 말이지……."

박마노의 고민은 오래가지 않았다. 박마노와 최요한의 핸드폰이 동시에 진동했다. 박마노는 혀를 끌끌 찼다. 한현우가 수업을 내일부터 시작하지 않았어도 어차피 5차는 못 달렸을 것이다.

"우리 팔자에 연애는 무슨."

"전 할 건데요. 저를 끼워 넣지 마세요."

"잘났다, 새끼야."

"그래서 영화 관련으로 하고 싶었던 말이 뭐였어?"

"주인공이 검성의 동생이라는 것?"

"에이, 뭐야. 스포일러 아니었잖아."

이보배는 어이가 없어서 피식 웃었다. 운전대를 잡은 이해기가 억울한 듯 투덜거렸다.

"네가 말할 틈을 안 줬잖니."

"아, 맞아."

이보배는 인벤토리에서 검성이 준 옥패를 꺼냈다. 천하 제일의 무공 고수에게 한 번 도와주겠다는 보증을 받았으니 자랑하고 싶었다.

"이것 봐라. 검성에게 받았어. 누가 나 때리면 한 번 복수해 주겠대."

박마노에겐 심술궂고 전적이 화려해 겁먹었지만 직접 만난 검성은 그렇게 무섭지 않았다. 가족을 아끼고 동생을 위해 영화를 찍어주는 인간적인 면모도 있었다.

"마노 선배가 하도 이를 갈아서 걱정했는데 괜한 걱정이었어."

"오만한 만큼 강하고 적에겐 손속이 잔인하나 약자에겐 가끔 자비를 보이지. 가족을 끔찍이 아끼고 제 수하들에겐 잘해준다. 알아. 나도 그렇게 나쁜 사람이라고 생각하진 않았다. 제자는 아니지만 몇 수 배우기도 했고 누나가 탐탁해하지 않아도 친하게 어울렸어. 하지만."

이해기가 종종 입에 담았던 말을 재차 말했다.

"검성은 믿을 수 없어."

"범죄라도 저질렀어?"

"도망쳤다."

자신이 말해놓고도 허탈한지 이해기가 허허 웃었다.

"검성은 가족들만 데리고 다른 세계로 도망쳤어. 길드원과 애제자도 내팽개치고 가족들만 챙겨 사라졌지."

이해기가 인상을 썼다. 울 것 같은 얼굴이었지만 그는 계속 웃었다.

"검성이 있었다면 피해가 그렇게 크진 않았을 거다. 적어도 제자들이라도 무사했다면……. 그런 생각을 하면……. 됐다, 이제 와 무슨 소용이겠니. 내가 살았던 것도 결국 형 덕인데."

"작은오빠……."

세계를 구했으면 자랑스러워해야 하는데 이해기는 그러지 못했다. 죄책감에 괴로워하는 이해기에게 해줄 수 있는 위로가 늘 똑같아서 이보배도 덩달아 괴로웠다.

"그건 작은오빠 잘못이 아니야. 큰오빠도 괜찮다고 했잖아."

"그런다고 내가 형을 죽인 사실이 바뀌진 않는다. 나는, 이제 바라는 게 몇 없다. 형과 한생이, 네가 행복하게 살기만 하면 돼."

"작은오빠도."

"그래. 나도 행복하게 살아야지."

이해기가 자신을 챙겨주는 이보배가 고맙다는 듯 머리를 쓰다듬었다. 한 시간 걸려 드라이한 머리지만 어차피 집에 가는 길이기 때문에 이보배는 관대하게 용서했다.

"그래서 말인데 보배야."

"응."

"오빠는 최요한보단 현우가 좋다."

"내가 뭐래? 작은오빠가 행복하다면 남자든 여자든 괜찮아."

"내 뜻은 그게 아니라……. 매제로는 현우가 좋다는 말이다."

"푸하하하하하하!"

이보배가 근래 들은 농담 중에 제일 웃겼다. 이보배는 배를 잡고 웃다가 참지 못하고 이해기를 때렸다. 왜 사람은 웃을 때 옆 사람을 때리고 싶어질까?

"정신 차려, 작은오빠. 최요한 씨도 그렇고 부길마도 나한테 관심 없어. 동정은 하겠다. 부길마는 한심함도 추가."

이보배는 이해기를 김칫국 마스터로 임명했다. 어떻게 엮어도 한현우와 최요한을 갖다 붙인단 말인가? 김칫국도 보통 김칫국이 아니었다.

"내가 오늘 좀 예쁘긴 했지? 고마워. 근데 그건 진짜 아니야."

"내 동생에게 라이트노벨 주인공의 자질이 있었다니."

라노벨 주인공의 자질 중엔 자신에게 쏟아지는 이성의 관심을 알아채지 못하는 것이 있다. 이른바 둔감 속성이다. 주위에선 다 아는데 혼자 모른다.

이보배가 연애 한 번 못 해보고 죽은 건 사람을 안 만나서가 아니라 철벽을 쳐서는 아니었을까?

"푸하하하! 너무 웃겨! 전투 연금을 나한테, 나한테 갖다 붙여!"

이해기는 동생의 방정맞은 웃음소리를 들으며 입꼬리를 내렸다. 이번 생도 조카 보긴 글렀단 생각에 그의 마음이 울적해졌다.

외전 2. 큰오빠에겐 무슨 일이 있었는가

회귀자는 독단적이다. 회귀자는 치사하다. 회귀자는 유치하다.

회귀자의 독단으로 이씨 남매의 여행지는 균열 속이 되어버렸다. 자유로운 프리 돼지 이보배는 힘껏 외쳤다.

"죽여 버릴 거야, 이해기!"

이 세상의 모든 속박과 굴레를 벗어던진 지금이라면 진짜 작은오빠의 목을 조를 수 있을 것 같았다.

차가 비포장인 길을 질주하면서 엉덩이를 찧고, 급정지해서 안전 벨트에 몸이 졸렸다. 차가 멈춘 후에 이보배는 허허 웃었다.

마력의 흐름이 피부로 느껴졌다. '밖'과는 마력의 밀도와 흐름이 명백하게 달랐다.

이보배는 슬그머니 눈을 떴다.

주위가 푸르렀다. 차가 질주해 향한 곳은 한강의 어느 다리 밑이었는데 이곳은 숲이었다.

초목이 우거진 숲 한가운데인 것이다.

균열은 입구로 들어온 각성자에게 제 이름을 밝혔다.

[폭주한 소환 사원]

−난이도 : D∼B

−마감 : 카운트 다운 중단 상태

−이름 외에 알려진 정보가 없다. 감정이 필요하다.

"진짜 들어오다니."

이보배는 눈만 동그랗게 뜨고 주위를 두리번거리며 계속 허허 웃었다. 웃음이 그치지 않았다.

"나무에 박기 전에 멈춰서 다행이다. 하마터면 무사고 경력 22년 깨질 뻔했네."

"차보다 네 두개골을 걱정하렴, 둘째야."

이귀한이 이해기의 어깨를 잡고 음산하게 속삭였다.

"조각을 내버려라, 악마야!"

이한생이 웬일로 이귀한에게 동조했다. 형과 동생들의 분노를 한 몸에 받게 된 이해기가 변명했다.

"다들 들어봐. 여긴 B급 균열 〈폭주한 소환 사원〉이야.

여기에 놓치면 아까운 히든 피스가 있어. 그냥 두면 다른 사람에게 뺏긴다고."

히든 피스. 평범한 공략으론 발견할 수 없는 숨겨진 요소를 말한다.

그냥 보스를 잡고 뒤에 새로 생긴 문을 향해 들어가 히든 보스를 잡으면 나오는 것부터 기상천외한 방법으로 발견하는 것까지. 종류도 가지각색, 방법도 다양했다.

히든 피스는 회귀자 독식의 상징이기도 하다. 회귀자 혼자 위치와 습득법을 알고 있다가 싹싹 긁어모으는 게 클리셰였다.

회귀자가 히든 피스를 양보하는 상대는 동료 또는 히로인뿐이다. 그 외엔 해당 사항 없다.

히든 피스 없는 회귀자는 앙금 없는 찐빵이며 햄 없는 부대찌개다. 작은오빠가 성장을 소홀히해도 언젠가 히든 피스를 챙길 것이라 예상하긴 했다. 예상은 했지만.

"꼭 지금 이랬어야 했어?"

"지금이 아니면 뺏겨! 그 꼴은 못 보지."

이해기가 물욕을 숨기지 않았다. 이보배는 회귀자의 추악한 물욕에 진저리쳤다.

"애초에 뺏기는 게 아니라 작은오빠가 뺏는 거잖아!"

본래 그 히든 피스를 발견할 사람은 따로 있지 않은가. 굳이 따지면 이해기가 원주인의 것을 미래 정보로 뺏는 쪽이 진실이었다.

이보배가 뭐라 항의하는데 멀리서 큰 소리가 들렸다.

꾸어어엉.

거대한 생물이 울부짖는 소리였다. 이보배는 깜짝 놀라 어깨를 움츠렸다.

"몬스터다."

"우와, 엄청 큰가 보네."

"돼지. 얼른 이 기분 나쁜 곳에서 나가자."

다행히 진입 후 출구가 사라지는 유형의 균열은 아니었다. 균열 출구는 바로 뒤에 있었다. 이보배는 화르세인지의 말에 따르기로 했다.

"작은오빠 여기 남아서 히든 피스 얻든지 말든지 맘대로 해. 우린 나가서 강원도 갈 거야. 큰오빠는 어쩔래?"

"나도 나갈래. 게임 출석 보상받아야 해."

이보배가 안전벨트를 풀고 차 문을 열려 하자 이해기가 차 문을 잠갔다. 이보배는 눈에 쌍심지를 켰다.

"뭐 하는 거야?"

"한생아, 퀘스트 떴니?"

이해기 이보배의 항의를 무시하고 뒷좌석에 대고 물었다. 망나니는 대답하기 싫은 티를 여실히 내다 결국 대답했다.

"강제는 아니다."

"좋아. 넌 나랑 같이 간다. 보배는 여기에서 형이랑 기다려. 형은 근방에 오는 몬스터 잡아서 보배 막타나 치게 해줘. 공헌도 영향은 미미하겠지만 안 하는 것보단 나을 거야."

이해기가 0.001퍼센트짜리 레시피 조각을 떠올리고 말했다.

"아무것도 안 했다가 0.001퍼센트도 못 받으면 안 되니까."

"무슨 소리야? 막내 오빠 데리고 어디를 가?"

"나는 절대로 사기꾼을 따라가지 않을 것이다."

이해기는 동생들의 거부와 항의를 무시했다. 이보배가 뭐라 할 새 없이 작은 새끼가 이를 드러내고 쪼개더니 차 밖으로 나갔다. 이보배는 서둘러 문을 열고 따라 나갔다.

"막내 오빠 건들기만 해봐."

"균열 몇 번 갔다 왔잖니. 그때보다 조금 더 조심하면 된다. 한생아, 가자."

"안 간다!"

이해기가 싫다는 화르세인지를 힘으로 차에서 빼냈다. 이귀한은 동생의 뒤를 따라 나와 주변을 돌아보았다.

"여기 B급이라며. 셋째 챙길 수 있어?"

"히든 피스는 놓쳤지만 공략해 본 곳이야. 나 혼자서 충분해. 보배야, 포션 남는 것 있니?"

"안 줄 거야. 갈 거면 혼자 가. 나랑 막내오빠 균열 나가서 짬뽕 순두부 먹을 거야."

"돼지의 말을 들었겠지? 놓아라, 이 간사한 사기꾼 새
끼야!"

망나니가 거칠게 반항해 이해기의 손아귀에서 벗어나는
데 성공했다.

이보배는 화르세인지의 손을 움켜쥐고 출구를 가리켰나.

"우린 나가서 여행 갈 거야. 공략은 작은오빠 혼자 실컷 해."

"흥!"

하마터면 끌려갈 뻔한 화르세인지가 거칠게 콧방귀를
뀌었다. 이귀한은 분열한 동생들을 번갈아 보다가 편애하
는 동생이 있는 곳에 붙었다.

"나 출석 보상."

정정한다. 게임을 할 수 있는 곳에 붙었다.

이보배를 필두로 남매는 이해기만 빼고 균열 출구 쪽으
로 이동했다. 이해기가 후다닥 달려와 출구를 가로막았다.

"비켜."

"보배야, 오빠 못 믿니?"

"믿으니까 B급 균열에 두고 가지."

이해기의 헌터 등급은 B급이고 이 균열의 등급도 B급이
다. 공략해 본 이해기가 B급이라니 B급일 것이다.

등급이 같다고 혼자 공략할 수 있다고 생각해선 안 된
다. B급 균열에 혼자 들어가는 B급 헌터? 이보배가 알기

로 그런 간덩이 큰 사람은 없었다.

이보배의 전 회사인 사계절만 하더라도 B급 균열을 공략하기 위해 공략대를 보냈다. 본래 균열이란 인원 제한이 있으면 꼭꼭 채워 가는 게 정상이었다.

인원 제한이 없으면? 그러면 더 신중해진다. 균열의 규모가 방대하거나 몬스터의 물량이 만만치 않다는 암시기 때문이다.

이보배는 자신이 믿는 작은 새끼의 어깨를 두드렸다.

"살아 돌아올 걸 믿어."

"보배야, 우리 이러지 말자. 나만 좋자고 이러는 게 아니다. 너도 균열 한번 들어가 볼 생각이었잖니."

"가족 여행을 균열로 오고 싶진 않았어."

"사기꾼과 말을 섞어봐야 말재간에 휘둘릴 뿐이다. 무시하거라, 돼지야."

화르세인지가 이보배를 재촉했다. 이보배가 앞이 막힐 걸 예감하고 걸음을 옮겼다. 이해기는 그녀를 막지 않았다. 어깨를 축 늘어뜨리고 사과했다.

"미안하다, 내 욕심이 과했다. 오늘이 아니면 안 된다는 생각에 그만……."

이해기가 진솔하게 사과하자 이보배의 마음이 약해졌다. 오빠의 정신연령은 지천명을 앞뒀다는 것을 생각하니 더욱 마음이 안 좋았다.

'마음 약해지면 안 되는데.'

"말 섞지 말라니까 그새 넘어갔느냐! 이 쉬운 돼지야!"

"어쩔 수 없네."

이보배는 아무 의사 표현도 하지 않았는데 이한생은 뒷목을 잡고 이귀한은 근처 나무 밑둥에 기대앉았다. 이해기는 싱글벙글 웃으며 발악하는 남동생을 달랬다.

"내가 하라는 대로만 하면 안 다쳐."

"네놈이 생각하는 다친다의 기준은 팔다리가 날아가는 것이잖느냐!"

"그럼 그 정도는 되어야 부상이지. 살 좀 베이고 찢긴 걸로 엄살떨면 안 된다, 한생아. 이 거친 세상 거칠게 살아야 강해지지."

힘의 논리(물리)에서 밀린 화르세인지가 오만상을 찌푸렸다.

이해기가 인벤토리에서 장비를 꺼내 이한생의 무장을 도왔다.

이보배는 막내 오빠와 작은 새끼의 인벤토리에서 처음 보는 장비들이 튀어나와 깜짝 놀랐다.

'균열 몇 번 돌더니 거기서 얻었나 봐.'

꾸어어엉!

거대한 몬스터의 괴성이 다시 들렸다. 처음 소리가 들렸을 때보다 거리가 가까워진 기분이 들었다.

"형, 보배 다치지 않게 조심해."

"나와 대접이 다르지 않느냐! 이건 차별이다!"

"원래 돼지는 다치지 않게 아껴주는 거야."

이해기는 억울해하는 화르세인지를 질질 끌고 숲속으로 들어갔다.

이보배는 둘이 자취를 감춘 후 한참이 지나서야 기막혀했다.

"진짜 공략하러 간 거야? B급인데? 둘이서?"

만에 하나 둘이 비명횡사라도 하면 이보배 인생에 길이 남는 악몽이 될 것이다.

"포션도 안 줬는데!"

이보배가 경악하고 둘을 쫓으려 했다. 이귀한이 잔상이 보일 만큼 빠르게 다가와 막내를 붙잡았다.

"막내야, 넌 못 쫓는다. 믿고 기다령."

"진짜 작은 새끼랑 막내 오빠로 괜찮을까?"

이해기를 지칭하는 호칭에 이귀한이 충격받아 입을 다물었다. 동공에 난 지진이 진정되려면 약 1분이 소요될 예정이다.

"진짜 괜찮은 거니까 둘만 갔겠지? 작은 새끼가 옛날부터 막내 오빠 놀리는 거 좋아했잖아. 괜찮겠지?"

회귀자가 설마 충동적으로 무작정 데리고 가진 않았을 것이다. 설마는 사람을 주로 잡지만 정말 아닐 것이다.

"둘째랑 셋째 다 괜찮아."

너무 강하셔서 시스템 협박이 가능한 최강자가 단언했다. 이보배는 귀환자와 회귀자를 믿어보기로 했다.

"나가서 기다릴까?"

이귀한이 실행되지 않는 게임을 안타까운 눈으로 바라보며 이보배에게 권했다. 이보배는 고개를 저었다.

도전하지 않는 과거를 반성한 지 얼마 안 된 차다. 약간의 도전 정신은 겸비해도 괜찮을 것 같았다.

"아니야, 여기서 기다릴게. 큰오빠가 지켜줄 거지?"

"내 출석 보상……. 100일 연속 출석 보상……."

"출석 보상만 받으러 잠깐씩 나갔다 올래?"

뽑기는 지르라고 돈을 줄 수 있지만 출석 보상은 대체제가 없다. 이보배가 차 뒤에 있는 출구를 가리키자 이귀한이 고개를 저었다. 중간에 나갔다 재진입하면 균열에 계속 머무는 것보다 공헌도가 떨어진다.

이보배는 이귀한 옆에 앉았다. 이귀한은 입술을 삐죽이며 핸드폰만 연타했다.

"소설 같은 데서 보면 막 스피드 공략 같은 거 나오잖아. 작은 새끼가 하루 만에 공략할 수 있지 않을까?"

"우리 막내가 소설을 너무 봤구나."

"작은 새끼보단 조금 봤어."

"오늘 내로 끝내면 좋은데. 근데 숲이 끝이 아닌데."

이귀한이 동생들이 사라진 숲을 가리켰다. 이보배는 그런 큰오빠의 손이 가리키는 방향을 보았지만 숲만 보였다.

"균열 이름이 〈폭주한 소환 사원〉이잖아. 사원이 있어."

"아, 그럼 숲 어딘가에 사원이 있고 거기에 보스나 균열 핵이 있는 거구나."

무심코 지나친 균열의 이름에 공략 단서가 있었다. 이보 배는 울창한 숲을 바라보았다. 나뭇가지와 잎에 가려 보이지 않지만 이 숲 어딘가엔 사원이 있을 것이다.

숙련된 헌터는 균열 내 마력의 흐름을 감지해 균열핵의 위치를 짐작한다. 그것만 생각하면 사원을 금방 찾을 수 있을 것 같지만 이게 말처럼 쉽지 않았다.

'대부분은 길이 꼬여 있댔지.'

마력 흐름만 믿고 따라갔다간 벽이나 바닥, 천장에서 길이 막히게 마련이다. 올바른 길을 찾는 것이 균열 공략의 시작이었다.

"작은 새끼는 두 번째니까 사원 금방 찾겠네."

"막내야, 빠루 꺼내."

이보배는 아무것도 느끼지 못했지만 인벤토리에서 빠루를 꺼내 손에 들었다. 이귀한이 그녀의 앞에 섰다. 세상 누구보다 듬직했다.

숲의 그림자에 숨어 사냥감을 노리는 변종 식인 넝쿨이 줄기를 뻗었다. 이귀한은 줄기를 잡아당겨 본체를 끌어냈다.

이귀한은 개미굴에서 그랬던 것처럼 손으로 변종 식인 넝쿨을 잡아 뜯었다. 손속엔 자비가 없었고 이보배의 주위에 피 냄새 대신 진한 풀 냄새가 자욱해졌다.

깩깩거리며 버둥거리던 식인 넝쿨이 힘을 잃고 축 늘어졌다. 이귀한은 몬스터의 사망을 알리는 시스템 알림을 보고 인상을 찌푸렸다.

"어, 죽었다. 막내야, 미안."

"괜찮아."

"몬스터들이 근성이 없어. 다음엔 꼭 숨만 붙도록 회 쳐 줄게!"

몬스터를 회 쳐주겠다던 큰오빠는 자기가 한 말을 지키려는 듯 손으로 몬스터를 난도질했다. 능지 형에 시달리던 설산원숭이는 머리 가죽이 모두 벗겨지고 두개골이 따일 때까지 숨이 붙어 있었다.

이보배는 큰오빠가 대령한 설산원숭이의 머리에 빠루를 휘둘렀다. 빠루가 뇌에 박히면서 설산원숭이가 죽었다.

[강제 소환된 설산원숭이 Lv.16를 처치했습니다. 경험치를 얻지 못합니다.]

〈폭주한 소환 사원〉에 강제로 소환된 몬스터는 그렇

게 사망했다. 이보배는 빠루에 묻은 설산원숭이의 뇌를 털었다.

"B급 균열인데 레벨이 생각보다 낮네."

"막내 안 도망가네?"

"도망가면 좋겠어?"

"아니."

이보배는 이귀한의 눈을 피하지 않고 마주 봤다. 이귀한이 한없이 순진한 듯하면서 아무 감정도 담기지 않은 특유의 표정을 지었다.

'어쩐지 잔인하게 죽이더라니.'

머리부터 살점을 도려내면 될 것을 어째 하반신을 도려내더라 했다. 이보배는 피와 살점이 고인 웅덩이를 흘끗 보고 말했다.

"아빠랑 낚시 갔던 거 기억나?"

"아니."

아까는 공기에서 쓴맛이 느껴질 만큼 풀 냄새가 짙었는데 피비린내가 덮어버렸다.

"낚시 바늘에 미끼를 꿰는데 내가 징그러워하니까 큰오빠가 대신 꿰어줬잖아. 저녁엔 아빠가 잡은 물고기를 손질해서 회 떠줬고. 난 미끼랑 물고기 손질이 징그럽다고 생각했지 잔인하다고 생각하진 않았어. 지금도 그래."

이보배는 인벤토리에서 물티슈를 꺼내 이귀한의 손과

얼굴을 문질렀다. 헌터용이라더니 피가 정말 잘 닦였다.

"큰오빠가 무슨 생각으로 이랬는지는 안 물어볼게. 내가 마음대로 짐작하고서 대답해 주고 싶은 건 이거야. 내가 큰오빠한테 마왕이라도 괜찮다고 한 건 빈말이 아니야."

사랑받고 싶고, 그 사랑을 확인받고 싶고, 그러면서 사랑을 시험해 보고 싶은 마왕이 히죽 웃었다. 이보배는 욕망에 충실한 큰오빠를 한 대 쥐어박고 싶은 걸 참았다.

"자, 이번 주 치 사랑."

"와아!"

"오렌지 맛이야."

"달아! 맛있어!"

이귀한이 꺄르르 웃으며 이보배가 건넨 포션을 홀짝였다. 이보배는 피 웅덩이를 보면서 투덜거렸다.

"다음부턴 이렇게 하지 마. 몬스터 몇 마리 왔다가 겁에 질려서 도망가더라. 내가 봤어."

"괜찮아. 부를 수 있어."

"그리고 아까 질문한 것도 알면 답해줘."

B급 균열인데 어째서 등장한 몬스터의 레벨이 낮은가. 이 또한 균열의 이름에서 쉽게 유추할 수 있다.

"〈폭주한 소환 사원〉이니까?"

"아, 그럼 여기서 나오는 몬스터는 소환 사원에서 랜덤으로 소환된 거구나."

"랜덤 뽑기……."

뽑기라고 하니 레벨이 낮은 몬스터의 등장이 순식간에 납득되었다. 이보배는 쓴웃음을 지었다.

"그러면."

꾸어어어엉.

이보배는 점점 가까워지는 거대 몬스터의 목소리가 들려오는 방향을 가리키며 말했다.

"저게 소환 사원이 뽑은 쓰알(SSR) 등급 몬스터란 거네."

"좋겠다. 부럽다."

뽑기 운이 좋지 않은 이귀한이 침울하게 중얼거렸다. 꼭 크다고 강한 건 아니다. 하지만 몬스터 몇 마리가 이귀한을 보고 도주한 상태에서 여전히 접근 중이라면 힘에 자신이 있다는 의미였다.

"막내야, 휩쓸릴 수 있으니까 차에 들어가 있어."

"응."

이보배는 차로 들어가 대괴수 결전을 관전하기로 했다.

'어떤 몬스터일까? 소리만 들어선 모르겠는데. 곰이나 호랑이 같은 몬스터가 튀어나올까?'

〈폭주한 소환 사원〉이 소환한 몬스터니 숲이라는 지형과 연관지어선 안 된다. 하지만 앞서 등장한 몬스터가 하나는 넝쿨이고 다른 하나는 설산 출신이지만 원숭이였다. 그에 따라 이보배의 상상력은 자연스럽게 제한된 것이다.

이보배는 우뚝 솟은 나무 위로 거대한 형체를 드러낸 거대 몬스터를 보고 자신의 눈을 의심했다.

"해파리?"

생긴 게 해파리 비슷하단 거지 진짜 해파리는 아니다. 어쨌든 거대한 해파리처럼 생긴 몬스터는 빔을 쐈다. 이번에도 이보배는 자신의 눈을 의심했다. 그러나 빔의 위력을 보고 감탄했다.

"와, 저거 덩치만 큰 게 아니라 진짜 쓰알이네."

빔이 지나간 자리는 나무가 불타 재만 남았다. 하늘에서 보면 숲을 도화지 삼아 선을 긋는 것처럼 보일 것이다.

한 발짝 옆으로 이동하는 걸로 빔을 피한 이귀한이 동생의 혼잣말을 듣고 분노했다.

"난 아직 쓰알 없는데!"

'용돈을 그렇게 퍼부으면서 아직도 없단 말야?'

이보배가 자신의 귀를 의심하거나 말거나. 이귀한은 소환 사원의 운에 분노하며 해파리에게 돌격했다. 나무를 쓰러뜨릴 만큼 크고 웅장한 촉수를 수도로 자르고 하늘 높이 뛰어올라 빔을 쏜 머리를 가격했다.

꾸어어어엉.

해파리가 특유의 소리를 내며 쓰러졌다. 지진이 난 듯 땅이 흔들렸다. 이보배는 안전 벨트를 매지 않은 걸 후회하며 몸을 웅크렸다.

"일단 다리는 다 떼고."

이귀한이 해파리를 회 치며 생글생글 웃었다.

"얼마나 남겨둬야 막내가 막타 치기 좋을까."

편치 않은 죽음을 직감한 해파리가 자폭하기 위해 힘을 응축했다. 이귀한에게서 어둠이 튀어나와 밧줄처럼 해파리를 속박했다.

"응, 안 돼."

그로부터 1시간 후. 이보배는 차에서 내려 이귀한이 샅샅이 해부하면서 목숨을 붙여둔 해파리에게 다가갔다.

"이걸 끊으면 될 거야, 아마."

이귀한이 신경 다발 비슷한 걸 가리켰다.

"알겠어."

이렇게 숨을 붙여놓는 재주가 용했다.

이보배는 있는 힘껏 빠루를 휘둘렀다. 신경 다발 주제에 이보배의 빠루를 튕겨냈다. 이보배는 쇳덩이라도 후려친 것 같은 고통에 손목을 잡고 폴짝폴짝 뛰었다.

세계 최강자는 훅 하고 불면 죽을 것 같은 동생을 안타까운 눈으로 보았다.

"빠루."

"여기."

이보배는 이귀한에게 빠루를 넘겼다. 이귀한의 손에 들린 빠루에서 불길한 기운이 맴돌기 시작했다.

이귀한이 빠루를 넘기기 전 경고했다.

"잡자마자 때리고 손에서 놓기야. 약속이다, 막내야."

"알겠어."

"그럼 고!"

이보배는 빠루를 받자마자 신경 다발을 향해 던지듯 후리고는 손에서 놓았다. 이보배 입장에선 눈 깜빡할 시간에 가까웠다.

그렇게 짧은 시간이었음에도 태어나 처음 겪는 살의가 치솟았다.

이보배는 순식간에 자신을 점령했다가 순식간에 떠난 살심에 머리를 흔들었다. 다행히 정신은 깨끗했다.

"잘했엉."

[소환에 응한 변종 ??? Lv.86을 처치했습니다. 경험치를 얻지 못합니다.]

내심 해파리의 종족명이 궁금했던 이보배는 물음표를 보고 침음을 삼켰다.

[???를 처치했습니다. 이름을 지어주세요!]

간혹 몬스터 중에서 최초로 처치한 사람이 이름을 붙일

수 있는 몬스터가 있다. 기준은 아무도 모른다. 어쨌든 최초로 처치한 사람이 붙인 이름은 시스템에 입력되어 공식 이름이 되었다.

이보배는 막타만 쳤기에 성명권을 이귀한에게 양보했다.

이귀환이 상큼하게 외쳤다.

"해파리냉채!"

"큰오빠, 그건 좀!"

"그럼 해파리냉채 곱빼기!"

"그건 더 안 돼!"

"알겠어. 쓰알해파리."

그렇게 거대한 몬스터의 이름은 SSR해파리로 시스템에 입력되었다.

이보배는 명명자의 정보가 기록되지 않는 걸 다행스럽게 생각했다.

변종 몬스터를 처치하고 이름을 붙인 업적이 생겨 정신력과 마력이 올랐다. 이보배는 두 주먹을 불끈 쥐고 기뻐했다.

"파리파리 해파리 해파리냉채."

"강원도 가면 사 줄게."

"나도 막내한테 가방 사 줘야지."

이보배는 갑자기 왜 가방을 사 준다는 건지 알 수 없어 의아해했다. 이귀한이 직접 해체한 SSR해파리 사체를 뒤졌다. 수박 크기의 마석이 튀어나왔다. 이귀한이 마석을 들고 덩실덩실 춤을 췄다.

"우리 막내 가방."

큰오빠의 마음은 고맙고 즐거워하는데 초 치긴 싫지만 이보배는 어쩔 수 없이 입을 열었다.

"마석 오염된 것 같은데."

"어? 진짜네? 쳇."

이귀한이 침을 뱉고 마석을 휙 던졌다.

"쓰레기 해파리."

쓰알의 쓰는 쓰레기의 쓰라며 이귀한이 투덜거렸다. 처음 처치한 몬스터이니 사체를 팔 수 있을까 싶어 살폈지만 사체 또한 오염된 상태였다.

'어쩔 수 없지.'

이보배는 SSR해파리의 숨통을 끊은 빠루를 내려다보았다. 합금으로 개조된 빠루인데 부식되고 녹슬어 발로 차니까 썩은 나뭇가지처럼 부러졌다. SSR해파리는 쓰레기 해파리가 아니었다. 이귀한이 너무 강했다.

이보배가 해파리 조각이 점령한 주변을 돌아보자 이귀한이 말했다.

"자리 옮겨?"

"아니야. 출구 근처에서 벗어나지 말자."

"그럼 치운다."

이보배는 이귀한이 몬스터 사체를 녹이거나 멀리 던져
버릴 거라고 생각했다. 사체를 집어 드는 걸 보고 역시 던
지겠구나 생각했는데 이게 웬걸. 이귀한은 사체를 먼 곳
이 아닌 자신의 인벤토리로 던졌다.

작은 동산만 하던 SSR해파리의 사체가 이귀한의 인벤
토리에 모조리 들어갔다. 이보배는 눈을 찌푸리고 물었다.

"큰오빠 인벤 크기가?"

"짱 커."

이보배는 다른 세계의 물건을 바리바리 싸 들고 온 몇
몇 귀환자를 떠올렸다.

"큰오빠는 있던 곳에서 가져온 거 없어?"

이보배의 질문에 설산원숭이 살점을 파묻던 이귀한이
고개를 들었다. 잘못된 질문이었는지 눈동자에서 빛이
보이지 않았다. 끝을 알 수 없는 어둠이 이보배를 쏘아
보았다.

"거기선 아무것도 가져오고 싶지 않았어."

이귀한이 설산원숭이를 포 뜰 때에도 멀쩡했던 이보배
의 몸에 소름이 돋았다. 이보배는 아무렇지 않은 척 인벤
토리에서 과자를 꺼냈다.

"먹을래?"

"응!"

이귀한이 희희낙락 과자를 뜯었다. 이보배는 고개를 돌

리고 눈가에 고인 눈물을 닦았다.

설산원숭이를 죽여 몬스터들이 겁먹어 도망치게 한 데다 소환 사원이 뽑은 SSR 몬스터도 죽인 둘에겐 몬스터가 접근하지 않았다.

이보배는 아무래도 상관없었지만 이귀한은 몬스터가 오지 않는다고 투덜거렸다.

"기왕 버스 태워주는 거 확실하게 태워줄게."

"그치만 몬스터가 안 오는데?"

"방법이 있엉."

"그럼 밥 먹고 좀 쉰 다음에 하자. 나 배고프고 졸려."

저녁 식사를 할 시간이었다. 이보배는 인벤토리에서 라면을 꺼냈다. 조리해야 하는 라면이 아니라 끓인 직후 냄비째 인벤토리에 수납한 라면이었다.

"막내가 준비성이 좋구나!"

"놀러 가서 라면 끓이기 귀찮으면 먹으려고 한 건데……."

"둘째 새끼가 잘못했네."

"작은오빠가 막내 오빠 밥은 먹일지 모르겠어. 괜히 가게 됐나 봐. 큰오빠 버스가 더 나은데."

"셋째가 있으면 내가 힘을 못 쓰니까. 쓰레기 해파리 왔을 땐 조금 위험했을지도."

강원도가 아니라 균열이지만 일단 숲에서 라면을 먹으

니 운치가 있었다. 시간 변화가 있는 균열인지 해가 뉘엿 뉘엿 저물어 밤이 되는 하늘을 지켜보는 것도 재밌고.

밤이 되니 좀 쌀쌀한 듯해 이보배는 담요를 꺼냈다. 한 장은 이귀한에게 주고 한 장은 자신이 덮었다.

작은 벌레와 새 우는 소리가 들리는 숲의 밤을 기대했지만 균열 속의 숲은 멀리서 몬스터 우는 소리만 들려줬다.

"큰오빠."

"응?"

여전히 터지지 않는 핸드폰을 들고 출석 보상을 곱씹던 이귀한이 건성으로 대답했다.

"정말 무슨 일 있었는지 말 안 해줄 거야?"

"하기 싫어."

"말해주지 않으니까 자꾸 안 좋은 상상만 하게 되잖아."

"그치만."

이귀한은 낯선 밤하늘을 올려다보았다. 아름다웠지만 그에겐 별 감흥을 주지 못했다.

동생들에게 돌아오기까지 얼마나 많은 낯선 밤하늘을 보았던가.

처음으로 보았던 낯선 밤하늘을 이제는 다시, 그 누구도 보지 못할 것이다. 이귀한은 그것 하나는 마음에 들었다.

"들으면 울 거잖아."

"가족이 고생했는데 어떻게 안 울어."

"복수는 했어."

"확실히 했지?"

"개미 한 마리 남기지 않고 가장 높은 산봉우리에서 가장 깊은 해저까지. 일일이 찾아 숨통을 끊고 아무것도 못살게 박살 냈어."

그래서 주위 생물체를 탐색할 때 인간이 있으면 그때의 기억이 되살아나 신경이 곤두선다. 찾아서 죽이고 싶은 충동이 강해진다.

오지 않는 몬스터들이 어디쯤 있을까 가늠해 보는 이귀한의 어깨를 이보배가 붙들었다. 그녀가 힘주어 말했다.

"잘했어."

이귀한이 벌였을 살육이 짐작되면서도 이보배는 자신이 한 말을 철회하지 않았다. 이귀한은 히죽히죽 웃다가 눈물을 글썽이고 어린아이처럼 울었다.

"으앙."

"오빠를 울리는 놈들은 죽어도 싸."

이보배는 울지 않으려고 눈을 부릅뜨고 세계 여럿 작살 내고 돌아온 마왕을 토닥였다.

이씨 집안 첫째와 막내는 다음 날부터 작업을 이행하기

로 했다. 이보배는 자동차 뒷좌석에서, 이귀한은 앞좌석에서 의자를 뒤로 젖히고 잠들었다.

다음 날 눈을 뜬 이귀한이 아련한 눈으로 출구를 응시하며 읊었다.

"출석 보상……."

"큰오빠만 잠깐 나갔다 와."

"안 돼. 막내는 내가 지킨다."

이귀한이 도망친 몬스터들을 불러오겠다고 한 방법은 간단했다. 본인의 마력을 좀 과시하면 된단다. 그러면 힘에 취한 몬스터들이 몰려온다.

밖에 있으면 위험할 수 있다는 귀환자의 판단에 따라 이보배는 몬스터를 다 처리할 때까지 차 안에서 기다렸다.

한 번의 손짓으로 균열 자체를 파괴할 수 있는 어둠은 동생 버스를 태워주기 위해 사지를 움직였다. 살육의 쾌락도 자제하고 숨을 붙여두었다.

워낙 많은 수가 동시에 몰려들어 어쩔 수 없이 죽인 것도 몇 마리 있었다. 그럴 때마다 이귀한은 분풀이 삼아 죽은 몬스터의 사체를 터뜨렸다.

이보배는 차 안에서 명상의 시간을 보냈다. 밖에서 피분수 쇼가 벌어지는 통에 유리창이 붉어 밖이 보이지 않았기 때문이다. 몬스터의 괴성과 비명이 유일하게 바깥 상황을 살필 단서였다. 처음엔 흥미진진했지만 계속 들으니

지겨웠다.

30분쯤 지났을까. 유리창이 두들겨졌다. 이귀한이 손으로 피 묻은 유리창을 훔치고서 나오라고 손짓했다.

차 밖으로 나온 이보배는 바닥에 늘어진 시체 되기 직전의 몬스터와 뿌리째 뽑혀 사라진 나무를 목격했다.

"나무는 왜?"

"얘네 쌓아두면 죽을 거 같아서 늘어놓는데 자리가 부족했어."

그래도 자리가 부족했는지 숨 좀 붙어 있는 놈들은 개미굴에서 보았던 구체 안에 가둬둔 상태였다.

"빨리 죽여, 막내야."

큰오빠가 이렇게까지 판을 깔아줬는데 못 받아먹으면 양심 불량이다. 이보배는 여분 빠루를 들고 의지를 다졌다.

2시간 후, 이보배는 진이 빠져 바닥에 주저앉았다.

"더는 못 해."

무기는 구리고 이보배의 능력치도 구리다. 몬스터는 한 방 맞아도 죽지 않았고 이보배는 이 악물고 빠루를 휘둘렀다.

레벨 업이라도 하면 체력이 차고 피로도가 사라질 텐데 경험치를 받지 못하니 레벨 업도 못했다. 그렇다고 그녀가 손을 놓으면 목숨이 간당간당하게 붙어 있는 몬스터들이 깨꼬닥 명을 거두었다. 쉴 수도 없었다.

큰오빠의 정성을 봐서라도 최대한 많이, 최대한 빨리 죽여야 했다.

"아이고, 막내야. 내가 대신 죽여줄 수 있으면 좋겠는데."

"더는 못 해!"

"더 안 해도 돼. 다 죽였어."

그 말에 이보배는 주저앉았던 상태 그대로 드러누웠다. 피가 묻든 말든 신경 쓰지 않았다. 이귀한은 죽은 몬스터 중 마석이 있는 놈을 골라 마석을 뽑았다. 오염된 마력으로 꼬셔서 그런지 대부분이 오염된 상태였다.

"막내 가방 사 주려고 했는데 여기부터 여기까지 주세요, 못 해."

"마음만 받을게. 큰오빠가 잡았으니까 큰오빠가 써."

"그럼 나 뽑기."

"뽑기는 안 돼. 다른 데 써."

"그럼 쓸데가 음따."

숲에 있는 몬스터를 몰살시켰으니 출구 앞을 고수할 이유가 없었다. 이보배는 몬스터 공동묘지를 뒤로하고 피비린내가 나지 않는 곳까지 이동했다. 중간중간 이해기가 찾기 쉽게끔 표식을 남겼다.

"이제 안전하니까 나갔다 와도 돼, 큰오빠."

"안 돼. 갑자기 균열이 튀어나와서 막내 잡아가면?"

균열 속에 생성된 균열에 휩쓸려 실종되었던 당사자가

하는 말이니 설득력이 넘쳤다. 이보배는 작은 새끼가 균열을 공략할 때까지 숲 야영을 하기로 했다.

'야영도 하루 이틀이지.'

벌레 한 마리 없고 물놀이할 계곡도 없는 숲에서 비상식량이나 먹고 있자니 짜증이 치밀었다.

하루, 이틀, 사흘.

균열에 진입하고 일주일이 되는 날 이해기가 의기양양한 미소를 띠며 등장했다. 뒤에선 이한생이 초주검이 된 몰골로 따라왔다.

"하하, 보배야! 내가 얻은 히든 피스가 뭔지 아니?"

"모르겠는데."

"무려 소환수의 알이란다! 이 알에서 깨어난 소환수는 처음 본 상대를 주인으로 인식하고 절대 배신하지 않지! 네게 주마! 널 위한 거야!"

"어머나!"

이보배는 두 손을 부딪치며 몸을 비비 꼬았다.

"세상에 작은오빠가 내게 이런 선물을!"

"하하하! 역시 내가 최고지? 그렇지?"

진 빠진 화르세인지가 풀썩 쓰러졌다. 이귀한이 이보배가 하는 것처럼 셋째 동생 입에 포션을 쑤셔 박았다. 망나니의 흐리멍덩한 눈에 생기가 돌아왔다.

"저 사기꾼 새끼의 주리를 틀…… 틀……."

"하나론 부족한가 보네. 한 병 더."

포션 쿨타임의 존재를 망각한 이귀한이 이한생의 입에 포션을 한 병 더 쑤셔 박았다. 맹물보단 나았기 때문에 화르세인지는 꿀꺽꿀꺽 마셨다.

"알을 돌본 사람에 따라 소환수가 바뀌기 때문에 보배 네게 맞춤형 소환수가 나올 거야! 오빠는 네가 걱정되어서……."

"아하하, 작은오빠 최고! 그러니까."

이보배는 귀기 들린 눈으로 이해기의 목을 졸랐다.

"그러니까 죽어! 죽어어어어!"

"아악, 보배야! 스킬! 〈사랑의 매〉 안 쓸 거라며! 아파, 아파!"

〈사랑의 매〉는 타격 시 애정도만큼의 통증을 주지만 목을 조를 시 약한 통증이 지속된다. 이보배는 〈사랑의 매〉의 새로운 용법을 깨우쳤다.

"죽어어어엇!"

"그래, 그거다, 돼지! 죽여 버려라! 시체는 여기에 버리고 나가자!"

일주일 동안 고생한 화르세인지가 환호했다. 이귀한도 이보배를 응원했다.

"막내야. 둘째 죽으면 위증해 줄게."

"형은 내 마음 알잖아! 출석 보상 때문이면 내가, 도,

돈 줄게!"

쯧쯧. 이귀한이 뭘 모르는 둘째에게 고개를 저어 보였다.

"여동생은 하나지만 남동생은 하나가 죽어도 하나가 남거든."

"형은 맨날 보배만 예뻐해!"

마흔아홉이었던 이해기 씨는 신체 나이인 27세에도 이 울리지 않는 투정을 부리며 남매의 우애에 눈물 흘렸다.

외전 3. 이보배와 스파르타 교실

퇴사한 회사에 다시 가는 이유엔 어떤 게 있을까?

평범하게 개인 소지품을 두고 왔을 수도 있고 인수인계를 해주기 위해 발걸음 하는 경우도 있다. 최고의 경우는 전 회사에 갑으로 왕림하는 것이고 최악의 경우는 임금 체불을 해결하려 따지러 가거나 횡령 등이 발각되어 빌러 가는 것이다.

제 발로 휴일을 걷어찬 이보배, 그녀는 상기한 어느 것에도 해당하지 않았다.

'여기에 다시 오게 될 줄이야.'

이보배는 서울 노른자 땅 위에 위치한 사계절 길드의 빌딩을 올려다보았다. 집처럼 익숙한 공간이었지만 퇴사하고 나니 졸업한 뒤 찾아간 학교처럼 낯설었다. 있어선 안 될 곳에 온 기분이 들었다.

'엄밀히 따지면 회사에 온 게 아니라 건물에 볼일이 있는 거니까.'

이보배는 한현우에게 독 제작과 〈포이즌 메이커〉 스킬에 대한 교육을 받기로 했다.

독극물을 다루고 수업 내용을 기밀에 부쳐야 하는 비밀 수업이다. 수업 장소는 자연스럽게 한현우의 연구실이 되었다. 한현우의 연구실은 사계절 길드 건물에 있었다. 그런 이유로 이보배는 신나게 박차고 나온 회사에 재방문했다.

건물 로비에 들어서자 경비원이 이보배를 알아보았다. 이보배는 머쓱하게 방문 용건을 밝혔다.

"한현우 부길드 마스터와 만나기로 해서요."

"약속 잡으셨습니까?"

"네."

"그럼 안내 데스크 쪽으로 가셔야죠."

경비는 이보배가 한 번도 가본 적 없는 안내 데스크를 가리켰다. 이보배는 이제 외부인이 된 것을 실감하며 안내 데스크로 가 똑같이 말했다.

이미 얘기가 되어 있었는지 안내 데스크 직원이 출입 게이트 안쪽 엘리베이터를 가리켰다.

"층은 입력되어 있으니 문이 열릴 때 내리시면 됩니다."

엘리베이터는 이전과 달라진 게 없었다. 방향제 냄새가

이보배에게 향수를 불러왔다. 이보배의 감상은 금방 깨졌다. 엘리베이터가 위가 아닌 지하로 내려갔기 때문이다.

'부길마 연구실도 지하에 있었나?'

엘리베이터가 내려갈 때마다 층수가 바뀌었다. 생산계가 근무하는 층을 지나 더 아래로 내려갔다.

'여긴 대피소가 있는 층인데.'

균열의 날 이후 고층 건물 내 대피소 설치가 법제화되었다. 건물 자체는 균열의 날 이전에 지어졌으나 지하를 개조해 대피소를 만들었다고 알고 있었다.

포션팀과 그 외 생산직의 근무지가 모두 지하인 것도 대피소가 가깝기 때문이다. 만일의 사태가 발생했을 때 생산계부터 대피시킨 뒤 대피소를 지킨다.

일하는 당사자야 빛 안 드는 지하에서 일해 서글프다지만 어쨌든 의도는 좋았다.

엘리베이터는 그런 대피소 층에서 멈췄다. 문이 열리고 이보배는 대피소로 쓸 수 있는 넓은 공간을 확인했다.

'그냥 대피손데? 이 층에선 대피 훈련 해본 적 없었지.'

대피소는 총 3개 층으로 되어 있다. 사내에서 대피 훈련을 할 땐 한 층만 사용해도 대피소 공간이 남았기 때문에 지금 내린 층에 와본 건 처음이었다.

이보배는 일단 엘리베이터에서 내렸다.

평범한 대피소였다. 넓은 지하라 걸을 때마다 소리가 울렸다. 이보배는 비상등만 켜진 대피소를 둘러보다가 마찬가지로 울리는 발소리를 듣고 안심했다.

"일찍 오셨군요."

"안녕하세요, 한현우 부길드 마스터."

"그냥 한현우 씨도 괜찮습니다."

"하하, 회사에서 뵈니 그렇게 불러 드려야 할 것 같아서."

"이쪽으로 오시죠."

한현우는 대피소 벽으로 위장한 연구실 문을 열었다.

"대피소 층을 다른 목적으로 사용해도 되나요?"

"허가받은 시설입니다. 일단은 군사 기밀에 속하니까요."

한현우가 독을 쓰는 건 널리 알려진 사실이다. 하지만 그 독을 비각성자가 써도 똑같은 효과를 발휘한다는 사실은 아는 사람만 아는 비밀이었다.

아는 사람은 아는데 어떻게 비밀이냐고 묻진 말자. 원래 비밀은 그런 거니까.

동아시아 삼국을 뒤져도 독을 제조할 수 있는 연금술사가 공식적으론 한현우 한 명밖에 없다. 그렇기 때문에 회사 건물에 있는 대피층 공간 일부를 비밀 실험실로 점유한 건 납득될 만한 사안이었다. 실험하는 물질이 외부로 유출되면 위험한 독극물이니까 더욱 그랬다.

"대피소를 사용하게 될 땐 연구실이 자동적으로 폐쇄됩니다."

이보배는 연구실을 구경했다. 대충 보기엔 포션 연구실과 비슷했다. 한현우는 이보배에게 자리를 권하곤 커피를 내왔다.

"일단 이보배 씨가 만든 독을 보고 싶습니다."

한현우가 [현자의 외알 안경]을 착용했다. 이보배는 그가 보는 앞에서 〈포이즌 메이커〉 스킬로 독을 제작했다.

'다른 독 나와라!'

열심히 다른 독을 생각했지만 결과는 평소와 마찬가지로 균열개미의 마비 독(E급)이었다. 한현우는 독을 감정한 다음 안경을 벗었다.

"이보배 씨는 균열개미의 마비 독에 당한 경험이 있으십니까?"

"각성하고 난 후에 균열개미에게 물린 적이 있어요. 마비되진 않았지만 일단 제가 경험한 유일한 독이에요."

"어제도 말씀드렸지만 〈포이즌 메이커〉 스킬만으로 독을 제작할 시 제작자가 잘 알고 있는 독이나 중독 경험이 있는 독만 제조됩니다."

"네, 그래서 다른 독에 대해서도 조사해 봤는데 여전히 마비 독만 나오더라고요."

"단순한 조사는 안 됩니다. 그 독을 조합할 수 있는 수준이 되어야 해요."

그렇다면 인터넷 자료 몇 번 본 걸로는 안 되었던 게 당연하다. 이보배는 모범생이 되어 고개를 끄덕이고 선생님 말씀에 귀를 기울였다.

"한현우 씨가 스킬로 처음 만든 독이 뭐였는지 여쭤봐도 될까요?"

균열의 날 이전에 평범한 사람이 독을 접해봐야 얼마나 접하겠는가. 이보배는 한현우가 처음으로 만든 독이 뭔지 궁금했다. 한현우는 좋은 질문이라는 듯 선뜻 대답했다.

"용혈독입니다."

당연하게도 이보배는 그게 뭔지 몰랐다. 한현우는 태블릿에 뭔가를 검색했다. 머리가 세모 모양인 뱀 사진이 나왔다.

'머리가 저렇게 생긴 뱀은 독사라고 들었는데.'

이보배는 어른에게 들은 얄팍한 지식으로 뱀이 독사일 것이라 짐작했다.

"살무사 독입니다. 어릴 때 성묘 갔다가 물렸습니다."

"큰일 날 뻔하셨네요."

"사견이지만 연금술사로 각성한 사람 중 중독당한 경험이 있는 사람이 없어 〈포이즌 메이커〉 스킬을 얻지 못하는 건 아닌가 의심하고 있기도 합니다."

그럴싸한 추리였다. 이보배만 해도 균열개미에게 물린 후 〈포이즌 메이커〉 스킬을 얻었다. 균열개미에게 물린 후 시간이 좀 지나긴 했지만.

'연금술사는 대부분 생산직이라 중독될 일이 없지.'

한현우처럼 전투계와 생산계를 양립하는 각성자는 거의 없다. 그렇다고 멀쩡한 사람에게 중독당해 보라고 할 수도 없는 노릇이다. 한현우의 추리는 계속 가정으로만 남을 터다.

"제가 처음으로 만든 독은 C급 용혈독이었습니다. 하지만 진짜 살무사의 독은 아닙니다. 시스템의 독은 기존의 독과 다릅니다. 일단 이보배 씨가 제작한 마비 독이 여타 마비약과 다른 게 뭐라고 생각하십니까?"

이보배는 마비제를 본 적도 없다. 아리송한 표정을 짓자 한현우가 힌트를 줬다.

"게임을 생각하시는 게 이해하기 편합니다."

"게임이요?"

"게임에서 독은 보통 어떻, 아, 게임을 모르시면 처음부터 설명해 드려야……."

"아뇨, 저 게임 알아요. 잘하진 못해도 오빠들 하는 거 구경하는 거 좋아했거든요. 게임 속 독이면 그거네요. 움직이거나 시간이 지날 때마다 HP가 깎여요. 마비약은 마비만 되고 끝나죠."

이보배는 겜알못이 아니었다. 한현우가 진심으로 안도하는 표정을 지었다. 게임이 인생인 그에게 게임에 문외한인 사람에게 설명하는 건 고역이었다.

"시스템의 독도 그와 같다고 보시면 됩니다."

상태창이 있고 스킬이 있고 업적이 있지만 HP는 없다. 이보배는 한현우의 말이 정확히 HP를 뜻하는 게 아니라 생명력이나 기력, 체력 등을 총합한다는 것을 알아챘다.

"독 좋네요."

"대신 치명적인 약점도 있습니다."

"어떤 건가요?"

"독 무효나 내성 스킬이 있을 경우 독의 등급이 낮으면 아예 통하지 않습니다."

여기 〈독 내성〉 스킬을 가진 각성자나 몬스터가 있다. 스킬 등급이 C급이라면 독도 동일한 C급이거나 그보다 강력해야 효과를 발휘한다.

균열의 날 이후 현실은 약간 게임과 비슷해졌다. 특히 등급이 낮으면 독이 아예 안 통한다는 애기는 정말 게임 같았다.

"전 균열개미에게 물렸을 때 중독 증세를 못 느꼈는데 그건 왜인가요?"

"연금술사는 기본적으로 독 저항력이 높습니다. 독의 등급이 낮고 레벨 차이가 있으면 중독 자체가 되지 않는 거죠. 균열개미의 독보다 이보배 씨가 제작한 독이 더 강할 겁니다."

한현우는 독의 약점을 계속 말했다.

"독을 막아주는 아티팩트나 장비가 있어도 마찬가지입니다. 등급이 낮으면 독이 통하지 않습니다. 가장 유명한 건 검성이 무림계에서 가져온 [피독주]가 있습니다. C급 아티팩트로 C급 이하의 독은 모두 막아줍니다."

가치를 환산할 수 없는 아티팩트다. 박마노는 그걸 술 깨는 데 썼고 이보배에게도 빌려줬었다. 이보배는 놀라서 정신이 멍해졌다가 곧 마음을 고쳐먹었다.

'부길마가 나한테 내줄 수 있는 시간은 짧아. 더 많이 물어보고 배워야 해.'

지금은 [피독주]의 가치에 놀랄 때가 아니라 그와 관련해 떠오른 의문을 풀 시간이었다.

'만져서 술이 깼으면 알코올도 독 취급한단 얘기야. 알코올의 등급은 뭘까?'

아라크네는 각성자에게도 기존의 독이 통한다고 말했다. 어느 정도의 독을 얼마나 투약해야 각성자에게 효과가 있을까? 그 의문을 풀어야 한다.

"저, 제가 알기로 각성자에게도 기존의 독, 그러니까 청산가리나 그런 독이 통한다고 알고 있어요. 이런 독도 등급이 붙나요?"

"기존의 독은 모두 등급 외입니다. F급 해독제로도 해독이 가능합니다."

기존에 있던 어떤 독이든 무조건 F급도 받지 못하는 등급 외란 얘기에 이보배는 머릿속이 복잡해졌다.

"이것이 독의 또 다른 약점입니다. 등급이 동일하거나 높은 해독제로 무조건 해독이 가능하다."

한현우가 눈을 빛내더니 갑자기 말이 빨라졌다.

"개인적으로 이 부분이 가장 이해하기 어렵습니다. 일반적으로 독을 해독하기 위해선 독에 맞춘 해독제나 혈청이 있어야 하죠. 하지만 어떤 독이든 부가 효과에 해당하는 포션과 동급 이상의 해독제만 있으면 해독이 끝납니다. 꼭……"

"게임 같네요."

"맞습니다."

게임 같으나 인류를 위해선 유리한 현상이었다. 만약에 독마다 일일이 해독제와 혈청을 만들어봐라. 인류는 옛날에 독을 쓰는 몬스터에게 당해 멸종했을 것이다.

"회복 포션에도 부가 효과가 붙은 포션이 있듯 독도 단순한 독과 부가 효과가 붙은 독이 있습니다. 그런 의미에서 이보배 씨가 마비 독을 스킬로 제작할 수 있게 된 건 긍정적입니다. 부가 효과가 있는 독을 치료하기 위해선 해독제와 마비 상태를 해제할 수 있는 포션이 동시에 필요하니까요."

이보배는 한현우의 말을 금과옥조처럼 여기며 모두 받아 적었다. 보안 때문에 연구실 밖으로 가지고 나갈 수는 없지만 듣고 흘리기엔 너무 귀한 정보였다. 손을 움직여 뇌에 깊이 박아 넣어야 했다.

한현우는 부처요. 이보배는 아난존자였다.

"게임 같은 부분은 하나 더 있습니다. 호흡기, 피, 위장을 통한 중독 모두 효과가 동일합니다."

독가스를 뿌려 들이마시게 하든, 독 바른 칼을 쑤셔 박든, 독을 먹이든 간에 똑같이 중독된다니. 놀라운 세상이었다.

돈 주고도 받기 힘든 한현우의 강의를 받고 있으니 시간이 훌쩍 지나갔다. 점심때가 되자 한현우가 수업 끝을 고지했다.

"오후엔 제가 일정이 있습니다. 죄송합니다."

"아니요, 오늘 이렇게 시간 내주셔서 정말 감사드려요. 갚을 수 없는 은혜를 입었습니다."

"저야말로 저 혼자 생각하고 나눌 일 없던 정보를 설명하면서 정리할 수 있어 좋았습니다."

독에 대한 전반적인 개념을 듣는 걸로 수업이 끝났지만 이보배는 아쉽지 않았다. 한현우가 직접 알아낸 정보를 들은 걸로도 과분했다.

이보배는 아난존자처럼 토씨 하나 틀리지 않고 받아 적은 필기를 내려다보다가 조금 더 욕심냈다.

"죄송하지만 필기한 걸 다시 읽은 뒤에 나가도 될까요?

보안이 걱정되시면 연구실 안에서 읽고 필기는 두고 갈 게요."

"괜찮으시다면 점심 식사를 같이하지 않으시겠습니까?"

이보배와 한현우가 동시에 입을 열었다. 한 문장 더 말한 이보배의 입이 뒤늦게 다물렸다.

"점심, 점심까지 신경 써주시지 않으셔도 되는데."

"혹 부담되신다면 괜찮습니다."

"아뇨아뇨. 저야 당연히 괜찮죠. 좋아하는 음식 있으세요? 제가 대접할게요."

"그러실 필요 없습니다. 어제도 식사 대접받았는데 오늘은 제가……."

"절 위해 귀중한 시간을 내주시고 가르침까지 주셨는데 그럴 수야 없죠."

"희귀 스킬을 공유하는 선배이자 같은 각성자, 앞으로 닥쳐올 위기를 극복할 동지로서 당연한 일을 한 겁니다."

서로 자신이 쏘겠다는 실랑이가 10분간 이어졌다. 결국 바쁜 한현우의 시간을 쓸데없는 실랑이로 잡아먹을 수 없단 생각에 이보배가 백기를 들었다.

한현우는 핸드폰으로 문자를 보내더니 이보배에게 따라오라고 말한 뒤 앞서 걸었다. 한현우의 뒤를 따르니 엘리베이터가 등장했다. 이보배가 타고 온 것과 다른 엘리베이터였다.

"최상층 직통 엘리베이터입니다."

"아, 그렇구나. 최상층에도 식당이 있나 봐요?"

"아니요. 최상층엔 저희들 집이 있습니다."

"네?"

이보배가 당황한 사이에도 엘리베이터는 빠른 속도로 올라갔다.

'뭐야, 이게 뭐야.'

같이 밥 먹자더니 다짜고짜 집으로 초대하는 건 무슨 경우람? 이보배의 머릿속에 이해기의 주접이 스치고 지나갔다. 이보배는 금방 고개를 저었다.

'그런 건 아닐 거야. 아까 수업할 때도 독 관련 얘기만 했는걸. 바쁘니까 음식점 나갈 시간도 없어서 집에서 먹자는 거겠지.'

사계절 길드의 빌딩 최상층은 길드 마스터와 부길드 마스터 넷이 펜트하우스로 사용 중이었다. 실제로 건물 상위층은 전투계 길드원 숙소로 쓰이고 있기 때문에 이상한 일은 아니었다.

엘리베이터에서 나오니 바로 거실이었다. 이보배는 신발을 벗고 실내화로 갈아 신었다. 잡지나 TV에서 본 것처럼 깨끗하면서 생활감이 없는 거실에서 이보배의 시선을 사로잡은 게 있었다.

"앗, 빠루."

유리 장식대에 진열된 빠루였다. 장식대엔 빠루 말고도 무기로 보이는 물건이 진열되어 있었다. 이보배는 길드에서 제작한 장비라고 생각했지만 아니었다.

"좋아하는 게임을 대표하는 무기입니다."

"그렇구나. 그러고 보니 지급품인 빠루를 퇴직할 때 반납하는 걸 까먹었네요."

심지어 하나는 돌이킬 수 없는 강을 건너 균열에 버리고 왔다. 이보배는 돈으로 배상해야 하나 걱정했다.

"반납 안 하셔도 괜찮습니다."

"진짜요? 다행이다. 사실은 하나 망가뜨렸거든요."

"……쉽게 망가질 물건이 아닌데요."

"어, 어쩌다 보니까 독기? 그런 거에 노출되어서……."

"……이보배 씨는 몸을 지킬 장비를 마련하시는 게 좋겠습니다."

"아뇨. 그건 정말 특수한 경우라. 정말 괜찮아요. 괜찮습니다!"

이보배는 웃으며 해명했다. 납치당한 걸 목격한 사람에게 말하자니 자신이 생각해도 설득력이 없었다.

"〈포이즌 메이커〉 스킬도 생겼으니까요."

"그건 생산계 스킬이지 공격용 스킬이 아닙니다."

한현우는 한숨을 쉬며 말하더니 식당으로 이동했다. 전망이 좋은 식탁엔 이미 음식이 차려져 있었다.

스테이크 샐러드와 크림 파스타, 화덕에 구운 피자까지. 무난한 메뉴에 이보배의 머릿속에서 이해기의 주접이 다시 춤을 췄다.

'메뉴가 어째. 아냐, 정신 차려 이보배.'

여기서 한현우가 의자를 빼줬으면 정말 주접에 몸을 맡길 뻔했다. 다행히 한현우는 먼저 의자에 앉았다. 이보배는 안심하고 식사를 시작했다.

"오늘은 개념만 간단히 잡았고, 내일 본격적인 수업에 들어가기에 앞서……."

"내일요?"

"독을 제조하지도 않았잖습니까. 제가 낼 수 있는 시간은 2주입니다. 혹 부족하시다면."

"성은이 망극합니다."

이보배는 식탁에 머리를 박을 기세로 고개 숙였다. 그녀의 머릿속에서 이해기가 '내 말이 맞잖아, 내 말이 맞잖아' 하고 깐죽거렸다.

이보배는 사람이 베푸는 호의를 무조건 그런 식으로 생각하면 상대에게 폐라는 마음가짐으로 이해기를 치웠다.

"기간이 짧아 이보배 씨가 원하는 방향으로 맞춰서 요점만 짚을 생각입니다."

"일단은 엘릭서 제조에 도움이 되는 쪽으로 생각해요."

"그건 장기적인 계획이죠. 지금 당장 〈포이즌 메이커〉 스킬로 이보배 씨가 하고 싶은 일을 말하는 겁니다. 몸을 지키는 수단으로 독을 쓰고 싶다거나."

"그것도 있고요."

이보배는 스테이크 샐러드의 고기와 야채의 비율이 적당해 보이도록 신경 쓰며 앞접시에 덜었다.

"군납도 하고 싶어요."

한현우가 독점하고 있는 시장에 대한 도전으로 비치지 않게끔 이보배는 선량하게 웃었다. 한현우의 포크가 파스타를 돌돌 말았다.

"그건 추천해 드리지 않겠습니다. 현재 이보배 씨 상태에서 〈포이즌 메이커〉를 소지하고 있는 사실을 밝히는 건 대단히 위험합니다. 일단 현 정부는 그렇게 깨끗하지 않습니다. 저야 혼란이 수습되기 전부터 헌터로 활동했고 길드를 세워 보호해 줄 단체도 만들었죠."

한현우에겐 스스로를 지킬 힘이 있다. 반면 이보배에겐 공식적으로 아무것도 없었다.

"하지만 이보배 씨는 생산계에 보호해 줄 단체에도 소속되어 있지 않습니다. 쥐도 새도 모르게 납치되거나 국민을 위해서란 이유로 독 제조를 강요받을 겁니다. 제게 그랬는데 이보배 씨에겐 더 심하겠죠."

이보배에게 무슨 일이 생기는 순간 집에서 게임하는 마왕이 들고일어난다. 그래서 이보배는 가능한 길고 평화롭

게 살기로 결심했다. 군납의 꿈이 싹트기 전에 시들었다.

"그냥 몸을 지켜야겠어요. 전 소중하니까요."

이보배는 사망 시 세계를 멸망시킬 수 있는 자신을 소중히 여기기로 했다. 한현우가 농담으로 듣지 않고 진지하게 받아들였다.

"저는 몬스터와 싸우니 다양한 방식으로 중독되는 독을 제조해야 하지만 이보배 씨가 상대할 건 사람입니다."

"네, 그렇죠."

"그렇다면 독가스나 분말 형태가 중독시키기에 좋습니다. 상대가 방독면을 쓰고 있다고 해도 어차피 등급이 높으면 통하니까요."

"네네."

중금속미세먼지가 독가스를 거론한다. 이보배는 한현우의 게임 닉을 떠올리고 웃을 뻔했다. 중금속미세먼지에서 살인먼지로, 그러다 결국 언어가 되는 별명의 변화 과정은 더 웃겼다.

"독가스와 분말 공격에선 이보배 씨도 자유롭지 않습니다. 독을 지닌 동물이 그 독에 내성이 없는 경우가 있다는 걸 아십니까?"

"그 말씀은, 제가 독을 쓰면 저도 중독될 수 있다는 건가요?"

"그렇습니다."

그건 아주 슬픈 소식이었다. 이보배는 밥맛이 뚝 떨어졌다. 고소하고 입에서 살살 녹는 크림소스가 전처럼 맛있지 않았다.

"그럼 다른 방식은…… 안 되겠네요."

비각성자야 어떻게든 육탄전을 벌일 수 있다 치자. 상대가 각성자, 심지어 전투계 각성자인 헌터라면? 이보배가 무슨 수로 독을 먹일 것이며 무슨 수로 상처를 내겠는가?

레벨이 높거나 방어력이 높은 헌터일 경우 날이 잘 선 칼로 찔러도 칼날이 피부에서 튕겨 나갈 것이다. 중독시키려면 독을 먹이거나 피를 봐야 하는데 이보배는 그게 불가능했다.

그러니까 믿을 건 호흡을 통한 중독밖에 없었다. 하지만 그러면 이보배도 중독된다. 상시 해독제를 구비하고 다녀야 한다.

'해독제를 마시려다 뺏길 수도 있어.'

전투계 각성자와 생산계 각성자. 언뜻 생각해도 동일한 독에 중독되었을 때 전자가 더 오래 버틸 것 같다. 해독제를 꺼내는 순간 뺏길 게 눈에 선했다.

"그럼 어떻게 해야 할까요? 아티팩트를 구해야 할까요?"

독에서 자유로울 수 있는 아티팩트는 굉장히 유용하다. 안 그래도 비싸고 귀한 아티팩트 중에서도 유용한 아티팩트를 쉽게 구할 수 있을까?

"그건 제가 생각해 둔 것이 있습니다. 내일 자세히 알려 드리겠습니다."

"이 은혜를 어떻게 갚아야 할지……. 작은오빠를 설득해 볼까요?"

"이보배 씨가 성장해 주시면 그걸로 충분합니다."

'크으, 멋있다.'

이보배는 즉각 대답하는 한현우에게 동경의 눈빛을 보냈다. 역시 게임을 목숨 걸고 한 사람은 뭐가 달라도 달랐다.

이귀한이나 이해기가 태워준 허술한 버스와는 다르다. 체계적이면서 대가를 바라지 않는 바람직한 버스 운행. 게임 콘텐츠를 바닥까지 파헤쳐 심해를 본 자만이 할 수 있는 뉴비 육성이었다.

한현우의 배려로 이보배는 회사 차를 타고 편하게 귀가했다. 운전기사가 연봉 올려 복직하냐고 물었고 이보배는 웃으며 얼버무렸다.

"어땠니?"

이해기가 능글맞게 웃으며 이보배를 반겼다. 이보배는 이상한 데서 주책인 이해기의 얼굴을 밀어 치웠다. 그녀의 작은오빠는 회귀한 후 외모를 낭비했다.

"어떻긴, 유익했지. 배운 게 많아."

"내 말 맞지?"

이보배는 이해기의 말에 반박하거나 화내지 않고 옷을 갈아입었다. 이쯤 되면 그녀로서도 긴가민가했다.

'김칫국은 안 마시고 싶은데.'

한현우와 대화하면서 김칫국을 들이부었던 건 가슴 아픈 추억이다. 이보배는 그런 상황을 다시 겪고 싶지 않았다.

'진짜면 수업받는 동안 뭐가 더 있겠지.'

이보배는 일단 이해기의 설레발과 주접을 부정하지 않고 관조하기로 했다. 2주간 매일 한현우의 얼굴을 보게 되었다. 만약 이해기의 주접이 진짜라면 2주 동안 뭔가 벌어질 것이다.

'지금 그러는 건 솔직히 좀 오버야.'

오버가 세 번이면 아웃이다. 이보배는 한현우의 친절과 호의를 의심하지 말자고 거듭 다짐하고 방을 나왔다.

"큰오빠랑 막내 오빠는 어디 갔어?"

이보배는 거실 소파에 누워 게임을 하거나 자기 방에서 동영상을 보고 있어야 할 이귀한이 보이지 않자 물었다. 이한생이야 어디 갔을지 뻔하지만 예의상 끼워줬다.

이해기는 묘한 표정을 짓더니 문밖을 응시했다.

"그게 말이다."

"왜? 큰오빠한테 무슨 일 있어?"

"형이 한생이를 따라갔다."

"진짜? 막내 오빠가 그걸 냅뒀어?"

어제 이씨 집안의 첫째와 셋째는 시스템교의 삼겹살 파티에 같이 갔었다. 피곤하고 오늘 있을 수업이 걱정되어 자세히 묻지 않았더니 이귀한이 무려 외출할 줄은 몰랐다.

"큰오빠가 거기 사람들이 마음에 들었나? 어제 물어보니까 고기 맛있단 얘기만 하던데."

가족 외의 사람을 꺼리는 이귀한이 이전의 사교성을 되찾진 않을까. 이보배가 얄팍한 기대심을 내비치자 이해기가 쓴웃음을 지었다.

"그건 아닌 것 같아. 그냥 한생이가 상대해 주니까 좋아서 치대는 느낌이었다."

"그래도 나가는 게 어디야."

이보배는 이귀한의 외출 소식이 반가운 한편 걱정스러워 안색을 굳혔다. 이해기가 동생의 걱정을 이해한다는 듯 말했다.

"나도 걱정되어서 따라가 봤는데 종교 모임보단 봉사 모임 같더구나. 형의 상태를 설명했더니 자극하지 않겠다고 다짐도 받았고."

"시스템교만 안 믿으면 착한 사람들 모임이지 뭐. 근데 시스템교가……"

이보배는 말을 잇지 못하고 얼굴을 찌푸렸다. 신흥 종교인 시스템교의 이미지가 안 좋은 데엔 이유가 있었다.

사회가 혼란스러우면 종교가 득세한다. 그런데 시스템교는 뚜렷한 교리나 종교 지도자가 없다. 그래서 막 나가기 시작하면 말리거나 중재할 사람도 없었다.

기존의 사이비가 시스템교로 이름만 바꿔 활동하는가 하면 세상에 종말이 찾아왔다고 신자들이 단체로 자살하기도 했다.

이한생이 찾아가는 동네 모임처럼 종교 활동보다 봉사에 치중하는 경우도 있지만 그런 경우는 극히 드물었다.

"시스템교가 친 사고가 한두 개여야지."

"그렇게 치면 난 너보다 더 많이 알고 있다만."

이해기가 어깨를 으쓱였다. 그가 기억하는 미래엔 세계가 멸망할 뻔했으니 시스템교가 친 사고가 더 많을 것이다.

이해기는 걱정하지 말라는 듯 이보배의 머리를 두드렸다.

"너무 걱정하지 말렴. 아라크네에게 의뢰해 보니 봉사 모임에 가까웠다."

"조사했어?"

"한생이가 그렇게 드나드는데 당연히 해봐야지."

이해기는 투자는 방만하게 해도 가족과 관련된 일이라면 돌다리도 두드리고 건너는 회귀자였다. 아라크네에게 뒷조사를 의뢰했었다는 말에 이보배는 안심했다.

'역시 작은오빠야. 그냥 방치하고 있는 게 아니었구나.'

"언제 한번 기부금 크게 내야겠네."

이한생도 상대하기 만만치 않을 텐데 거기에 이귀한도 끼었다니. 이귀한이 언제까지 변덕을 부려 이한생을 따라다닐지 미지수다. 하지만 시스템도 무서워하는 방사능 바퀴를 가까이하게 하는 것만으로도 이미 그 사람들에게 충분히 위험했다. 사람 된 도리로 성의나 감사를 표해야 했다.

"나 내일도 수업 가."

"현우가 내일도 오라든?"

"응, 앞으로 2주 동안 특강이야."

바쁘신 한현우가 2주나 시간을 내준다는 얘기에 이해기의 미소가 다시 음흉해졌다. 이보배는 작은오빠가 괜한 말을 하기 전에 그의 옆구리를 후비고선 슬리퍼를 신었다.

"어디 가게? 형이랑 한생이 보러 가는 거면 같이 가자."

"아냐, 나 숙제 있어. 숙제해야 해."

연어 한현우 선생님께선 이보배에게 내일까지 해독제를 만들어 오라는 숙제를 내주셨다. 등급은 E급이면 되지만 양은 많으면 많을수록 좋다고 했다.

이보배는 연어 선생님이 내준 숙제를 하기 위해 그간 발걸음하지 않았던 지하 공방에 갔다.

"……."

포션 제조 설비는 처음 산 이후 건드리지 않아 깨끗했

다. 이보배는 공방에 들르지 않았는데 설비 위에 먼지가 없는 걸 보면 이해기가 와서 청소해 준 듯싶었다.

"그래, 샀으니 써야지. 뽕을 빼자."

이미 시일이 지나 환불도 못 받는다. 이보배는 숙제를 하기 위해 '연금술사의 솥뚜껑'에서 해독제 레시피를 검색했다. 재료는 한현우가 준 걸 쓰면 되었다.

'공짜 회원 좋아요.'

한현우는 라스트 엘릭서의 존재를 가르쳐 준 보답으로 이보배를 '연금술사의 솥뚜껑' 무료 회원으로 만들어줬다.

엘릭서를 목표로 하는 연금술사로서 서로 상부상조하자는 건데 아직까진 이보배가 일방적으로 받기만 하는 처지다.

'이 은혜 잊지 않겠습니다.'

포션을 제작할 땐 아무도 이보배를 막을 수 없다. 이보배는 고도의 집중력을 발휘하며 해독제를 제작했다.

"나 옴!"

"이리 오너라."

이귀한과 이한생이 귀가를 알렸다. 이해기는 TV에서 눈을 떼고 형제의 귀가를 반겼다.

"잘 놀다 왔어? 얼른 씻고 밥 먹어."

"돼지는 아직 안 들어왔느냐?"

망나니가 주인이 왔는데 내려와 인사하지 않는 이보배를 찾았다. 이귀한은 둘째가 대답하기 전에 막내의 위치를 알렸다.

"막내 아래층."

"어인 일이냐. 꼴도 보기 싫다고 얼씬도 안 하더니."

"숙제를 받았대. 뭐 만들어 오라고 했나 봐."

화르세인지가 팔짱을 끼고 고개를 끄덕였다. 돼지가 쓸데없는 돈 낭비를 하긴 했으되 사놓고 묵히는 것 또한 화르세인지 드 체키빙 보시기에 좋지 않았다.

"돼지는 집중하는데 방해하면 싫어하니 스스로 나올 때까지 기다려야겠구나."

"응, 아냐. 형, 보배 불러와. 6시 지났어."

당초에 이보배는 휴식 시간을 준수하고 가족들의 일에 적극 참여하며 주말엔 쉬기로 약속했다. 이보배는 그걸 다 지켜가며 어떻게 엘릭서를 만들겠냐고 하겠지만 이해기가 알 바 아니다.

사실 이해기는 여전히 이보배가 적당히 연구해 가는 욜로 인생을 살길 원했다. 약속한 시간이 지났다면 공방에서 끄집어내 마땅하다. 이해기는 이귀한을 출동시켰다.

"막내야, 밥 먹자."

공방으로 내려온 이귀한이 이보배를 불렀다. 이보배는 눈을 부릅뜨고서 한 방울씩 떨어지는 해독제 용액을 지켜보고 있었다.

"막내야."

"계량은 정확했는데 왜 레시피에 나온 거랑 점도가 다르지? 어쨌든 등급은 맞췄지만…… 온도 문제인가?"

"막내야아."

이귀한이 몇 번을 불러도 자기만의 세계에 빠진 이보배는 돌아보지 않았다. 이귀한은 어쩔 수 없이 이보배의 어깨를 잡고 흔들었다. 이보배가 해독제를 노려보던 눈빛 그대로 뒤를 돌아봤다.

"뭐야?"

어지간한 건달도 기선 제압 가능한 패기였지만 이귀한은 동생의 짜증과 패기를 무시했다.

"막내야, 밥 먹엉."

"몇 신데?"

"6시."

이보배는 망설이다가 혀를 차고 일어섰다. 완성한 E급 해독제는 모두 다섯 병이었다. 남들이 들으면 혀를 내두를 제작 속도였다.

하지만 이보배가 누군가. 사계절 길드 포션팀의 에이스, 포션 기계 이보배다. 이보배 마음엔 차지 않았다.

'수제니까 더 많이 만들 수 있는데 너무 조심조심 만들었어. 밥 먹고 더 만들어야지.'

물론 이보배의 계획은 이루어지지 않았다. 저녁을 먹은 이보배에게 이해기가 다시 들어갈 생각 말라 엄포를 놓았다.

"숙젠데……."

이보배가 입술을 쭉 내밀어도 소용없었다. 이해기는 가족들과 한 약속을 지키라고 말했다.

"수박 화채 만들게 수박 속이나 파주렴."

"예이."

'막내 오빠랑 큰오빠한테 어제 일이나 자세히 물어봐야지.'

이보배는 수박 반 통을 들고 거실로 나가 속을 팠다. 이한생이 소파에 거만하게 드러누웠고 이귀한은 소파에 기대앉아 게임을 했다.

"오빠들, 어제 어땠어?"

"말도 말거라. 이 악마 새끼가 고기를 다 먹었다."

"셋째 건 남겼는데."

"나를 위한 만찬에 고기를 거덜내다니. 내 수치스러워 오늘 고기를 주고 왔지."

"셋째 돈 많더라?"

심상치 않은 소리에 수박을 파던 이보배의 손이 멈췄다.

이귀한이 핸드폰을 손에서 놓고 두 손으로 큰 원을 그렸다.

"고기를 이만큼 샀어!"

"무슨 소리야? 막내 오빠가 돈이 어딨어? 내가 주는 용돈은 다 옷이랑 장신구 사는 데 쓰잖아."

일부는 기부한다. 이한생은 이씨 사남매 중에서 유일하게 기부하는 사람이었다.

"설마 균열 공략 보상으로 받은 금 판 건 아니지? 그건 거래해야 하는 지점이 정해져 있다니까."

"보자 보자 하니까 무엄하구나, 돼지! 내가 그런 것도 모를 성싶으냐! 시스템께서 주신 은혜를 시스템교 신도에게 베풀었을 뿐이니라!"

알고 보니 이한생은 퀘스트 보상으로 받은 현금을 꼬박꼬박 모아두고 있었다. 퀘스트마다 현금 보상이 붙는다고 하니 모아둔 금액이 상당할 터였다.

설거지를 마치고 사이다를 들고 온 이해기가 혀를 내둘렀다.

"편애 쩌네."

"원래 돈 안 주는 거야?"

"돈 받았단 사람 본 적 없는데……. 시스템이 주는 돈의 출처는 어딜까."

"스킬로 제작할 때 재료로 현금 요구하는 경우가 있대. 그걸로 조달하는 거 아닐까?"

"하긴 금도 주는데 현금이야."

금을 판 게 아니라 받은 현금을 썼다면 괜찮다. 이한생이 번 돈이니 이보배는 더 신경 쓰지 않았다.

이보배는 사이다와 얼음, 수박이 든 화채에 복숭아 통조림을 까 넣었다.

화채가 완성되자 남매는 숟가락을 무장했다. 이보배가 캔에 남은 복숭아 국물을 마시는데 화채를 열심히 먹던 이귀한이 물었다.

"막내야, 아까 만들던 건 뭐야?"

"그건 해독제야."

"해독제는 무슨 맛이야?"

"미안, 큰오빠. 이건 숙제라서 줄 수 없어."

"해독제가 있으면 독 먹어도 되는 거네?"

이귀한은 이보배가 〈포이즌 메이커〉 스킬로 마비 독을 제작했을 때부터 독 맛을 궁금해했다. 자신은 독이 통하지 않으니 먹어도 된다고 떼를 썼으나 이보배는 당연히 주지 않았다.

사랑이랍시고 때리는 게 싫어서 포션을 주기로 한 이보배다. 먹어도 괜찮다고 하더라도 오빠에게 독을 주고 싶겠는가?

'가끔 먹이고 싶긴 해.'

오빠에겐 독을 주기 싫으나 오빠 새끼에겐 독을 주고 싶다. 이보배는 독처럼 달콤한 복숭아 국물을 홀짝였다. 달착지근하게 입에 착착 붙는 것이 너무 맛있었다.

"막내야, 다음 2주 거 미리 땡겨 주면 안 돼?"

"차라리 4천을 땡겨달라고 해."

4천을 땡겨 주면 땡겨 줬지 독을 줄 순 없었다. 이보배는 이해기에게 눈짓을 보냈다. 큰오빠 좀 말려보란 의미였다. 이해기는 급히 얼음을 씹어 삼켰다.

"형이 이렇게 말하니까 나도 궁금하네."

'이 인간은 또 왜 이래.'

이보배가 질색하고 이한생은 혀를 찼다.

"무료 급식으로 한 끼를 때우는 자들이 줄 섰거늘 독을 처먹고 싶다고 하다니. 배가 불러 뒈졌구나."

아주 공감되는 발언이었다. 막내와 셋째가 혀를 차든 미간을 찌푸리든 큰놈과 둘째 놈은 독의 맛을 궁금해했다.

"난 독 안 통해. 해독제도 있잖아."

"나도 사실 직업 특성 때문에 상태 이상 전반에 내성이 있다."

"너한테 내 오염된 마력 안 통하는 것도 그것 때문이야?"

"응."

"직업 좋네."

이해기는 자신의 직업을 뭉뚱그려 검사라고 말했었다. 그런데 듣고 있자니 굉장히 특수한 직업 같아서 이보배는 묻어서 물어봤다.

"직업이 뭔데?"

"용사."

"농담하지 말고."

"진짜란다."

시스템이 각성자의 재능에 맞춰 직업과 스킬을 준다는 가정에 적용해 보면 이해기에게 용사가 될 자질이 있다는 이야기다.

실제로 세계를 구했으니 맞는 말이긴 한데 본인 입으로 용사라고 말하는 걸 들으니 기분이 이상했다.

"자신보다 강한 상대와 싸울 때 능력치 버프를 받고, 정의로운 일을 행할 때 버프를 받고, 삿된 기운을 비롯한 상태 이상에 높은 확률로 저항하며……."

"나랑 싸울 때 좋았겠네."

"아냐, 형이랑 싸울 땐 직업이 바뀌어서 버프 못 받았어."

듣기만 해도 엄청 좋을 것 같은 직업을 바꾸었단 얘기에 이보배는 의아해했다.

"왜 바꿨어? 용사보다 더 좋은 직업이 있었어?"

"용사가 좋긴 한데 단점도 있단다. 정의롭지 않은 일을 하면 페널티가 있거든."

이해기가 수줍게 웃었다.

"복수 좀 했다고 직업이 바뀌더구나."

'복수를 어떻게 했길래.'

수줍게 웃으면서 할 말은 아니었다. 이해기가 했다는 복수야 뻔하기 때문에 이보배는 더 묻지 않았다.

"그럼 지금 직업도 용사야?"

"용사였는데 바뀌었다. 은퇴 용사다."

"은퇴?"

"앞에 은퇴만 붙었지 직업 특성은 똑같다. 형 정화 퀘스트가 뜬 날 귀신같이 바뀌었지."

이해기가 진중하게 뇌까렸다.

"시스템이 무슨 꿍꿍이인지는 두고 봐야겠지."

그런 이해기에게 화르세인지가 경고했다.

"신을 의심하지 말지어다."

"한생이 말대로 무작정 시스템을 의심해선 안 되겠지. 그런 의미에서 보배가 만든 독이나 먹어보자."

"와아! 독 먹어!"

이야기의 결론이 이상했다. 어차피 독은 이보배의 인벤토리에 고이 수납되어 있어서 그녀가 내주지 않는 한 독 시음은 불가능하다.

"안 돼, 안 줄 거야."

"독이 통하는지 실험해 본 적 없잖니."

"감정해서 독이라면 독인 거지. 그리고 오빠들에겐 안 통한다며. 그게 그거잖아."

"형한텐 아예 안 통하니까 괜찮고 나는 높은 확률로 저항하는 것뿐이니까 통할 수도 있단다. 만약에 통하면 해독제 실험도 가능하니 일거양득이잖니."

"해독제도 안 돼. 숙제로 만든 걸 달라고 하면 어떡해."

"화채를 처먹다 독을 먹겠다고 하니 저것들이 돈 것이 틀림없다. 상대해 주지 마라, 돼지야."

"독 먹게 해주면 10시까지 공방에 있어도 말 안 하마."

"진짜지?"

가족 모두와 한 약속이기 때문에 이해기 혼자만 말해선 안 된다. 이귀한이 고개를 끄덕였다. 화르세인지는 한심하단 눈빛을 보내더니 어쩔 수 없다는 듯 고개를 까딱였다.

"저 좋다고 독 처먹는 놈들을 구경할 수 있겠구나. 구경하면서 먹게 주전부리를 가져와라!"

화채가 달고 시원하긴 한데 계속 생각나는 무언가가 있었다. 이보배는 단짠을 완성하기 위해 오징어와 육포를 구워 대령했다.

"톡 쏘는 맛이면 좋겠다."

"그럼 먹을게."

이씨 집안 장남과 차남은 막내가 준 마비 독을 한 병씩 받아 뚜껑을 열었다. 이보배는 이한생에게 동영상 녹화를 부탁한 뒤 필기구를 집어 들었다.

"혹시 뭐 느껴지는 거 있으면 자세히 설명 부탁해."

"알았다."

이귀한과 이해기는 호쾌하게 독을 마시지 않고 혀를 내밀어 맛을 봤다. 이귀한이 입을 쩝쩝거리며 독을 음미했다.

"얘도 아무 맛 안 나네."

"다음부턴 보배한테 맛 첨가해 달라고 해."

"다음 독은 없거든!"

이보배는 이번이 처음이자 마지막임을 강조했다. 둘은 마비 독을 원샷했다. 독 제작 스킬을 얻은 후 독을 써보는 건 처음이라 어쩔 수 없이 이보배의 심장이 뛰었다.

실험 쥐를 사서 실험해 볼 생각을 안 한 건 아니다. 하지만 제작한 후 독이라고 감정이 뜨는데 굳이 확인하기 위해 생명을 죽이는 게 꺼림칙했다. 몬스터나 악인에게라면 얼마든지 쓸 수 있지만 실험 쥐는 너무 작고 귀여웠다.

실험 쥐보다 크고 안 귀여운 오빠들이 알아서 실험 쥐 역할을 해주니 기왕 먹인 것 뽕을 빼야 했다.

"어때?"

"겉은 멀쩡하구나."

이보배가 기대하면서 몸 상태를 물었다. 이한생은 오징어를 씹으며 반응이 심심한 것에 실망했다.

"아무 맛도 안 난당."

"혹시 좀 찌릿했다거나, 한순간이라도 마비되거나 생명

력이 빠져나가는 기분이 들었다거나……."

이귀한이 웃으면서 고개를 저었다. 애초에 큰오빠에겐 기대하지 않았기 때문에 이보배는 바로 이해기에게 고개를 틀었다.

"작은오빠는 어때?"

"나도 형과 비슷하다."

이해기가 그럴 줄 알았다는 듯 어깨를 으쓱였다. 이보배는 얼굴을 구겼다.

"이럴 거면서 왜 마신다 그랬어."

"해독제 마시고 싶어서!"

"네가 만든 독은 먹어본 적이 없어서 궁금했다. 내가 아는 너는 〈포이즌 메이커〉 스킬이 없었거든."

이해기가 따지기 어려운 이유를 댔다. 이보배는 그런다고 독 먹는 사람이 어딨냐고 구시렁거렸다.

"하아, 쪼금 기대했는데."

이보배는 실망한 나머지 어깨를 축 늘어뜨리고 한숨을 쉬었다. 1초라도 마비되거나 중독되는 모습을 보여줄 줄 알았는데 귀환자와 회귀자는 너무 강했다.

"이제 핸드폰을 내려놔도 되느냐?"

망나니는 여전히 촬영 중이었다. 촬영 중단하는 방법을 몰라서 이해기가 버튼을 알려주며 대신 껐다.

"해독제도 주면 좋을 텐데~"

이보배는 호시탐탐 해독제를 노리는 이귀한을 무시하며 마비 독을 만지작거렸다.

'백문이 불여일행이라고 했지.'

마침 해독제도 있겠다 직접 먹어보면 어떨까? 그런 이보배의 생각을 알아챘는지 이해기가 이보배의 손목을 잡았다.

"그러지 마라."

"이건 어디까지나 호기심과 지적 탐구……."

"그러지 마라."

본인은 독을 먹어놓고 이보배는 안 된단다. 전형적인 '내가 하면 로맨스 남이 하면 불륜'의 사고방식이었다. 이보배의 손목에서 손을 거둔 이해기가 이한생을 가리켰다.

"정 실험해 보고 싶으면 여기 한생이가 있잖니."

가만히 있다가 불똥 맞은 화르세인지가 펄쩍 뛰었다.

"내가 너희처럼 처돈 줄 아느냐!"

"한생이 네 스킬도 실험할 게 있다. 정화 스킬이 독도 정화할 수 있는지 궁금하지 않니?"

"신성력은 모든 악한 기운을 정화한다."

"정화수는 중독을 치료하지 못했지만 정화 스킬은 어떨지 모르지. 그러니까 시도해 볼 가치가 있어."

말은 번드르르한데 실상은 동생 골탕 먹이기의 일환이었다. 이한생이 도망가지 못하도록 이해기가 뒤에서 구속했다.

"형, 지금이야!"

"놔라! 놓아라! 놔라, 이 사기꾼아!"

"둘째야, 싫다는데 이건 좀."

이귀한이 심드렁한 반응을 보였다. 동생 골리기는 재밌지만 먹는 걸 가지고 장난치면 안 됐다.

"악마보다 나쁜 새끼!"

"알겠어, 알겠어. 억지로 안 먹일게. 정말 정화 스킬 시험해 보고 싶지 않니?"

이해기는 구속을 풀지 않았다.

그사이 이보배는 인벤토리에서 해독제를 꺼내 이귀한에게 넘겼다.

"큰오빠, 이게 해독제거든?"

"나 먹으라고?"

"나 위험해 보이면 먹여줘."

이보배는 마비 독을 꺼내 뚜껑을 땄다. 이해기가 당황해 외쳤다.

"형, 말려!"

"둘째야. 막내도 먹고 싶대."

이귀한도 이보배를 과보호하지만 이보배가 나서서 위험한 짓을 하는 건 안전장치가 확실할 경우 말리지 않는다. 해독제가 있으니 중독되어도 괜찮기에 이귀한은 그녀를 말리지 않았다.

벌린 입술로 무색무취의 액체가 들어왔다. 이보배는 꿀꺽꿀꺽 마비 독을 마셨다. 독이 식도를 지나가는 게 느껴지고 얼마 지나지 않아 반응이 왔다.

'혀가 찌르르해.'

사지가 돌이라도 매달린 것처럼 무거워졌다. 이보배는 감각이 마비되어 가는 몸보다 다른 것에 더 경악했다.

'뭐야, 이거. 피 빠지는 느낌.'

중독되면 생명력이 줄어든다고 들었지만 어떤 느낌인지 와닿지 않았다. 직접 경험해 보니 기분이 무척 더러웠다.

전체적으로 기운이 빠지고 생기나 활력이라고 말할 수 있는 것이 사라지는 기분이었다. 한 번에 사라지지 않고 감질나게 빠져서 더 기분이 더러웠다.

호기심은 때로 고양이를 죽인다. 이보배는 고양이가 아니라 돼지지만 호기심이 돼지도 죽일 수 있다는 사실을 깨달았다.

호기심과 지적 탐구는 이만하면 되었다. 이보배는 잘 움직이지 않는 안구를 굴려 이귀한을 보았다.

'큰오빠, 나 해독제!'

이귀한은 말똥말똥한 눈으로 이보배를 구경했다.

"장기까지 마비되면 죽을 텐데 그러진 않네?"

"등급이 낮으니까."

"흠, 손이 저린 수준에서 끝날 거라 예상했는데 돼지가 맥을 못 추는구나."

"그러게. 독 등급을 생각하면 이 정도는 아닐 텐데 처음이라 낯설어서 그런가. 보배야, 괜찮니?"

"어어어르은 애애도오옥제에."

이해기의 말대로 아예 움직이지 못하는 건 아니었다. 이보배는 몸이 잘 움직이지 않는 게 기분 나빠서 해독제를 요청했다.

"형, 보배가 해독제 달래."

"생명력 많이 남았는데."

기왕 독을 먹은 것 생명력이 반절은 깎일 때까지 둬야 하는 것 아니냐. 이귀한이 웬일로 논리 정연한 의견을 제시했다. 이해기가 혹했다.

"그러네?"

"나만 믿어! 딱 반 까면 줄게!"

'장난치지 말고! 얼른 해독제 안 줘!'

이보배가 눈을 부릅떴지만 입은 생각처럼 움직이지 않았다.

"쯧쯧, 왜 이러고 사느냐."

망나니가 혀를 차더니 이보배에게 〈정화〉 스킬을 사용했다. 따뜻하고 포근한 빛이 이보배의 몸에 흡수되더니 말초부터 간지럽다가 감각이 돌아왔다.

"누구 마음대로 생명력을 깎아! 아, 어지러워."

"〈정화〉로 중독과 마비 상태를 모두 치료할 수 있구나. 엄청난데."

"이것이 신의 힘이다!"

망나니가 의기양양하게 외쳤다. 이보배는 마비가 풀리자마자 큰놈과 작은 새끼를 응징하려던 걸 포기하고 후유증을 호소했다.

"어지럽고 정신없고 기운 없어. 배고파!"

"생명력이 많이 빠져나갔나? 보배야, 그건 회복 포션 먹는 게 제일 빠르다."

이보배는 경험 많은 이해기의 조언을 받들어 E급 회복 포션을 꺼내 마셨다. 격렬하게 허기를 호소하던 위장과 뇌가 진정되었다.

"으으……. 기분 나빠."

"그러게 왜 독을 마시니."

라고 이보배보다 앞서 독을 마신 이해기가 꾸중했다. 이귀한은 이보배가 들려준 해독제를 매만지다가 뚜껑을 열었다.

"이건 내가 마심!"

E급 해독제도 맛이 없는 건 마찬가지였다. 이귀한은 실망하고 화채로 눈을 돌렸다. 얼음이 다 녹아 싱거워졌지만 해독제와 독보단 맛있었다.

"혼자 걸을 수 있겠니? 부축해 줄까?"

"걸을 수 있어."

"숙제는 하지 말고 그냥 쉬어라. 네 병이면 충분하잖니."

이해기가 이보배를 2층 계단으로 밀었다. 속은 것 같지만 지금 상태로 해독제를 제작해 봐야 죽도 밥도 안 될 것 같았다. 이보배는 어쩔 수 없이 계단을 올라 이불에 누웠다.

'다시는 독 안 먹어.'

이보배는 이불을 뒤집어쓰고 이를 갈았다. 호기심을 충족했으니 다시는 독을 스스로에게 실험하지 않겠노라 거듭 다짐했다.

이쯤 되면 예상하겠지만 그 다짐은 이루어지지 못했다.

다음 날 수업도 대피소 층의 비밀 연구실에서 이뤄졌다. 미리 얘기가 오갔는지 경비는 이보배를 위해 게이트를 열어줬다.

'숙제를 네 병밖에 못 해 와서 어떡하지.'

이보배는 피곤하단 이유로 자버린 걸 반성하며 엘리베이터에서 내려 실험실로 향했다. 앞서 와 있던 한현우가 인사했다.

"안녕하십니까."

"안녕하세요."

찔리는 게 있으면 말이 많아진다. 이보배는 숙제였던 E급 해독제 네 병을 꺼낸 후 변명부터 했다.

"제가 사실은 다섯 병을 만들고 더 만들려고 했는데요. 한심하게 보이시겠지만 해독제가 있으니까 독을 실험해 보고 싶어서. 동물 실험한 건 아니고요, 저한테 했거든요. 그래서 네 병밖에……."

"훌륭하십니다."

"네?"

무턱대고 독을 먹었다고 화낼 줄 알았더니 한현우가 대뜸 칭찬했다. 예상치 못했던 칭찬에 이보배가 멋쩍은 웃음을 흘리다가 이어지는 말을 듣고 굳었다.

"예습을 해 오시다니 훌륭합니다."

"예습…… 이요?"

들어선 안 될 말을 들은 것 같아서 이보배가 제 입으로 다시 말했다. 한현우는 당연하다는 표정을 지었다.

"아티팩트는 뺏길 수 있고 구하기도 쉽지 않습니다. 〈독 내성〉이나 〈독 무효〉 등의 스킬을 획득하는 게 가장 효율적입니다. 다행히 전 〈독 내성〉 스킬 획득법을 알고 있습니다."

불길한 예감이 이보배를 엄습했다. 이보배는 두려움에 떨며 물었다.

"독을 먹고 한계까지 버티다 해독제 먹기를 반복하면 되는 건가요?"

"맞습니다! 역시 이보배 씨도 눈치채셨군요!"

한현우가 손뼉까지 치면서 이보배를 칭찬했다. 이보배는 여기서 나가고 싶어졌다.

'미친.'

세상에 어느 새끼가 독 내성 기르겠다고 독을 먹냐 이 말이다.

이보배는 그런 새끼가 주인공인 소설을 몇 개 안다. 읽을 때마다 주인공의 근성에 감탄했다. 그러나 어디까지나 소설이기에 감탄했지 현실에서 그런 사람을 만나면 친해지고 싶지 않았다.

"일부러 중독되어 죽기 직전에 해독제를 먹은 뒤 생명력이 차면 다시 독을 먹습니다. 저는 이 방식으로 저뿐만 아니라 길마 형, 여름 누나, 효풍이 형도 〈독 내성〉을 습득하도록 도왔습니다. 가장 확실한 방법입니다."

하려면 혼자 할 것이지 피해자가 셋이나 더 있었다.

'아니지. 같은 게임 길드 출신이니까 다 한현우처럼 효율밖에 모르는 바보일 수도 있어.'

한현우는 미리 준비해 둔 재료와 레시피를 가리켰다. 이보배의 기분 탓일지 모르지만 조금 흥분한 것처럼 보였다.

"제 독은 부패독이라 괜찮았지만 이보배 씨의 독은 마

비 독이라 해독제를 마실 타이밍을 잡기 어렵습니다. 그러니 평범한 독 제조로 시작합시다. 독을 1인분씩 수제로 제작한 후 마시고 버티시다가 준비해 온 해독제를 드시면 됩니다."

한현우가 첫날이라 이것만 하면 된다는 개소리를 했다.

"오늘 이보배 씨가 진도 빼시는 걸 살펴보고 내일부턴 해독제를 준비하지 않고 독을 드신 후 해독제 제작에 착수하는 걸로 하겠습니다. 어떻게 생각하십니까?"

'미쳤다고 생각합니다.'

이보배는 웃지도 울지도 화내지도 못하고 입만 뻐끔뻐끔 벌렸다가 닫았다. 한현우가 게임 뇌를 장착한 극한의 효율 바보였음을 망각한 자신이 미웠다.

"예습을 해 오셨지만 첫날이니 제가 곁에서 상태를 확인하겠습니다. 그럼 독을 제작해 주시죠."

"꼭 이렇게 해야 하나요?"

"이게 가장 간편하고 확실합니다."

이보배가 독을 만들지 않고 미적거리자 한현우가 응원했다.

"걱정 마십시오. 전사나 검사보단 스킬 습득이 빠를 겁니다. 효풍이 형은 안 하겠다는 거 억지로 등급 올리느라 꽤 진을 뺐습니다. 탱커가 독 내성 등급을 안 올리겠다면 어쩌자는 건지……."

게임 좋아한다고 모두 한현우처럼 효율충은 아니었나 보다. 이보배는 가엾은 추효풍 부길드 마스터를 애도하고 체념하며 독 재료를 집었다.

똑같은 지위의 부길드 마스터. 심지어 형이라 부르는 사람에게도 이 미친 짓을 강요했는데 이보배에게 못 할 이유가 없었다.

1시간 뒤 이보배는 아무 부가 효과가 붙지 않은 순수한 E급 독 1인분을 제작 완료했다. 등급을 확인한 이보배가 독을 넘기자 한현우도 [현자의 외알 안경]으로 등급을 재확인했다.

"드시면 됩니다."

"꼭 이렇게 해야 하나요?"

"해독제와 포션으로 부작용이나 후유증 없이 완벽하게 치료됩니다. 걱정 마시고 드십시오."

'정신적으론 후유증이 남거든요!'

독을 마시기 전인데 이보배의 위장이 스트레스로 꽉 조였다. 이보배는 될 대로 되란 생각으로 독을 입으로 가져갔다.

'뭐? 한현우가 나한테 관심이 있어? 있긴 있네. 후배 연금술사를 향한 관심 팍팍 주네. 이해기 이 바보야. 좋아하는 여자한테 독 먹이는 새끼가 어딨냐.'

이해기의 주접과 설레발이 잠시 이보배에게 영향을 주

었으나 결국엔 아니었다.

'그럼 그렇지. 한현우가 나한테 관심이 있을 리 없지.'

이보배는 김치 국물이 다량 함유된 눈물과 함께 독을 삼켰다. 무색무취 무미의 독이지만 눈물과 함께 삼켜서 그런지 조금 짠 것 같았다.

"으."

독 한 병을 비우니 이보배의 몸이 금방 반응했다. 피가 나거나 어디 다친 곳이 없는데 기력이 술술 빠지는 기분이 들어 이보배가 몸서리쳤다.

"그럼 다음에 드실 독을 제작하십시오."

"머리가 잘 안 돌아가고 손이 잘 안 움직여요."

"착각입니다. 부가 효과가 없는 독은 생명력 감소 말곤 다른 효과가 없습니다. 낯설어 그러시다면 5분 가만히 계셨다가 독을 제작하시죠."

한현우는 이보배가 독을 마신 직후부터 시간을 재고 있었다. 5분의 휴식을 허용했으나 그 이상은 엄살로 보겠다는 듯 말투가 냉정했다.

지엄하신 전투 연금 한현우가 지켜보고 계시니 이보배는 어쩔 도리 없이 움직였다. 덜덜 떨리는 손으로 재료를 저울에 올리고 거칠게 혼합했다.

몸의 착각이라는 말대로 일단 제작에 착수하니 죽을 만큼 기분이 더럽다뿐이지 몸은 그럭저럭 움직였다. 이보배는 먼젓번과 비슷한 시간을 들여 독을 완성했다.

'윽, 진짜 죽겠다.'

집중이 풀리자 이보배의 오금에서 힘이 빠졌다. 이보배는 더는 서 있지 못하고 털썩 주저앉았다. 이번엔 몸의 착각이 아니라 정말로 사지가 떨리고 힘이 들어가지 않았다. 거칠게 숨을 몰아쉬어도 산소가 부족해 숨이 답답했다.

이 상태를 해결해 줄 해독제는 이보배의 손이 닿는 곳에 있었다. 하지만 한현우는 침착하게 이보배의 상태를 살필 뿐 해독제를 먹어도 좋다고 허락하지 않았다.

"이, 이제 해독해도 되지 않을까요오."

이보배가 힘겹게 물어보자 한현우가 거절했다.

"더 버티실 수 있습니다. 경험상 한계까지 버텨야 스킬 획득이 빨랐습니다."

이보배는 살기 위해 안 돌아가는 머리를 굴렸다.

"저어는 체력이 나아즌데."

"초창기엔 저도 낮았습니다."

"레, 레벨도."

"네. 저도 낮았습니다. 여름 누나가 가끔 들여다봐 주지 않았으면 이미 죽은 목숨이었을 겁니다."

"헌터 아니고 생산이그든요."

"그래서 제가 떠나지 않고 상태를 지켜보는 겁니다."

'한 대만 때렸으면.'

이보배는 부들부들 떨면서 주먹을 쥐었다.

"말씀하실 수 있다는 건 버틸 수 있다는 얘기입니다. 인내와 독기는 이보배 씨의 장점 아닙니까? 독을 쓰면서 독에 당하는 것만큼 꼴불견도 없습니다. 좀 더 버텨주십시오."

이보배가 어떻게 말하든 단호하게 내뚝하는 것이 이리보고 저리 봐도 좋아하는 사람을 대하는 태도는 아니었다.

'이해기 망할 설레발.'

멋대로 짐작한 건 이보배. 눈앞의 한현우를 원망할 수 없으니 이보배는 절로 주접떤 작은오빠를 욕했다.

"이해기 주겨 버려……."

마음이 입 밖으로 흘러나오자 한현우가 흠칫 놀랐다.

"혹시 환각이나 환청 증상이 있습니까? 정신력이 높아 그러진 않을 텐데."

한현우는 시간을 확인하더니 탐탁지 않은 얼굴로 말했다.

"이제 해독제를 드셔도 됩니다."

이보배는 힘겹게 손을 뻗어 해독제를 들었다. 필사적으로 노력해 뚜껑을 연 뒤 마시는 데 성공했다.

해독제를 마시자 피를 뽑히는 것 같던 더러운 느낌이 사라졌다. 하지만 빠진 생명력은 회복되지 않았기에 기운이 없는 건 동일했다.

'포션을 마셔야 하나? 마셔도 되나?'

기진맥진한 상태로 망설이는 동안 한현우는 이보배가 버틴 시간을 기록했다.

"2시간 45분. 연금술사라 더 오래 버티실 줄 알았는데 확실히 헌터들보다 기록이 낮군요."

'내가 힘들다고 그랬잖아!'

이보배는 힘이 없어서 항의를 못 했다.

"5분 휴식 후 포션과 독을 제작하시면 됩니다."

"포션 제작 안 하고 있는 거 먹으면 안 되나요?"

"드셔도 됩니다만 연구실에 있는 재료를 쓰시는 게 부담이 덜하실 겁니다. 2시간 반 간격으로 반복할 거니까요."

효율밖에 모르는 한현우 왈, 독 먹고 2시간 반 동안 포션과 다음에 먹을 독을 만든 후 2시간 반이 지나면 해독하고 반복하기. 그 짓을 하루 종일 하란다.

2시간 45분이 아니라 2시간 30분으로 줄여주는 이유는 제 손으로 해독제를 먹지 못하는 불상사를 방지하기 위한 배려라나?

공자와 맹자는 왈 하나로 끝나지만 한현우는 왈왈왈이다. 이보배 귀엔 개소리로 들린다 이거다.

개소리지만 이보배는 항의하지 못했다.

'재료를 마음대로 써도 된다고?'

이보배는 한현우에게 수업료는커녕 재룟값도 주지 않는다. 그런데 실험실에 있는 재료를 마음대로 써도 된다니.

'이게 얼마 치야.'

방식은 미친 듯 보여도 효과가 확실하다. 재료도 대준다
는데 힘들다는 이유로 하기 싫다고 말할 수는 없었다.

"오늘은 제가 이만 가봐야 할 것 같아 점심 식사는 못
할 것 같습니다."

"네에."

"해독제가 세 병 남았으니 세 번만 더 하십시오. 8시가
되기 전엔 끝날 겁니다. 화장실은 이쪽이고, 식사는 구내식
당을 이용하시거나 실험실에 있는 식량을 드셔도 됩니다."

한현우는 만일의 사태에 누를 비상벨과 구토용 빈 통의
위치도 알려주었다.

"조금 전의 감각을 기억하시고 버틸 수 있을 때까지 버
티는 게 제일 좋습니다. 하지만 해독제를 드실 자신이 없
다면 조금 일찍 드셔도 괜찮습니다. 혹 문제가 생기면 비
상벨을 눌러주십시오. 바로 사람을 보내겠습니다."

"혹시 토하기도 하나요?"

"다른 사람은 안 그러던데 길마 형이 입이 짧아 그런지
물배 찬다고 토하더군요. 혹 몰라 구비해 두었는데 안 쓰
신다면 다른 용도로 쓰셔도 됩니다."

이보배는 빙제가 입이 짧다는 쓸데없는 정보를 알았다.
S급 헌터 빙제가 토할 때까지 몰아세운 한현우에 대한 존
경과 공포가 새록새록 피어났다.

한현우가 떠나자마자 이보배는 포션부터 꺼내 마셨다. 돈이 궁한 건 옛날얘기다. 생명력이 쏙 빠진 상태에서 포션 제작하겠다고 붙잡고 있을 만큼 궁하진 않았다.

"캬, 이제 좀 살겠네."

생명력이 회복되었어도 몸에 기운이 없는 건 여전하다. 이보배는 실험실에 구비된 식량을 사양하지 않고 먹었다. 금강산도 식후경, 독 내성 수련도 식후경.

한창 배고플 나이에 부모님 잃고 대피소에서 굶은 트라우마가 뼈에 각인되어 기운이 빠진다 싶으면 뭔가 먹어야 직성이 풀렸다.

'여기 전파 터지나?'

좀 깊은 지하라 걱정했는데 다행히 전파가 터졌다. 이보배는 8시 이후에 들어갈 것 같다고 가족 대화방에 보고했다. 오늘의 남매 암호인 수박 화채를 끝에 붙이는 것도 잊지 않았다.

'이젠 진짜 미룰 수도 도망갈 수도 없어.'

이보배는 핸드폰을 주머니에 넣은 후 눈을 감고 심호흡했다. 그녀의 머릿속에서 빨간 망토에 팬티만 입은 근육질 남자가 외쳤다.

디스 이즈 스파르타아아아아!

독을 먹는다. 중독 상태를 유지하면서 다음에 마실 독을 제작한다. 시간이 남으면 포션도 제작한다. 2시간 반까지 버티다가 해독제를 마신다. 포션도 마신다.

그리고 다시 독을 먹는다.

과연 이게 효과가 있을지 의심스러운 단순 무식한 방법이었다.

하물며 효과가 있어도 다른 사람은 따라 하기 힘들었다. 독, 해독제, 포션 모두 돈이었다. 전투 연금술사 한현우처럼 부와 재능 모두 거머쥔 천상계 인간이나 시도할 법한 방법이었다.

'근데 한현우는 이걸 6년 전에 마쳤다 이거지.'

한현우 말대로 길드원들이 그에게 해독제를 몰아주지 않았으면 옛날에 고인이 되었을 것이다.

한현우와 다른 길드원이 살아남았듯 이보배도 살아남았다.

이보배는 핏발이 선 눈으로 핸드폰을 노려보다 알람이 울리자마자 해독제를 벌컥벌컥 마셨다. 오늘의 마지막 해독제였다.

'살았어.'

이보배의 눈에 눈물이 핑 돌았다. 그녀는 살았다. 살아남았다. 죽지 않고 이 더러운 실험실을 걸어 나갈 수 있게 되었다!

'나는 살았어! 살았다고!'

이보배는 덩실덩실 춤을 췄다. 노래는 필요 없었다. 죽지 않고 살았다는 희열 자체가 인생 전반에 흐르는 음악이었다. 그 와중에 춤추다 실험실 설비를 건드릴까 봐 공허한 대피소에서 춤을 췄다.

열심히 춤을 추던 이보배는 엘리베이터 소리를 듣고 그대로 멈췄다. 하지만 자세를 바로 하지 못해 춤추던 모습 그대로 한현우와 눈이 마주쳤다.

"……."

이보배는 창피해 쥐구멍에 기어들어 가고 싶은데 한현우는 눈썹 한번 올리지 않았다. 그는 덤덤하게 말했다.

"체력은 충분하신 듯하군요."

"네에."

"저녁 식사는 하셨습니까?"

"아니요, 물배가 차서."

이보배는 위가 있는 윗배를 슬슬 문질렀다. 독, 해독제, 포션을 세 병씩 마시다 보니 배가 안 고팠다.

"그래도 식사는 하시는 편이 좋습니다."

한현우가 어제처럼 회사 차를 부르려다 말고 질문했다.

"그런데 댁에서 회사까지 차로 얼마나 걸리십니까?"

"어, 막히면 한 시간, 안 막히면 사십 분 정도요."

"실례지만 평균 수면 시간은 어떻게 되십니까?"

사계절에 근무할 땐 하루 네다섯 시간만 잤다. 퇴사한 후엔 밤 11시에 자서 다음 날 오전 11시에 일어났다. 효율이 최고인 동갑 꼰대 한현우에게 하루 12시간씩 잔다고 말하기엔 창피했다. 이보배는 저도 모르게 거짓말했다.

"일곱 시간 정도요."

"흠."

한현우가 턱을 매만지더니 회사 차는 안 부르고 딴소리를 했다.

"시간이 아깝지 않으십니까?"

"네?"

"형 누나들은 제가 곁에 붙어 장기간 관리가 가능했지만 이보배 씨에겐 2주밖에 없습니다. 그동안 최대한 많은 걸 해야 하는데 오가는 시간과 그 외 시간이 너무 아깝습니다. 그렇지 않습니까?"

한현우는 동의를 구하는 말로 문장을 마쳤다. 이보배는 동의할 수 없었다.

한현우가 실험실 벽에 붙은 칠판에 무언가를 끼적였다. 방학하기 전이면 늘 선생님에게 제출하던 생활 계획표였다.

"〈독 내성〉 스킬을 얻고 그 외 스킬 등급을 올리기 위해 지금보다 더 나은 환경은 없다고 자부합니다. 그렇다면 2주, 이제 12일 남았군요. 이 12일 동안 최대한 지금의 환경을 누리셔야 한다는 겁니다."

생활 계획표를 보니 이보배가 말한 일곱 시간 수면이 여섯 시간으로 줄어들어 있었다. 식사 시간은 그나마 한 시간이 주어졌는데 그 외엔 휴식 시간이 전무했다.

한현우의 눈이 위험하게 빛났다.

"오늘은 어쩔 수 없지만 내일부터 여기서 머무르시죠. 방은 많습니다."

"네? 어, 그러니까 저기."

"비는 숙소를 쓰셔도 되고 아니면 제집에도 빈방 많습니다. 제가 내드릴 수 있는 시간이 오전뿐인 걸 감안하면 제집에서 묵으시는 게 효율적일 겁니다. 궁금하신 걸 바로 질문하실 수 있으니까요."

자기 집에서 자라는 소리를 이렇게 담백하고 공적으로 할 수 있다니. 이보배는 세상은 넓고 별의별 사람이 있다는 사실을 새삼 깨달았다.

한현우는 이보배가 당연히 자신의 제안에 따를 것이란 얼굴이었다. 한 치의 의심도 보이지 않았다.

그 딴에는 그렇게 여길 법했다. 완벽한 설비를 갖춘 실험실에 재료까지 다 대주고 오전이 아니라 일과가 끝난 밤에도 수업해 주려 한다. 효율 중시하는 한현우라면 당연히 하겠다고 나설 제안이었다.

'이 인간이 날 2주 동안 말려 죽이려는 거구나.'

잠자고 밥 먹는 시간만 빼고 매크로 돌리는 게임 속 캐릭터처럼 이보배를 굴릴 게 확실했다.

이보배는 이를 악물고 장고 끝에 고개를 끄덕였다. 스파르타행 급행열차에 오르기로 한 것이다.

'나 하루 두 시간씩 자면서 연구했다니까 이 정도쯤이야! 버틸 수 있겠지?'

"알그씁니다."

이성은 납득했는데 감정은 납득이 덜 되었는지 어금니를 꽉 물고 대답했다. 한현우는 무덤덤하게 반응했다. 받아들일 줄 알았다는 태도였다.

"그럼 내일 오실 때 준비해 오십시오. 생필품은 다 있으니 안 가져오셔도 됩니다."

이틀 차 수업은 그렇게 끝났다.

이보배는 집에 도착하자마자 짐을 챙겼다. 생필품은 모두 다 있다고 했으니 갈아입을 옷만 챙기면 될 것 같았다.

갑자기 짐을 싸는 그녀를 보고 이씨 삼형제가 의아해했다.

"무슨 일이니, 보배야?"

"짐 왜 싸? 어디 가?"

"악마 새끼와 사기꾼 모르게 독립 준비를 하고 있었던 것이냐?"

화르세인지는 자기도 데려가리라는 기대를 품고 이보배를 보았다. 이보배는 묵묵히 옷을 싼 가방 지퍼를 채웠다.

"2주 동안 머무르면서 배우기로 했어. 기숙 학원인 거지."

"사계절 길드에서?"

"응. 오가는 시간 아깝지 않냐고."

"막내 진짜 외박하는 거야? 2주나?"

"쳇, 독립이 아니라니."

"형, 진정해."

이해기가 불만스러워하는 이귀한을 달래고 더 캐물었다.

"현우가 제안한 거지? 숙박은 어떻게 하는데? 사계절 길드 내에 헌터 숙소?"

"빈방 많다고 자기 집에서 자래."

약간 느물거리던 이해기가 정색했다.

"뭐? 아니 외박 권유도 괘씸한데 자기 집에서 자라고 했다고? 현우 이 자식 그렇게 안 봤는데⋯⋯!"

이해기가 분개했다. 동성이 한 제안이 아닌 이상 화낼 만한 사안이었다. 하지만 이보배는 이해기가 날뛰기 전에 입을 막았다.

"닥쳐."

이해기의 입을 막으려면 짧고 굵은 한마디면 충분했다. 이해기 입장에선 부족할 수 있겠지만 이보배는 그 이상 말하고 싶지 않았다.

"보배야?"

이보배는 말하지 않아도 통하는 남매의 기적을 염원하

며 이해기를 강렬하게 쏘아보았다.

"그런 거 아니니까 닥치라고."

이보배는 잠시나마 이해기의 주접에 넘어갈 뻔했던 자신을 때려주고 싶었다. 오늘 그녀는 지옥에서 생환했다. 이해기의 설레발은 2주의 지옥을 버틸 이보배에 대한 예의가 아니었다.

"정말…… 아니니?"

"그러니까 닥쳐. 정말 그런 느낌 하나도 없이 기름기 싹 뺀 닭가슴살이니까."

"혹 모르잖니. 앞으로 기름기가 생길지."

"응, 없어. 가능성 전무해."

이보배와 이해기의 대화에서 유리된 이귀한과 이한생이 불만을 표했다. 이보배가 옷 말고 필요한 게 있나 싶어 방을 뒤지는 사이, 이해기가 둘에게 설명했다.

"연애? 막내가?"

"남자야 필요하면 돼지가 알아서 물어 올 것을. 과한 간섭 아니냐?"

"그냥 내가 보기에 둘이 잘 어울려서 사이가 진전되면 어떤가 했지."

"막내 오빠 말대로 쓸데없거든."

가능성이 죽었다는 얘기에 이해기는 실망하고 이귀한은 연애를 중얼거렸다. 망나니는 무언가 생각하는 듯하더니 이보배에게 말했다.

"돼지! 남자를 물어 와라!"

"뭐래."

"잘생기고 착하고 능력 있고 돼지 말을 잘 들으며 나를 충실히 모실 수 있는 남자를 데려와서 독립하는 거다! 물론 나도 같이 간다."

화르세인지의 말이 끝나기 무섭게 이귀한이 외쳤다.

"나는 반대!"

"형, 보배가 연애하는 거 반대야?"

실종되기 전 이귀한의 소원은 막냇동생을 좋은 사람과 결혼시키는 거였다. 그랬던 이귀한이 반대를 외치자 이해기는 물론이고 이보배도 깜짝 놀랐다.

"아니!"

다행히 연애 반대는 아니었다. 이보배와 이해기는 놀란 가슴을 진정시켰다.

"독립 반대! 같이 살아!"

이귀한은 이보배가 결혼해도 사남매가 같이 살아야 한다고 외쳤다. 그러더니 진지하게 매제의 조건을 읊었다.

"나보다 약한 건 어쩔 수 없지만 둘째보단 강해야 해."

"형, 그런 남자 없어. 여자도 없어."

"돈도 많아야 하고. 막내랑 우리 말 잘 들어야 해. 그리고 또……"

뭔 놈의 매제 조건이 들어도 들어도 끝이 없었다. 어느 정도 동조하며 듣던 화르세인지가 기가 질린 얼굴로 귀를 후볐다. 이해기는 계속 동조하다가 마지막에 형의 말을 반박했다.

"그런데 형, 그거 다 해당하는 사람이 없어. 그러지 말고 보배가 연애에 둔감하니까 마음에 느는 사람이 있으면 그냥 그 사람으로 하자. 성격이 나쁘면 고쳐주면 되고."

이해기가 사람은 고쳐 쓰면 된다고 말했다. 여기서 고치는 방식은 물리적 교육이다.

"돈은 우리가 얼마든지 벌 수 있으니까."

"그런가?"

"그렇지."

이귀한과 협상을 끝낸 이해기가 이보배를 돌아보았다. 그가 뿌듯한 미소를 지었다.

"그러니까 보배야. 남자든 여자든 얼굴만 보렴. 나머진 우리가 알아서 해줄게."

참으로 연애하고 싶어지게 만드는 오빠들의 응원이 아닐 수 없었다. 이보배가 기가 막혀 허허 웃자 망나니가 그녀 옆에서 구시렁거렸다.

"지참금으로 황금 피라미드를 가져가도 돼지가 결혼하긴 글렀구나."

애초에 연애나 결혼엔 별생각 없었다. 그런 것을 옆에서 열심히 바람 불어넣은 이해기 때문에 자존심에 살짝 흠집이 생겼지 뭔가.

'아저씨 얘기를 듣는 게 아니었어.'

아저씨 아줌마는 청춘 남녀가 있으면 커플 짓기를 좋아한다. 이보배는 세 오빠를 내쫓고 드러누웠다. 앞으로 매일 6시간밖에 못 자니 오늘은 일찍 자야 했다.

다음 날엔 이해기가 이보배를 회사까지 태워주었다. 차에서 내리는 이보배에게 이해기가 신신당부했다.

"보배야, 혹시 모르니까 문 잘 잠그고 자고."

"그런 거 아니야. 진짜 아냐."

한현우는 이보배를 육성 게임의 캐릭터 정도로 보고 있는 게 틀림없다. 아니, 육성 게임 캐릭터는 스트레스가 높으면 나쁜 이벤트가 발생하니까 온라인 게임 캐릭터로 보고 있을지도 모르겠다. 그러지 않고서야 독을 2주 동안 먹이겠다고 예고를 때릴 리 없다.

이보배는 앞으로 겪을 수업 내용을 이해기에게 말해주려다 비밀 유지를 위해 입을 다물었다.

"이상하다. 분명히 뭔가를 느꼈는데."

"아저씨 아줌마는 젊은 사람이 같이 있으면 다 커플로 본다더라. 작은오빠가 헛걸 본 건 아닌지 잘 생각해 봐. 그럼 2주간 집 잘 보고. 핸드폰 되니까 무슨 일 있으면 연락해."

이보배는 차에서 내려 회사에 진입했다.

'지나 잘하지.'

자신의 연애에 참견할 게 아니라 본인이나 잘했으면 싶은 게 이보배의 솔직한 심정이었다.

경비에게 묵례하자 경비는 안으로 깊숙이 들어가야 있는 엘리베이터로 이보배를 안내했다. 엘리베이터에 타자 엘리베이터가 위로 상승했다. 목적지는 최상층이었다.

'짐부터 풀라는 건가 보네.'

동갑 남성의 집에 숙박하러 가면서 이렇게 긴장되지 않는 것도 생소한 기분이었다.

'이후에 올 지옥을 알고 있어서일까.'

퇴로는 막혔다. 지옥행 급행열차에 올랐으니 남은 건 전진뿐이다.

엘리베이터가 최상층에 도달하자 문이 열렸다. 이보배는 가방끈을 고쳐 잡고 엘리베이터에서 내렸다. 한현우가 그녀를 마중 나왔다.

"안녕하세요."

"어제의 제안을 사과드리겠습니다."

한현우가 다짜고짜 사과했다. 이보배는 뭔가 싶어서 정지했다.

"아무리 생각이 없어도 그렇지 이성을 집에서 묵으라고

하면 어떡하냐고 여름 누나에게 많이 혼났습니다. 그리고 제 입지와 수업 때문에 이보배 씨가 오해하거나 큰 걱정을 하셨을 수도 있다는 얘기도 들었습니다. 실제로 제 생각이 짧았습니다. 죄송합니다."

"아뇨, 괜찮아요. 한현우 씨가 효율 때문에 제안하신 거 알고 있으니까요. 오해하지 않았어요."

한현우가 극한의 효율 바보인 걸 몰랐다면 오해의 여지가 많을 제안이긴 했다.

'그러네. 지위를 이용해서 좀 거시기한 쪽으로 오해할 수 있었구나.'

정작 이보배는 한현우의 사과를 듣고 나서야 안 좋은 쪽의 가능성을 떠올릴 정도로 당사자들 사이는 담백했다. 하지만 얘기만 들은 사람들은 기함했을 것이다.

'작은오빠 미안.'

이보배는 한현우를 괘씸해하고 화내려던 이해기의 입을 틀어막은 걸 마음 속으로 사과했다.

"모욕을 느끼셨다면 정말 죄송합니다. 믿지 못하시겠지만 저는 정말 그런 의도로 말한 게 아니었습니다. 욕실도 여러 개고 방도 여럿이라 동선이 짧아진다는 생각밖에……."

"정말 오해하지 않았어요. 한현우 씨 태도가 워낙 정중하셨으니까요. 그리고 한현우 씨가 뭐가 아쉬워서 제게 그러시겠어요."

"그렇게 생각하시면 안 됩니다. 아쉽지 않아도 범죄를 저지르는 사람은 많습니다. 그리고 이보배 씨는 누구나 아쉬워할 분이십니다."

누구나 아쉬워해도 한현우는 못 따라간다. 한현우는 이후로도 거듭 사과한 뒤 이보배를 태양 그림이 있는 문으로 안내했다.

"여름 누나 집인데 여기서 머무르시면 됩니다. 여름 누나는 길마 형네 살아서 빈집이거든요. 허락받았으니 편하게 쓰세요."

사계절 길드의 마스터 빙제 류시우와 세 명의 부길드 마스터 중 홍일점인 광전사 나여름은 균열의 날 전부터 사귄 장수 커플이다.

다만 공식적으로는 연애 사실을 밝힌 적 없어 옛날에 헤어졌는데 길드 지분 때문에 사귀는 척하는 거 아니냐는 얘기도 종종 있었다.

"두 분 사귀시는 게 맞았군요."

"헤어진 적 없습니다. 오래 사귀면 결혼해라, 결혼하면 애 낳아라 전 국민이 잔소리한다고 숨기는 겁니다. 그리고 결혼한 여성 헌터에겐 쓸데없는 참견이 많지 않습니까?"

"아, 그렇죠."

여자 각성자는 생리를 하지 않는다. 놀랍게도 시스템 설정에서 생리를 할지 안 할지 설정할 수 있었다. 생리를

off로 설정해 두면 건강엔 아무 이상 없이 불임 상태가 된다.

한번 설정을 변경하면 반년 동안 변경이 불가능하고 임신 상태에서도 변경이 불가능하지만 몬스터를 상대하는 헌터 입장에선 참으로 이로운 혜택이었다.

"여러 실험을 통해 건강엔 아무 이상 없고 임신도 정상적으로 할 수 있다고 밝혀졌는데 왜들 난린지 모르겠습니다. 솔직히 생리보다 인벤토리와 포션이 더 신기하지 않습니까? 인벤토리와 포션 쓰는 거엔 아무 말도 안 하면서 말입니다."

인벤토리에 물건을 넣으면 수납할 때의 상태 그대로 보존되고 포션을 쓰면 상처에 새살이 솔솔 돋는다. 생리 좀 멈추는 것보다 백배 천배 신기했다.

각성한 이후 단 한 번도 생리를 on으로 변경한 적 없는 이보배는 심히 공감했다.

"어떤 헌터는 종교적 신념 때문에 생리를 on으로 해둔다는 얘기도 들었습니다. 왜 그런 트롤 짓을 하는지 모르겠습니다. 생리 기간엔 균열 진입을 안 한다고 해도 방출형 균열이나 긴급 출동 같은 경우는 어쩔 수 없지 않습니까? 시스템이 마련해 줬으니 써먹을 수 있으면 써먹어야죠."

효율충 한현우는 종교적 신념보다 효율이 중요하다며

열변을 토했다. 이보배는 이성 앞에서 생리를 거리낌 없이 말하는 한현우가 동성 친구처럼 친근하게 느껴졌다.

'진짜 날 이성으로 안 보는구나.'

어쩌면 이번에도 입관까지 도와줄 만큼의 우정을 쌓을 수 있을지도 모른다.

'그 전에 지옥에서 생존해야 하겠지만.'

광전사의 집에 가방을 내려둔 이보배는 제작 시간을 단축할 수는 없으니 동시에 독, 해독제, 포션을 제작하라는 한현우의 수업 계획을 듣고 피눈물을 흘렸다.

포션과 독 제작엔 아무리 애를 써도 줄일 수 없는 시간이 존재한다. 잠시 숙성시키거나 약불에서 뭉근히 졸이는 등 시간을 써야만 하는 부분이 반드시 있다.

이 과정을 마력으로 시간을 단축할 수는 있다. 하지만 그렇게 하면 마력이 필요한 공정이 아닌 부분에 마력을 쓰게 되어 수제 제작이 아니게 된다.

각기 따로 제작할 설비와 공간이 있으니 동시에 세 가지를 만들라는 한현우의 주장은 일견 타당해 보인다. 이보배도 침착하게 차근차근 하면 2시간 반 동안 셋 모두 완성할 자신이 있었다.

독만 안 먹었다면.

생명력이 줄줄 빠져나가고 있는 상태에서 셋을 동시에 제작하려니 머리와 몸이 돌아가지 않았다. 이보배는 간신히 해독제와 포션을 완성하고 중독에서 벗어난 뒤에야 독 제작을 완료했다.

'3시간 넘게 걸렸네.'

고작 3시간이지만 기계처럼 포션을 양산할 때보다 배는 피곤했다.

'이 짓을 하루 종일 해야 한다고?'

이건 정말 미친 짓이다. 이보배는 최소한 30분씩 휴식 시간은 달라는 마음으로 한현우를 올려다보았다. 한현우는 이보배의 움직임에서 개선할 부분을 적어 건넸다.

"제 최고 기록은 1시간 8분입니다. 이보배 씨라면 2주 안에 2시간 안으로 단축할 수 있을 겁니다."

'이 더러운 효율 바보.'

효율밖에 모르는 바보에게 휴식은 사치였다.

"아직 이르지만 휴식 겸 점심 식사를 하시지 않겠습니까?"

"하하, 아니요. 점심은 간단히 먹고 명상 좀 해야겠어요."

한현우는 어제와 마찬가지로 무슨 일 생기면 비상벨을 누르라는 말을 남기고 떠났다.

이보배는 단백질 바를 철근같이 씹어 먹으며 한현우가

주고 간 지적 노트를 읽었다.

'보배야, 넌 할 수 있어. 하는 게 아니라 버티는 거야. 너 잘하잖아.'

단백질 바로 끼니를 대체하고 야심차게 시도한 2차 시도는 실패. 아슬아슬하게 3시간이 걸렸다. 해독제와 함께 포션을 마시면 3시간의 벽을 깰 수 있을 것 같지만 그건 수련 의도에 맞지 않는 것 같아 버렸다.

이를 갈고 시도한 3차도 실패. 이보배는 3시간의 벽을 넘기 위해 자체적으로 하던 휴식도 취소하고 바로 4차에 도전했다.

4차는 3시간의 벽을 깨는 데 성공했고 5번째 시도에서 마침내 유의미한 성과를 거두었다. 이보배는 실핏줄이 터진 눈으로 2시간 51분의 기록을 보고 광소했다.

"으하하하하! 우, 우엑!"

신나게 웃는 이보배의 목에서 신물이 올라왔다. 이보배는 쓸 일 없을 거라고 생각했던 구토용 통에 고개를 박았다. 그래도 시간 단축은 기뻤다.

'중독 상태에서 움직이는 것도 조금 적응됐어.'

시간을 보니 10시가 넘어 11시가 가까웠다. 이보배는 물로 입을 헹궜다.

'이제 올라가서 씻고 자야지. 진짜 죽을 것 같다.'

이보배의 생각을 읽기라도 한 것처럼 엘리베이터 소리가

들렸다. 이보배는 물티슈로 얼굴을 문대고 마지막 힘을 끌어내 벌떡 일어났다.

"아직 여기 계셨군요."

"한현우 씨야말로, 지금 일이 끝나셨나 봐요."

"오늘은 어떠셨습니까?"

이보배는 혼신의 힘을 다해 시간 단축과 쑥쑥 늘어난 스킬 숙련도에 대해 보고했다. 보고를 받은 한현우는 무덤덤하게 말했다.

"그럼 정신력과 마력은 충분하시겠군요. 12시까지 스킬로 마비 독을 제작하시면 될 것 같습니다. 오늘 수업은 그걸로 끝내죠."

마지막 힘을 쥐어 짜내 보고만 하지 않았더라도 한현우의 반반한 면상에 철권을 꽂았을 것이다.

이보배는 가쁘게 숨을 쉬다가 체념하고 의자에 앉아 집중했다. 한현우가 실험실은 물론이고 그녀가 토한 통을 손수 치웠기 때문에 항의할 수 없었다.

이보배는 광전사의 집에 들어가자마자 철퍼덕 쓰러졌다.

"더는 못 해."

이제 하루가 지났을 뿐이다. 그 하루 동안 이보배의 몸과 마음은 만신창이가 되었다. 오늘은 어떻게든 해냈다. 하지만 이게 이틀이 되고 사흘이 된다면? 앞으로 11일 남은 걸 생각하기만 해도 속이 뒤집혔다.

'뛸까.'

이대로 보내면 다시는 오지 않을 천금 같은 기회다. 아는데 하기 싫었다. 이보배는 바닥에 머리를 콩콩 찧었다.

'내가 지금 배가 불렀지. 살 만하지.'

큰오빠가 돌아오지 않고 막내 오빠가 식물인간으로 입원했을 때의 이보배에게 이런 기회가 주어졌다면? 도망살 생각을 하기는커녕 무던히 인내했을 것이다.

이보배는 사지를 파닥였다.

"하지만 너무 힘든걸! 이 짓 한다고 스킬 얻는다는 보장도 없잖아!"

대리석 바닥에 눈물 콧물을 질질 흘리던 이보배의 귓가에 알림음이 울렸다. 이보배는 흐릿한 눈으로 허공을 응시했다.

[⟨한현우의 수업을 버텨라!⟩ 퀘스트가 생성되었습니다!]

[한현우의 수업을 버텨라!]
−남은 11일 동안 최선을 다해 수업에 임하라.
−수업 기간 내 성장 속도 증가.
−퀘스트 보상 : ⟨독 내성⟩ E급 습득.

이보배의 한탄에 시스템이 응답했다. 한현우만 스파르

타인 줄 알았더니 시스템은 한술 더 떴다. 이보배는 소매로 눈물을 닦고 마른 입술에 침을 발랐다.

"아니, 지금. 스킬 주겠다고 확답하는 건 좋은데요."

한현우의 방식은 더럽게 힘들지만 효율적인 게 분명하다. 그러지 않고서야 시스템이 이보배에게 도망치지 말라고 등 떠밀 리 없다.

이보배 자신의 성장을 위해서 필요한 일인 거 알지만 너무 힘들었다. 인간적으로 저 퀘스트를 버티기엔 보상이 너무 부족하게 느껴졌다. 겨우 스킬 하나가 뭔가.

"귀한 〈독 내성〉 스킬로 보상이 부족하다고 하기 뭣하지만요. 저번에 〈폭주한 소환 사원〉 균열 공략 보상도 이상하게 주셨잖아요. 레시피 조각 0.002퍼센트가 뭐예요."

이귀한이 겨우 이거 올려주냐고 뒤집어엎으려는 걸 이보배가 막았다. 이보배가 세상을 구한 것이나 마찬가지다.

말하다 말고 기운이 빠진 이보배는 다시 바닥에 이마를 박았다. 그런 그녀의 귓가에 다시 시스템 알림음이 울렸다.

[추가 퀘스트가 생성되었습니다!]

[한현우의 기록을 깨라!]
−남은 11일 동안 한현우의 기록을 깨라!
−한현우의 기록은 동레벨 때 수립한 기록을 기준으로 합니

다. : 2시간 12분 42초.

　－퀘스트 보상 : 진짜마지막최종파이널라스트엘릭서의 레시피 조각 0.002퍼센트

　이보배는 반만 뜬 눈으로 퀘스트창을 읽었다. 시스템이 거부할 수 없는 제안을 했다. 이보배는 입술을 쥐어뜯다가 결국 외쳤다.

　"콜!"

　살고자 하면 죽을 것이요, 죽고자 하면 살 것이다. 이보배는 단백질 바를 철근같이 씹으며 스파르타 전사에 빙의했다.

　디스 이즈 스파르타아아아!

　'중독됐다고 죽는 거 아니잖아. 평소랑 똑같이 하면 돼!'

　다음 날, 독기 품은 연금술사가 엘리베이터에서 내려 실험실에 등장했다.

　독기 가득한 이보배의 눈을 보면 누구라도 흠칫 놀랄 텐데 한현우는 그러지 않았다. 이 비범한 동갑 꼰대는 독기를 열의로 오해했다.

　"오늘따라 의욕이 넘쳐 보이십니다."

　"기숙 학원 같은 거니까요. 열심히 할게요."

　학생이 배움에 열의를 불태우면 가르치는 입장에선 더 많은 걸 주고 싶다. 한현우는 이보배에게 고글을 건넸다.

"이게 뭔가요? 눈을 보호하는 장빈가요?"

"〈감정〉 스킬이 붙은 아티팩트입니다. D급이라 재료의 이름과 등급, 기본 성능 정도만 표시되지만 장비하고 하시는 게 도움이 될 겁니다."

스파르타지만 지원은 확실한 스파르타다. 이보배는 설마 죽겠냐 생각에 의지를 다졌다.

한현우의 스파르타 교실은 효과가 좋았다. 안 그래도 좋은데 성장 보정이 붙자 더 좋아졌다. 이보배는 실핏줄이 터진 눈으로 D급이 된 〈포이즌 메이커〉를 응시했다.

스킬 등급이 오른 건 기쁜 일이다. 그러나 이보배가 스킬창을 노려보는 건 다른 이유가 있었다.

'독을 D급으로 제작해야 하나?'

독의 등급이 오르면 포션과 해독제의 등급도 따라 올라간다. 등급이 올라가면 공정과 재료가 추가되고 제작 시간도 늘어난다. 현재 이보배의 기록은 2시간 45분대에서 머무르고 있었다.

남은 기간은 5일.

이보배는 심사숙고한 끝에 등급이 오른 걸 숨기기로 결정했다. 〈독 내성〉 스킬의 경우 수업을 끝까지 들으면 퀘스트 보상으로 확실히 얻을 수 있다. 하지만 기록 단축 퀘스트는 이번에 못 깨면 레시피 조각을 받지 못한다. 0.002퍼센트지만 귀중한 조각을 받지 못하는 것이다.

'성장을 숨긴다니. 작은오빠가 좋아하는 건데.'

이보배는 자신도 꽤 소설 주인공 같아 피식 웃었다. 레벨 업 한 덕분에 웃을 힘이 나왔다.

〈포이즌 메이커〉 스킬 등급과 레벨도 올랐겠다, 이보배는 훈련을 계속했다. 그러나 어떻게든 기록을 단축하고 싶은 마음과 다르게 기록은 계속 2시간 45분에서 끝났다.

이보배는 손을 멈추고 어떻게 하면 기록을 줄일 수 있을까 고뇌했다.

'완성 순서가 바뀌어야 해.'

지금까지 이보배는 해독제, 포션, 독 순으로 제작을 완료했다. 하지만 이것저것 공정을 계산해 보면 독, 포션, 해독제 순이 제일 효율적이었다. 하지만 그렇게 하면 다 만들기 전에 이보배가 죽는다.

'먹고살자고 하는 짓인데 죽으면 무슨 소용이냐고.'

이보배가 죽으면 혼자 죽는 게 아니다. 이귀한이 날뛰어 전 세계인이 같이 죽는다. 이보배는 혼자 죽으면 죽었지 물귀신처럼 다른 사람들과 같이 죽고 싶은 마음은 없었다.

'독, 해독제, 포션 순으로 해볼까? 아냐, 이때 건드리면 제작이 실패해.'

결국 제일 물 흐르듯 자연스럽게, 이보배가 잘하는 기계처럼 빠르게 공정을 이어갈 수 있는 완성 순서는 독, 포션, 해독제였다.

"……."

고민하던 이보배는 실험실을 나와 엘리베이터 버튼을 눌렀다.

'밥이나 제대로 먹고 하자.'

이보배는 단백질 바와 젤리가 아닌 제대로 된 밥을 먹고 머릿속을 정리해 보기로 했다. 구내식당에 갔다가 팀원과 만나면 곤란하기 때문에 한현우의 펜트하우스 직통 엘리베이터를 사용했다.

이보배는 냉장고에서 밑반찬을 꺼내 식탁에 차렸다. 한현우가 주방에 있는 음식은 얼마든지 먹어도 된다고 했기 때문에 망설임은 없었다.

한현우의 냉장고엔 먹을 만한 반찬이 가득했다. 수업 첫날 함께 먹은 이후 한현우가 제대로 밥 먹는 걸 못 봤는데 의외였다.

'도우미분이 반찬도 챙겨주시나?'

한현우는 단백질 바와 칼로리 바를 우유에 섞어 믹서기에 넣고 갈아 마신다. 너무 효율적이라 목격한 이보배에게 저렇게 살면 안 된다는 위기의식을 느끼게 해줬다.

냉동실에 얼려둔 밥을 해동하던 이보배는 문이 열리는

소리를 들었다.

'한현운가? 같이 밥 먹자고 할까?'

수련에 집중하느라 내내 식사 같이하자는 제안을 거절해서 미안하던 차였다. 하지만 문을 열고 들어온 사람은 한현우가 아니었다.

"그래, 현우야. 소꼬리찜 두고 갈 테니까 저녁은 꼭 먹어라. 또 젤리나 먹다 걸리면 형 화낸다."

사계절 길드의 마스터, S급 헌터, 호수를 빙판으로 만든다는 빙제가 분홍색 수면 잠옷을 입고 냄비를 든 채 들어왔다. 해동을 마친 전자레인지가 띵 소리를 냈다. 빙제도 이보배의 존재를 알아챘다.

"안녕하세요."

이보배는 인사하고 자신의 추레한 몰골을 깨달았다. 창피했지만 빙제가 입은 분홍색 수면 잠옷을 보니 괜찮다는 생각이 들었다.

일부러 안 씻은 게 아니다. 바빠서 못 씻은 거다!

"아, 얘기는 들었어요. 식사 중?"

"이제 하려고요……."

"잘됐네요. 꼬리찜이랑 같이 들어요."

"마스터께선 식사를 하셨는지……."

이보배는 박마노를 보았고 검성도 보았다. 하지만 빙제 앞에 서니 이상하게 위축되었다. 아마 전 직장의 사장이라 그런 듯했다. 빙제는 뭐든 얼려 버린다는 위명과 다르게 포근한 미소를 지었다.

"저도 꼬리찜이랑 해치웠죠. 여름이가 만들었는데 맛은 보장해요. 덜어드릴게요."

빙제는 그릇을 꺼내 소꼬리찜을 냄비에서 덜어 식탁에 놓았다. 제집인 듯 익숙해 보였다. 전자레인지에 해동한 밥도 꺼내 주는 바람에 이보배가 기함했다.

"앉아서 편히 드세요. 냉동실에 국 얼려둔 것도 있을 텐데."

"아뇨, 정말 괜찮습니다!"

소꼬리찜을 둔다는 목적을 달성한 뒤에도 빙제는 나가지 않았다. 그는 이보배의 맞은편에 앉았다. 퇴사했다지만 전 사장님과 대면하게 되어 이보배는 매우 긴장했다.

긴장했으나.

'밥 맛있어.'

계속 긴장 상태를 유지하기엔 지난 며칠이 너무 고단했다. 이보배는 자신이 자유로운 돼지임을 상기하고 밥에 집중했다. 자유로운 돼지는 사장님 앞에서 쫄지 않는다!

이보배의 식사가 끝나가자 빙제는 어디서 카스텔라를 가져왔다. 커피와 차 중에 뭐냐 좋냐고 묻는 바람에 이보배는 얼떨결에 커피라고 대답했다.

"이보배 씨라고 했던가요? 일전에 현우가 큰 실수를 저질렀다고 들었습니다. 길드원을 대신해 사과드립니다."

"아니요, 괜찮습니다. 한현우 씨가 효율을 추구한 순수한 목적으로 제안하신 걸 알고 있어요. 저나 한현우 씨나 서로에게 그런 마음 하나도 없으니까 걱정하지 마세요."

"하나도?"

빙제가 멍한 얼굴로 물었다. 이보배는 단호하게 고개를 끄덕였다.

"네, 하나도."

"아니, 또래끼리 자주 얼굴 보고 그러면 말이죠, 전혀 반응하지 않을 것 같다가도 갑자기 화학작용이 막."

빙제가 그렇게 단정 지어선 안 된다며 횡설수설했다. 본인이 광전사와 그렇게 연애한 건 아닐까 하고 이보배는 추측했다.

"현우가 경계가 심한 아이거든요. 자기 영역에 쉽게 다른 사람을 들이지 않아요. 그런데 이보배 씨는 지금 집에도 들어와 계시고 지하 실험실에서 수업받는다고도 하시니까."

조건만 들으면 한현우가 이보배에게 마음이 있나 의심할 만하다. 이해기가 한 오해를 빙제도 똑같이 하고 있는 듯했다. 이보배는 오해를 풀어줄 겸 확실하게 못 박았다.

"정말 아니에요. 그냥 희귀한 스킬을 가진 후배를 육성하려는 의도예요."

"현우 정도면 애가 성격만 모났지 나머지 조건은 괜찮은 편인데 어쩌다 그런 확신을…… 아."

커피를 마시며 횡설수설하던 빙제가 무언가 깨달은 표정을 지었다. 이러니까 진짜 TV에서 보던 빙제 같았다.

"혹시 독을 쓰려면 내성부터 길러야 한다고 하던가요, 걔가?"

이보배보다 앞서 한현우의 피해자였던 빙제다. 이보배는 숨기지 않고 대답했다.

"네, 그래서 수련 중이에요."

빙제는 모든 걸 이해했단 표정으로 고개를 돌리더니 입술을 움직였다. 소리 내지 않고 입술만 움직이는지 이보배의 귀에 들리는 건 없었다.

'욕인 것 같은데.'

소리가 안 들리고 입술 모양이 안 보여도 눈치로 짐작하건대 욕이었다. 한현우를 향한 욕이 분명했다.

"그럼 걔가 남자로 안 보이시겠네요. 남자가 뭐야, 인간으로도 안 보이시겠어요."

역시 경험자라 그런지 이보배의 심정을 잘 알았다. 이보배도 퀘스트 덕분에 원한이 분산되어 한현우에 대한 원한이 덜하지, 퀘스트가 없었다면 매일 밤 자기 전 한현우 시발 새끼를 세 번 외쳤을 것이다.

"이 멍청이가 미연시는 잘하면서……."

이보배는 식탁을 정리한 뒤 시계를 보았다. 밥만 후딱 먹으려던 것이 빙제를 만나는 바람에 시간이 길어졌다.

"내가 너무 붙잡아뒀……. 독 내성 수련하러 가시는 거면 몰래 쉬어가며 하세요."

"한현우 씨가 귀한 시간을 내주시고 최적의 환경도 제공해 주신걸요. 최대한 노력하려고요."

퀘스트만 없었다면 이보배도 진즉에 탈주했거나 반항했을 것이다.

빙제는 이보배의 대답을 듣더니 피식 웃었다.

"이런 게 좋은 건가?"

"네?"

"아니요, 후배들이 성장하기 위해 열심히 노력하는 모습이 보기 좋아서 그래요."

이보배는 엘리베이터에 오르려다가 망설였다. 그녀가 주저하는 모습을 보고 빙제가 말했다.

"부탁할 게 있습니까?"

"저 실은……."

기껏 빙제와 만났는데 이대로 헤어지기 아쉬워 이보배는 창피함을 무릅쓰고 용기를 냈다.

"명함을 받을 수 있을까요?"

"물론이죠."

빙제가 따뜻하게 웃으며 품을 뒤졌다. 흔쾌히 나온 대답과 달리 폭신한 수면 잠옷엔 안주머니가 없었다. 빙제는 인벤토리를 뒤지다가 문을 가리켰다.

"조금만 기다려요. 집에서 가져올 테니까."

"아뇨! 아뇨아뇨! 그러시지 않으셔도 되고요! 나중에 주시면 되니까요! 나중에 만났을 때!"

이보배가 빙제를 다시 만날 일이 있을까 싶지만 빙제는 이번에도 흔쾌히 납득했다.

"그럼 다시 만날 때."

빙제는 엘리베이터 문이 완전히 닫힐 때까지 손을 흔들었다. 뭐든 얼음으로 얼려 버리지만 성격은 사교적이었다.

'하긴, 사교적이니까 길드 마스터도 하고 그러지.'

비사교적인 사람이 왜 길드를 만들겠는가? 혼자 놀지.

이보배는 볼을 가볍게 두드려 해이해진 정신 상태를 바로잡았다. 배부르게 먹었고, 빙제와 대화하면서 스트레스도 살짝 풀렸다.

'해보자.'

만약의 사태를 막아줄 해독제를 아예 뚜껑도 따서 손이 닿는 위치에 두었다. 이보배는 심호흡을 세 번 한 후 독을 마시고 독의 베이스부터 만들기 시작했다.

2시간 40분이 지났다. 이보배는 뒤로 넘어갈 것 같은 머리를 앞으로 숙이고 마지막까지 집중하려고 노력했다.

'죽을 것 같아.'

조금만 더. 조금만 더 하면 해독제가 완성된다.

지금 이보배의 상태는 게임식으로 표현하자면 HP가 10퍼센트 미만으로 떨어진 상태였다. 이 정도로 생명력이 너무 낮으면 행동에 제약이 걸린다. 지금 이보배가 해독제 제작에 몰두하는 건 인간승리에 가까웠다.

'됐다!'

해독제가 완성되었다. 이보배는 살기 위해 완성한 해독제를 마셨다. 성공을 자축하기 위해 E급 포션이 아닌 D급 포션을 인벤토리에서 꺼냈다.

손이 덜덜 떨려 포션은 입으로 들어간 것보다 얼굴로 쏟아진 게 더 많았다. 코로 마시든 입으로 마시든 포션은 포션이기 때문에 생명력 회복엔 아무 문제 없었다.

이보배의 눈가로 액체가 흘러내렸다. 쏟은 포션이 아니라 그녀의 눈물이었다.

'이게 되긴 되는구나.'

되는 걸 알았으니 앞으로는 계속 이 순서로 시간 단축에 도전할 것이다. 그걸 깨닫자 기쁨과 감격의 눈물이 제 무덤 팠다는 후회의 눈물로 바뀌었다.

'차라리 실패했으면 수업 보상만 받고 마는 건데.'

그런 짓을 하면 안 되는 건데 이보배는 그 사실을 몰랐다. 이제 와서 후회하면 뭐 하리, 이보배는 남은 4일 동안 이 짓을 반복하게 생겼다.

이보배는 쉬엄쉬엄하라던 빙제의 말을 떠올렸다. 이대

로 오늘 수련을 자체 종료하고 싶다는 강한 유혹이 들었으나 뿌리쳤다.

"막판에 너무 서두르는 바람에 시간이 더 걸렸어."

성과가 눈에 보이면 사람은 힘을 얻는다. 이보배는 45분의 벽을 깬 것에 만족하고 다음 목표를 잡았다.

'다음은 30분이야!'

밤에 돌아온 한현우는 이보배가 기록 단축한 방법을 듣고 놀라거나 말리지 않았다.

오히려 그게 정답이었다는 듯.

"잘하셨습니다. 그럼 시간이 약간 생겼으니 '연금술사의 솥뚜껑' 추천 레시피를 정독하도록 하죠."

라며 기록 단축을 축하했다.

수업의 마지막 날. 이보배는 아슬아슬하게 추가 퀘스트를 달성했다.

2시간 12분 41초. 기록 단축에 진전이 없어 이틀 동안 수면을 포기하고 각성제를 마셔가며 이룬 성과였다.

[퀘스트를 달성하였습니다.]

[진짜마지막최종파이널라스트엘릭서의 레시피 조각 0.002퍼

센트를 퀘스트 보상으로 지급합니다.]

이보배는 눈앞에 뜬 알림창을 보자마자 벌떡 일어나 외쳤다.

"끼요오오옷!"

익룡이 따라 하다 목구멍 찢어질 법한 소리가 나왔다.

한현우가 움찔 떨면서 놀랐다.

"이보배 씨, 괜찮습니까? 그래서 각성제는 안 된다고 말씀드렸는데……."

"내가 못 할 줄 알았지! 나는 해냈다! 나는 해냈어! 약 오르지 이 새끼야!"

이보배 눈엔 당황한 한현우가 보이지 않았다. 그녀 눈에 보이는 건 알량한 레시피 조각 쪼가리 주면서 그 외 보상은 주지 않는 더럽고 치사한 시스템밖에 없었다.

허공을 향해 삿대질하며 펄쩍펄쩍 뛰는 이보배의 모습이 기괴했다. 한현우가 당황하다가 사람을 대할 때 예의가 아니란 생각에 벗어두었던 [현자의 외알 안경]을 장비했다.

타이밍 좋게 12시 정각이 되었다. 이보배가 삿대질하는 허공에 새로운 시스템 알림창이 떴다.

[퀘스트를 달성하였습니다.]

[〈독 내성〉 E급을 획득했습니다.]

"나는 해냈다! 나는 해냈다고! 너는 나를 비웃었지만 나는 해냈다! 끼요오오옷!"

한현우가 떨리는 손으로 아티팩트의 〈관찰〉 기능으로 이보배의 상태를 확인했다. 이보배의 레벨과 직업, 능력치가 바로 보였다. 한현우는 예의상 그 부분에서 눈을 흐리게 뜨고 상태 이상 부분을 보았다.

멀쩡했다. 아무 이상 없었다.

이보배가 광소하다가 삿대질하다가 보이지 않는 누군가를 향해 욕했다.

"내가 그렇게 빌었는데 전체 공지 한 번 안 날려주고오오! 큰오빠한테 이를 거야, 진짜!"

'저게 맨정신이라고?'

한현우의 상식으론 이해가 되지 않는 모습이었다.

이해할 수는 없지만 이보배를 붙잡아 진정시키려던 한현우는 이전에도 비슷한 일을 경험했다는 기시감을 느꼈다.

'언제였지?'

한현우는 곧 답을 찾았다. 〈독 내성〉 스킬을 D급으로 올렸을 때의 추효풍이 딱 저런 반응을 보였다. 물론 그때 추효풍이 욕하고 삿대질하던 상대는 허공이 아니라 한현우였다. 어쨌든 반응이 비슷했다.

한현우는 다시 한번 [현자의 외알 안경]으로 이보배의 상태창을 보았다. 이번에도 능력치 부분은 흐린 눈으로 건너뛰고 스킬 목록을 열람했다.

[현자의 외알 안경]은 A급 아티팩트기 때문에 한현우는 SS급인 〈사랑의 매〉와 〈가장의 위엄〉은 보지 못하고 〈포션 메이커〉와 〈포이즌 메이커〉와 같은 A급 이하의 스킬만 볼 수 있었다.

그리고 한현우는 짐작이 사실이었음을 알았다. 이보배의 스킬 목록엔 〈독 내성〉 E급이 당당히 자리 잡고 있었다.

어째서 제작 스킬은 영어인데 내성 스킬은 한글이냐고 의문을 품어선 안 된다. 시스템은 허술한 부분이 많았다.

한현우는 재빠르게 [현자의 외알 안경]을 벗고 이보배를 축하했다.

"이보배 씨, 〈독 내성〉 스킬을 획득하셨군요! 정말 축하드립니다!"

"내가 못 할 줄 알았지! 나는 해냈다고!"

"왜 제 주위 사람들은 이 스킬만 얻으면 반응이 비슷한지 모르겠습니다만 좋은 게 좋은 거겠죠!"

"아, 진짜 더럽게 힘들었다!"

"완벽한 조건이긴 했지만 2주 만에 획득하다니! 최단 기록입니다! 역시 시스템의 관심을 받으시면서 라스트 엘릭서 레시피 조각을 받을 만한 재능이십니다!"

"더럽게 힘들었다고!"

이번 건 허공이 아니라 한현우를 보고 내질렀는데 한현우는 눈치채지 못했다.

한현우가 놀랄 만큼 발광한 끝에 조금 진정한 이보배는 스킬창을 보며 버석버석한 눈가에 습기를 더했다.

[〈독 내성〉 E급]

−F급 이하의 독에 완벽하게 저항한다.

−약물을 통한 F급 이하의 상태 이상에 저항할 확률이 높아진다.

더럽게 힘들고 서러웠던 지난 2주의 악몽이 스쳐 지나갔다. 이보배의 건조한 눈가는 폭우가 내린 사막처럼 촉촉해졌다.

어쩐지 퀘스트 보상으로 받지 않아도 2주간 한 개고생이면 내성이 생겼을 거란 확신이 들었다. 시스템에게 욕을 한 바가지 퍼부을 일이었지만 이보배는 좋게 생각하기로 했다.

'퀘스트가 안 떴으면 못 버텼어.'

사람은 미래에 얻을 보상에 대한 확신이 있어야만 고된

현재를 버틸 수 있다.

시스템의 시의적절한 퀘스트 투척이 아니었다면 이보배는 실험실을 탈출해 사계절이 있는 방향으론 머리도 두지 않았을 것이다. 그만큼 힘들었다.

게다가 시스템은 한현우에게 쏠릴 원망을 모조리 흡수해 줬다.

시스템이 아니었다면 도망가지 않더라도 한현우를 철천지원수로 여겨 이보배의 사회생활과 인간관계에 악영향을 끼쳤을 터다.

이보배는 한현우를 원망하지 않고 고맙게 여길 수 있는 현실에 감사하며 고갤 숙였다.

"정말 감사합니다!"

한현우가 내준 시간과 재화, 지식, 정보는 물론이고 그녀에게 보여준 호의까지. 모든 것에 대해 감사하는 진심이 담긴 인사였다.

이보배의 진심이 한현우에게 전해졌는지 그가 부드러운 미소를 지었다.

"이보배 씨가 잘 따라와 준 덕분입니다. 형이나 누나처럼 탈출도 안 하셨고, 요 며칠은 침식도 잊고 수련에 몰두하셨잖습니까. 2주 동안 최선을 다하시는 모습에 정말 감명받았습니다. 저도 열심히 살지만 아직 모자란 걸 느꼈고요."

퀘스트에 대해 모르는 한현우가 이보배의 성실함에 재차 감탄했다.

'속이는 것 같아서 좀 찔리네.'

평판이 오르는 건 좋은 일이고 이보배가 잘못한 것도 없다. 그런데 한현우가 자신을 좋게 봐주니 사기를 친 것처럼 기분이 찝찝했다.

"이보배 씨와는 지속적으로 교류와 친분을 쌓고 싶습니다."

한현우의 제안에 이보배는 오지 않을 미래에서의 자신과 그의 관계를 떠올렸다. 관까지 들어줄 우정을 이번 생에도 쌓게 될 것인가?

한현우가 눈을 아래로 향했다. 몰랐는데 의외로 속눈썹이 길어 안경을 쓸 땐 안경알에 속눈썹이 닿을 것 같았다.

"동갑인데 편하게 현우라고……."

"안 될 말씀이죠! 그럴 수 없습니다!"

이보배는 한현우의 관대한 제안을 일언지하에 거절했다. 이보배는 은인과 원수를 확실히 구분할 줄 아는 사람이다.

독 먹인 한현우는 죽이고 싶을 만큼 미웠지만 사실 그가 먹인 독 또한 이보배가 받은 투자였다.

이 설비, 독과 해독제, 포션을 먹어서 내성을 올린다는 사치, 그가 2주 동안 이보배를 위해 쓴 시간.

생판 남이나 다름없는 업계 선배에게 갚을 수 없는 은

혜를 입었다. 이보배는 한현우의 게임 뇌에 존경을 담아 그를 선배보다 위대한 사람으로 모시기로 했다. 선생님이다.

"비록 2주뿐이지만 제게 큰 가르침을 베풀어주셨어요. 선생님으로 모시겠습니다."

앞으로 존경하겠다고 말하니 한현우가 입을 다물었다. 한현우는 고개를 돌리고 침묵하다가 나지막이 입술을 떼었다.

"그런 호칭은 너무 부담스럽습니다. 그냥 편하게 대해주시면 됩니다."

"제가 원수는 잊어도 은인은 안 잊는 사람이에요, 선생님."

한현우는 선생님이란 호칭을 썩 내켜 하지 않았다. 동갑이 선생님이라고 부르니 놀리는 것처럼 들렸나 보다.

이보배는 놀리는 게 아니라 진심임을 거듭 밝히며 한현우에게 존경의 눈빛을 보냈다.

이성적 호감도 없는데 이보배가 보내는 촉촉한 눈빛이 부담되었나 보다. 한현우가 이보배의 눈빛을 가리진 못하고 본인의 얼굴을 가렸다.

"그냥 한현우 씨로 부탁드립니다. 제발……."

선생님이 그렇게 말씀하시니 이보배는 어쩔 도리 없이 수긍했다.

그렇게 한현우의 스파르타 교실이 막을 내렸다.

"시간이 너무 늦었으니 댁까지 모셔다 드리죠."

"피곤하신 거 아는데 그렇게까지 신세를 질 순 없어요! 작은오빠 부르면 바로 달려올 거예요!"

이보배는 이해기를 호출했고 한현우는 그렇게 그녀를 보냈다.

펜트하우스로 통하는 엘리베이터에 탑승한 한현우는 벽에 머리를 박고 곰곰이 생각했다.

'뭐가 잘못됐지?'

사람에게 원하는 것을 주면 호감을 얻을 수 있다. 만고 불변의 진리다. 한현우는 이보배가 원하는 것을 묻고 그것을 얻을 수 있는 최적의 방식을 설계해 주고 환경까지 제공했다.

그런데 결과가 이상했다. 부길드 마스터였다가 한현우 씨로, 한현우 씨에서 더 멀어져 선생님으로. 분명히 호감과 신뢰는 얻은 듯한데 이름으로 불릴 때보다 거리감이 느껴졌다.

한현우가 엘리베이터에서 내려 집에 들어서자 주인 없는 집에 마음대로 침입해 소파에 앉아 있던 질풍방패가 그를 반겼다. 경험 많은 탱커는 게임에서나 현실에서나 공략의 중심이다. 질풍방패 추효풍은 네 명의 원년 멤버 중에서 제일 바빴다.

두 달 만에 만난 추효풍을 보고 한현우는 반가움을 표했다.

한현우는 추효풍을 존경한다. 추효풍은 인생 경험이 풍부하고 게임도 잘했다. 한현우는 친한 형에게 잘 풀리지 않는 인간관계에 대해 털어놓았다.

추효풍은 빙제와 광전사에게 미리 들은 바가 있지만 모른 척하고 한현우의 얘기를 경청했다.

"그래서 독을 먹였다고?"

"응. 독을 쓰려면 독 내성은 필수잖아."

트라우마를 자극당한 추효풍이 몸을 부르르 떨었다. 빙제와 광전사는 금방 풀려났으나 그는 탱커라는 이유로 두 배, 중간에 탈출했단 이유로 두 배, 도합 네 배가 되는 양의 독을 먹어야 했다.

그렇게 얻은 〈독 내성〉 C급은 여러 번 추효풍과 동료의 목숨을 구했지만 트라우마는 트라우마였다.

"일단 내가 느끼기엔 호감도는 꽤 쌓은 것 같다."

"나도 그렇게 생각해요."

"근데 현우야. 연애는 호감도만 적립한다고 되는 게 아니야. 호감도보다 중요한 게 루트다. 내가 이 사람을 연애

상대로 보는가 아닌가. 내가 이 사람과 키스를 할 수 있는가 없는가. 이게 더 중요해."

한현우의 호의는 이보배에게 닿았으되 루트를 잘못 탔다. 우정 엔딩 보게 생겼다 이 말이다.

보통 이럴 때 한현우는 로드 파일을 불러오지 않고 엔딩을 회수했다. 세이브 파일이 있으니 언제든지 루트를 바꿀 수 있기 때문이다.

하지만 그가 하는 건 미연시가 아닌 희대의 운빨X망겜인 인생 게임이다.

"그럼 어떻게 하죠?"

"루트가 고정되는 게임도 있지만 변경 기회가 주어지는 게임도 있다. 호감도는 계속 쌓아."

게임 잘하는 사람을 잘 따르는 한현우가 의심하지 않고 고개를 끄덕였다. 추효풍은 친한 동생이 걱정되어 덧붙였다.

"독은 먹이지 말고."

"독 내성 획득했으니까 괜찮아요."

"미친. 2주 만에 그걸 얻었어?"

추효풍은 얼굴과 이름만 아는 이보배 씨에게 애도를 보내고 동시에 확신했다. 한현우가 죽는 날까지 루트가 바뀌는 일은 없을 것이라고.

그래도 논픽션은 늘 픽션을 능가하는 법. 혹시 모를 루트 변경을 위해 추효풍은 사족을 달았다.

"마비약도 안 되고 수면제도 안 돼. 너 요즘 화약 건든 다던데 화약도 안 되는 거 알지?"

뱀이 지네가 될 때까지 추효풍의 입은 쉬지 않았다.

외전 4. 회귀자의 연애 사정

고무줄을 힘껏 당기면 끊어지거나 늘어난다. 한현우의 스파르타 교실을 졸업한 이보배의 상태가 그러했다. 이보배는 퇴사 직후보다 더 늘어져 바닥을 굴렀다.

이보배의 의지가 부족했던 건 아니다. 조급한 마음에 복용한 각성제의 후유증이 이보배의 예상보다 강했다. 게다가 그녀가 일하려고 하면 말리고 쉬려고 하면 적극 응원하는 몹쓸 오빠들의 성원에 힘입어 이보배는 딱 이틀만 쉬기로 결정했다.

오늘이 그 이틀째 되는 날이었다. 각성제 후유증도 사라져 가지만 이보배의 정신은 여전히 피로를 호소했다. 스파르타 수업과 각성제의 부작용 때문에 그런 것은 아니다.

사람은 할 일을 미뤄놓고 쉬거나 놀면 마음 편히 쉬지

못한다. 이보배가 딱 그러했다.

'이제 진짜 판매 상품 정하고 가게 자리도 알아봐야 해. 오늘이 마지막 휴식이야.'

이보배의 몸은 바닥을 기어 다니지만 머릿속은 앞으로 할 일과 해야 할 일들로 가득 찼다. 그러니 피로가 풀릴 리 있나.

오늘이 마지막 휴일이라고 멋대로 자기 규제를 하는 바람에 힐링이 필요한 정신은 더 안달이 났다.

휴식을 호소하는 무의식의 영향으로 이보배는 조금 더 절박하게 바닥에 달라붙었다.

이보배는 쉬고 있지만 하나도 쉬지 못하고 있었음을 깨달았다.

'으, 이러면 안 돼. 하나도 못 쉬었잖아.'

이보배는 머릿속을 잠식한 할 일과 계획을 지웠다. 머릿속을 텅 비우고 미래에 대한 고민과 걱정을 버린다. 라스트 엘릭서는 어느 세월에 만들 것이며 엘릭서 제작은 살아생전 가능할까와 같은 현실적인 고민을 멀리멀리 떨쳤다.

'재밌는 거 없나.'

거실로 나가면 오빠들이 귀찮게 할 게 뻔했다. 이보배는 핸드폰을 들고 광활한 정보의 바다를 누볐다. 흘러 흘러 도달한 곳은 헌터닷컴넷이었다.

'개업 얘기나 잠깐 검색해 보자.'

생각 안 하려고 했지만 결국 생각이 그쪽으로 빠졌다. 이보배는 기왕 벗어나지 못할 거면 정보라도 얻는 게 낫다고 변명했다.

'많이 힘들어 보이네.'

생각보다 개업을 말리는 게시글이 많았다. 고인물들의 견제가 심하고 대형 자본 침식이 절찬리 진행 중이라 이제 와서 개인 공방을 열어 성공하려면 셋 중 하나란다.

재능수저거나 대형 길드가 뒤에 있거나 대형 자본이 뒤에 있거나.

삶의 질을 위해서라면 길드에 가입하거나 대형 공방에 취직하는 게 나을 거란 의견이 자주 보였다. 대형 공방이나 길드의 작업일 가능성이 있지만 공방 거리에 있던 새것 같은 설비를 생각하면 현실인 듯했다.

'난 괜찮…… 겠지?'

바쁘신 전투 연금술사께서 친히 2주나 시간을 내주실 정도로 재능이 있다. 재료 수급만 되면 포션이야 내놓으면 팔리는 물건이다. 이보배는 자신이 재능수저에 대형 길드를 뒤에 둔 행운아임을 떠올리고 자신감을 되찾았다.

개업 시 필요한 팁을 검색해 보던 이보배의 눈에 사람들이 많이 본 게시글이 들어왔다.

〈각성 세대별로 재능 차 있는 게 로지컬.〉

댓글이 무척 많았기 때문에 이보배는 궁금해져서 본문을 읽었다. 대략 1세대 각성자가 가장 재능이 넘치고 2세대가 다음이며 3세대와 4세대가 가장 무능하다는 내용이었다.

다른 나라는 어떨지 모르지만 대한민국에서는 각성자를 크게 4세대로 구분했다.

1세대는 균열의 날 당일부터 대충 일 년 뒤까지 각성한 각성자를 칭한다. 격변하는 세상에서 사회의 보조 없이 맨몸으로 부딪쳐야 했기에 가장 고생한 세대였다.

2세대는 사회가 안정되고 국가의 모든 기능이 회복되어 정상적으로 작동한 이후 각성한 세대다.

3세대부턴 균열 산업이 급속도로 커졌고 4세대에서 이르러선 아이들의 장래 희망 1위가 헌터가 되었다. 3세대부터 구분할 필요 있냐는 의견도 있지만 어쨌든 현재까진 4세대 구분이 우세했다.

보통은 10년별로 구분하는 세대가 2년꼴로 바뀌었다는 점에서 변화의 속도를 체감하기 좋았다.

이보배는 6년 전을 떠올려 보고는 아찔해져서 어금니를 악물었다. 전쟁이 터져도 그때보단 나을 거란 생각이 들었다.

당연하겠지만 각성자 인구수는 1세대가 제일 적고 3, 4세대가 제일 많다.

2세대인 이보배도 공감할 수 없는 글이어선지 댓글은 전쟁통이 따로 없었다.

-이 글은 틀렸다. 1세대가 강한 게 아니라 살아남은 1세대가 강한 거다.

　└ㅇㄱㄹㅇㅂㅃㄱ

-본문 내용 다 받음. 1세대 이후 이름난 헌터가 주금.

　└가장 먼저 각성해서 레벨 먼저 올리고 사냥터 선점해서 아티팩트, 보상 다 가져갔는데 강한 게 당연한 거 아님? 그것도 못 하면 뒈져야지.

　└└맨땅에 헤딩한 고인물한테 경의를 표해라.

　└└1세대가 목숨 걸고 안 싸웠으면 우리 다 죽었어.

　└└└지들 렙 업 하려고 싸웠으면서 희생한 척 오지죠?(신고가 많은 댓글입니다)

-헌터 아닌 새끼들은 제발 글 좀 싸지 마라. 균열 가봐. 1세대인데 D등급 균열에서 빌빌 기는 아조씨 아지매 넘쳐.

　└이게 진짜임. 첫날 각성한 찐1세대는 상태창에 능력치 표시도 안 됐음. ㅋㅋ 아무것도 모르면서 싸우는 바람에 헛 레벨 업 한 헌터 많아.

　└└그러니까 더 본문이 레알이지. 2세대 이후부터 노하우 쏟아부어 가며 키우는데 1세대만 한 네임드 헌터가 아직 없잖아.

　└└└그러니까 강한 놈이나 겁쟁이, 운 좋은 새끼만 생존하고 다

죽은 거라니까. 세대별로 각성자 수 동일하다고 치면 1세대 생존율 처참하다.

-다 됐고 남들은 빌빌거리며 균열 도는데 균열 안 들어가는 박번개 레벨 못 따라잡는 거에서 아웃임.

└알 못 새끼가 아는 척 오졌죠? 돈 안 되고 등급 높은 균열이 왜 안 터지는 줄 아냐? 관리국이 처리해서잖아.

└└너야말로 알 못이지. 주구장창 균열 돌아도 범죄자 잡고 공익광고 찍는 박번개 못 이기죠?(신고가 많은 댓글입니다.)

└└└여기서 이러지 마세요! 진실 공격이 너무 강해서 다들 죽어버린다구!(신고가 많은 댓글입니다.)

-각성자 수 하니까 생각난 건데. 노네들 각성자총량불변의 법칙 들어봤냐? 전 세계 각성자 수가 일정하게 유지된다는 개똥논리인데 그럴싸하더라.

└지가 각성하고 싶어서 생산계랑 보조계 죽인 연쇄 살인마 새끼 논리잖아. 헌터 되고 싶다면서 전투가 아니라 생산이랑 보조 죽인 거에서 인성 보이죠?

└└하와와, 합법군면제 남고딩장 무섭다는 것이와요.

└└└안심하라구, 남고딩장! 다른 나라 얘기야! 남고딩장은 형이 지켜줄게!

└└└└정중히 사양하겠습니다, 형님.

└└└└└이미 늦었다구 boy! 형의 사랑은 이미 boy의 것!

└└└└└└두 분 예쁜 사랑하세요^^

분란이 가득한 댓글창에서도 사랑은 싹튼다. 이보배는 말없이 댓글에 추천을 누르고 다른 게시글을 보려고 했다. 순간 이보배의 핸드폰이 진동하면서 문자가 왔다.

[통화 가능하신가요?]

최요한이었다. 최요한과는 계속 일주일에 몇 번 문자나 통화를 하곤 했다. 보통 최요한이 이런 문자를 보낼 땐 통화가 가능한 상태기 때문에 이보배는 전화를 걸었다.

신호가 몇 번 울리더니 최요한이 바로 전화를 받았다.

-안녕하세요, 이보배 씨.

언제 들어도 상냥한 목소리에 이보배는 댓글란에 꽃핀 사랑을 볼 때처럼 피식 웃었다.

-꽤 오랜만에 연락드리는 것 같아 전화하려고 했는데 먼저 걸어주셨네요.

'오랜만?'

최요한의 말을 듣고 생각해 보니 정말 2주 만에 처음 연락하는 것이었다. 한현우의 스파르타 교실이 너무 고되어 다른 생각 할 겨를이 없었지 뭔가. 이보배는 쓰게 웃었다.

"그러게요. 저라도 먼저 연락드렸어야 했는데……."

지금은 얌전하지만 사고 치면 세상이 뒤집히는 큰오빠를 담당하고 있으니 정기 보고는 필수였다.

'작은오빠한테 말해둘걸.'

이보배는 살짝 반성했다.

'앞으로 내가 부재중일 땐 작은오빠한테 연락드리라고 해야겠어.'

이해기가 보고를 핑계로 최요한이 아닌 박마노에게 연락할까 봐 걱정이 들긴 하지만 어쩔 수 없었다.

─아니에요, 균열에 있어서 연락하셔도 못 받았을 거예요.

"마노 선배와 함께 들어가셨나 봐요."

─네. 과장님이 오랜만에 균열에서 경험치 받았다고 좋아하셨죠.

박마노가 경험치를 받을 만한 균열이라면 보통 균열은 아니었을 것이다. 이보배는 절로 둘의 안부를 물었다.

"두 분 다치신 덴 없으시죠?"

─괜찮습니다. 걱정해 주셔서 감사해요. 이보배 씨야말로 2주 동안 별고 없으셨나요?

이보배는 오빠들이 사고 치지 않고 얌전히 있었다고 대답했다. 일단 이보배가 알기론 그랬다. 그러자 최요한이 하하하 웃었다. 보이지는 않지만 난처해하면서 웃는 얼굴이 상상되었다.

─이귀한 씨나 이한생 씨가 아니라 이보배 씨요. 균열에

진입한 동안은 상태를 확인할 수 없으니 걱정되더라고요.

최요한은 평소에 이보배의 위치나 상태가 이상하면 바로 연락을 하곤 했다. 그런데 최근 2주 동안 이보배의 상태가 수시로 중독, 정상, 탈진, 수면, 각성 등으로 바뀌었을 텐데 연락하지 못한 건 균열에 들어가 있었기 때문이었다.

"아, 실은 지난 2주 동안요."

이보배는 2주 동안 한현우의 스파르타 수업을 받은 걸 전했다. 2주나 숙박해 가며 특훈 받았단 이야기에 최요한이 화들짝 놀랐다.

—한현우 부길드 마스터의 댁에서 묵으셨다고요?

이보배는 한현우에 대해 오해하는 걸 막기 위해 부연했다.

"한현우 부길마 댁이 아니라 옆집 다른 부길드 마스터 댁에서 머물렀어요. 광전사요. 뵙진 못했지만요. 정말 순수하게 효율을 추구하느라 권하신 거니까 오해하진 말아 주세요. 부탁드려요. 정말 아무 사이 아니거든요."

〈독 내성〉 스킬을 얻는 과정은 비밀이기 때문에 최요한에게 말할 수 없다. 이보배는 설득력이 없다는 걸 알면서도 최선을 다해 진심을 담아 말했다. 그 진심이 전해졌는지 조용하던 수화기 너머 사람이 말했다.

—혹시 독을 쓰려면 독 내성을 얻어야 한다면서…….

"아시는구나! 네, 그거예요."

다행히 최요한은 〈독 내성〉을 얻는 비법을 알고 있었다. 비법이라기엔 참으로 단순 무식하지만 실제로 시도해 결과를 얻은 사람이 한현우 외에도 여럿 있으니 비법 맞았다.

—잠시 실례할게요.

잠깐 할 일이 있는지 최요한이 마이크 부분을 덮는 소리가 들렸다. 아련하게 웃는 소리가 들리더니 최요한이 돌아왔다.

—정말 힘들다고 들었어요.

"죽을 만큼 힘들었어요."

—죽을 만큼이군요. 제가 듣기론 죽이고 싶을 만큼이랬는데.

시스템이 아니었다면 이보배도 죽이고 싶을 만큼이었을 것이다.

이보배는 최요한 또한 한현우의 피해자인가 싶어 반가워했다. 아쉽게도 그는 피해자가 아니었다. 아니, 다른 의미의 피해자긴 했다.

—저도 얻고 싶었는데 독이 너무 비싸서…….

한현우나 이보배처럼 자체적으로 독을 조달할 수 없다면 독을 구매해야 한다. 당연하지만 독은 비쌌다. 한 명이 〈독 내성〉을 얻는 것보단 몬스터에게 독을 쓰는 게 더 경제적이기도 했다.

사실 이보배가 〈독 내성〉을 얻은 과정은 백화점 명품관에 들어가 골든벨 울리는 것에 필적하는 돈 뿌리기였다. 이보배는 새삼 그 사실을 자각했다.

-과장님이 균열 돌다 아티팩트 나오면 주신다고 하셨는데 잘 안 나오네요. 그 전까진 과장님께 신세 져야죠.

"등급이 낮고 많이 드릴 수는 없지만 독과 해독제를 드릴까요?"

-이보배 씨 사정을 다 아는데 그럴 수야 없죠. 공방 여시면 지인 할인만 부탁드려요.

"저희가 신세 진 게 얼만데요. 많이는 못 드려도 30병 정도씩은……."

-정말 괜찮습니다. 베이징덕 얻어먹은 게 2주 전인걸요. 저야말로 커피 한잔 사 드리지 못해 죄송하네요.

"사 주셨잖아요."

-제가요?

"막내 오빠 깨어나기 전에 병원에서요."

-그건 사 드렸다고 보기 어렵죠.

시답잖은 얘기를 하는데도 이보배의 입가엔 미소가 머물렀다. 핸드폰 너머 상냥한 목소리도 내내 웃음기를 머금었다.

결국 이보배는 언제 한번 식사하자는 실현 가능성이 0에서 100 사이를 오가는 약속을 마지막으로 통화를 끊었다.

중학교 동창들과 한 약속의 실현 가능성이 0이라면 최요한과 한 약속은 100이었다.

'별로 한 것도 없는데 시간이 훅 갔네.'

전화하면서 별다른 대화를 하지도 않았는데 한 시간이 지났다. 이보배는 기지개를 켜고 상체를 일으켰다.

누워서 빈둥거릴 때보다 몸과 마음이 편했다. 소소한 잡담으로 스트레스가 풀린 것이다.

'역시 사람은 사회적 동물이야.'

이보배는 굳게 닫힌 방문을 열고 방을 나왔다. 가족들과 일상을 나누며 스스로 정한 마지막 휴일의 대미를 장식하고 싶었다.

모두 1층 거실에 있는지 목소리가 올라왔다. 계단을 내려간 이보배는 안경을 잃어버린 사람처럼 핸드폰을 얼굴에 붙이고 노려보는 이해기를 목격했다.

'왜 저래?'

핸드폰을 노려보던 이해기의 얼굴 근육이 무너지면서 헤실헤실 웃는다. 이보배는 늘 그렇듯 작은오빠의 기행을 이해하려다 포기했다.

"답 왔다! 뭐라고 적어야 하나……."

"뭐라고 왔느냐. 보여다오."

"씁, 한생아. 형님 개인사에 참견하는 거 아니다. 저리 가."

"나가려는 나를 붙잡고 쓸데없는 자랑을 한 건 네놈이

다, 이 사기꾼아!"

이번에도 이해기의 억지에 희생당한 이한생이 악을 썼
다. 망나니가 핸드폰을 뺏기 위해 손을 뻗었다. 이해기가
현란한 손놀림으로 핸드폰을 요리조리 움직였다.

'오, 저번에 본 영화 같다.'

액션 영화에서 배우가 합을 짜 맞추는 것처럼 이해기와
이한생의 손이 딱딱 맞았다. 아예 힘으로 막힌 거면 모를
까, 그의 손을 피하고 흘려내는 모습에 화르세인지가 더욱
분노했다.

"이럴 거면 왜 붙잡고 자랑한 것이냐!"

"그렇지만 우리 한생이, 이렇게 안 하면 나를 보지 않으
니까."

이보배는 2주 동안 집을 비웠고 이귀한은 아는 척해준
이한생에게 친한 척하며 들러붙었다. 고독에 취약한 회귀
자는 무서운 형보다 만만한 동생을 놀려먹었다.

"히익."

화르세인지는 진심으로 경멸하는 표정을 짓더니 이해기
가 붙잡은 손을 뿌리쳤다.

"이 망할 놈의 집구석! 네놈 면상 보기 싫어 나간다!"

이한생이 발뒤꿈치로 거칠게 바닥을 찍으며 밖으로 나
갔다. 이보배는 작은 새끼의 뒤통수를 한 대 때릴까 하다
가 꾹꾹 눌러서 지압하는 걸로 대체했다.

"막내 오빠 놀리면 좋아?"

"반응이 좋잖니."

"진짜 그러지 좀 마. 자기보다 강한 사람이 괴롭히면 장난인 거 알아도 와닿는 게 다르단 말이야."

햄스터와 같은 소형 동물은 스트레스에 취약하다. 이보배는 가족들에게 정을 붙이려는 화르세인지가 이해기의 이런 장난 때문에 멀어지는 건 아닐지 걱정되었다. 정 붙이려다 정 떼버리면 큰일이지 않은가.

이보배가 타박을 하든 말든 이해기는 눈을 감고 그녀가 해주는 두피 마사지를 즐겼다. 이보배는 얄미워서 팔꿈치로 정수리를 찍어 눌렀으나 이해기는 꿈쩍도 하지 않았다. 외려 시원해했다.

"보배야, 머리 다 하면 어깨도 부탁한다. 그리고 장난치면 이렇게 효과가 좋은데 어떻게 안 치겠니. 한생이도 반응해 주고 방에 콕 박혀 잠만 자던 너도 이렇게 신경 써 주잖아."

"어휴, 진짜."

말이나 못하면 얄밉지라도 않다. 이보배는 이해기를 흘겨보고 문제의 핸드폰을 뺏었다. 이해기는 이한생을 놀릴 때와 다르게 수월하게 핸드폰을 내줬다.

"도대체 뭘 보고…… 헉!"

이보배는 이해기와 대화하는 상대를 보고 숨을 들이켰

다. 헉 소리가 절로 튀어나왔다. 이해기를 돌아보자 그는
어깨를 으쓱이며 소파에 등을 기댔다. 중학교 1학년 때 전
교 1등 성적표를 가져왔던 날처럼 기고만장했다.

"대박. 작은오빠 마노 선배랑 연락하고 살았어?"

이해기가 석양에 대고 박마노의 이름을 외친 이후 이
보배는 그가 박마노와 연락하는 모습을 본 적이 없었
다. 이해기가 관리국 일을 도와주기로 했기 때문에 공적
인 일로는 가끔 연락하는 듯싶었지만 사적인 연락은 전
무했다.

그런데 지금 이보배가 보고 있는 대화방은 사적인 대화
만 오갔다. 이보배는 이 연락이 언제부터 시작되었는지 궁
금해 과거 대화 내역을 살폈다.

"보배야, 아무리 오빠 핸드폰이라지만 다른 사람과 대화
한 건데 마음대로 읽으면 어떡하니."

말은 그렇게 하면서 이해기는 핸드폰을 뺏지 않았다. 그
럴 만했다. 제대로 된 대화가 오가기 시작한 건 오늘부터
였다. 그 전까진 2주 동안 이해기가 아침 점심 저녁으로
궁상맞고 처량하게 보낸 문자가 대화방을 점령했다.

'설마 네 잎 클로버 사진 마노 선배한테도 보낸 건 아니
겠지.'

'오늘 하루 파이팅^^' 이나 '당신은 사랑받기 위해 태어
난 사람' 등이 이보배의 등을 오싹하게 만들었지만 다행히

그게 끝이었다.

이해기는 2주 동안 씹혔지만 포기하지 않고 계속 문자를 보냈다. 그 결과 박마노가 균열에서 나온 오늘 대화에 참여한 것이다.

[문자 못 봐서 미안. 바빴습니다.]

딱 이것만 보면 이해기에겐 희망이 없는 것처럼 여겨진다. 놀랍게도 박마노가 보낸 문자는 이게 끝이 아니었다.

[2주 동안 재밌는 일 없었음?]

균열에서 나온 헌터가 균열 밖에서 생긴 일을 궁금해하는 건 당연하다. 그런 헌터들을 위해 국내외 이슈만 모아 정리해 두는 사이트나 업체도 있다. 박마노라면 당연히 그런 업체에게서 정보를 제공받을 것이다. 또한 굳이 이해기가 아니더라도 재밌는 일을 물어볼 사람은 많았다.

그런데 굳이 이해기에게 재밌는 일 없냐고 질문하는 것. 이건 이해기가 자신에게 보내는 호감을 알고 있고 시험해 보겠다는 의사 표명이었다.

이보배는 흥분해서 핸드폰을 흔들었다.

"이거 그거네! 예선 심사네!"

"크흠흠. 그렇게 섣불리 단정 지어선 안 된단다. 밥은 뜸을 들여야 설익지 않듯 만사에 신중을 기해야 하는 법이지."

만사에 신중을 기한다는 이해기 씨는 답장이랍시고 뭐라고 보냈느냐.

[이 영화 재밌다고 하는데 같이 보실래요?]

재방송으로 너무 자주 봐서 지겹다고 한 영화를 같이 보자고 답했다. 이보배는 기가 막혀서 허허 웃었다.

'뜸을 들이긴 개뿔이.'

박마노도 기가 막혔는지 답장이 꽤 늦게 왔다. 내용은 이러했다.

[영화는 별로. 다른 재밌는 거 없어요?]

관대한 박마노가 기회를 한 번 더 주셨다. 그리고 그게 대화방의 가장 마지막 대화였다.

이보배는 기가 막히고 코가 막히고 숨이 막히고 눈앞은 물론이고 미래까지 꽉꽉 막혀 가슴을 두드렸다. 막힌 숨통이 피시식 뚫렸다.

"지금 이걸 가지고 답문 왔다고 좋아한 거야? 정말?"

"무시하진 않았잖니. 얼른 답장 보내야 할 텐데 재밌는 거 없나."

이보배가 봤을 땐 지금 이 상황이 코미디였다. 박마노에게 상황을 설명하면 호탕하게 웃지 싶다.

최요한과의 잡담으로 날아간 피로가 도로 돌아왔다. 이보배는 현기증이 일어 이마를 짚었다. 그러다 이 코미디를 처음부터 지켜봤으면서 조용히 게임만 하고 있던 이귀한과 눈이 마주쳤다.

이귀한이 인상을 쓰더니 천천히 고개를 저었다. 형제의 연애에 끼면 안 된다는 장남의 조언이 다시금 이보배에게 전달되었다. 이보배도 그게 옳다는 건 알지만…….

"어떡하지? 개그라도 쳐야 하나? 보배야, 산을 네 개 넘어 있는 바다가 뭔지 아니? 출출해(出出海)란다."

저 꼴을 보고 내버려 둘 순 없었다. 와중에 피식 웃어서 자존심도 상했다.

"내가 봤을 때 작은오빠는 유모어, 아니지, 유머 감각이 미래지향적이라 개그는 안 될 것 같아. 그러지 말고 작은오빠의 장점을 살려보자."

팔이 안으로 굽는다거나 박마노가 아깝다거나 하는 것은 부차적인 문제다. 중요한 건 이해기가 저런 개그를 치지 않도록 예방하는 것이었다.

"나의 장점이라……. 장점으로 재밌는 게 뭐가 있지."

"재미라고 해서 지금 당장 웃긴 걸 찾는 게 아니야. 그냥 소소하게 이어가는 대화가 재밌을 수 있는 거라고. 일단 마노 선배는 작은오빠가 실력 있는 헌터고 유능한 사람인 걸 알고 있어. 그럼 둘의 공통 관심사에 속하면서도 쉬고 있는 마노 선배의 신경을 거스르지 않도록 일 얘기는 아닌 화제를 찾아봐."

그 말에 이해기는 생각난 게 있는 듯 엄지손가락을 놀렸다.

이보배는 최선을 다했다고 스스로를 위로하고 이귀한 옆에 털썩 앉았다.

이귀한이 조언을 어긴 그녀를 나지막이 불렀다.

"막내야."

"나도 알아. 참견해서 좋을 거 없다는 거. 그런데 속이 터지는 걸 어떡해."

이보배는 말하고 나니 열 받아서 이해기의 등을 발바닥으로 밀었다. 이해기는 눈치를 살피다가 주방으로 피신했다. 이보배는 도망가는 이해기의 등에 대고 외쳤다.

"사진 절대 보내지 마! 네 잎 클로버 보내면 죽여 버릴 거야!"

어디 등산 카페라도 가입했는지 이해기가 종종 휘황찬란한 이미지 파일을 가족 대화방에 뿌렸다. 이보배는 그럴 때마다 철은 미래에 두고 왔으면서 왜 이런 센스는 고스란히 가져왔는지 이해할 수 없어 의아했다.

"아휴, 진짜. 내 연애에 참견할 때가 아니라니까."

심지어 그 참견도 헛발질이었다. 이보배가 혀를 끌끌 차자 이귀한도 덩달아 끌끌 찼다.

"막내야, 형제의 연애엔……."

"참견하는 거 아니지. 아는데 우린 남매잖아."

이보배는 팔짱을 끼고 소파에 몸을 묻었다.

"남매 연애엔 참견 좀 해도 돼. 이성이 하는 생각을 조금 알 수 있으니까."

"그런 거야?"

"그런 거야."

"그럼 나도 참견할래. 막내야. 나는 한, 한, 한, 한……."

이귀한은 가족 외의 사람에겐 관심을 두지 않는다. 이름도 외우려 하지 않기 때문에 그가 최근에 들은 한씨 성을 가진 사람이라면 한현우뿐이었다.

"한현우?"

"그래, 한현우. 걔보다 그 사람이 좋아."

"그 사람 누구?"

"네가 방금 통화한 사람."

이귀한이 자신이 고른 매제 픽을 소신 발언했다. 이보배는 오빠들이 왜 이러나 싶어 깊은 날숨을 뱉었다.

"요한 씨?"

"응."

"왜? 자주 봐서?"

최요한과 박마노는 이귀한이 가족 다음으로 많이 본 사람이었다. 설마 낯가림 때문에 그런 건가 싶어서 이보배가 질문했다.

"아닌뎅. 능력이 좋아."

"요한 씨 능력이면 반드시 맞추는 거?"

이귀한이 고개를 저었다. 그렇다면 남은 능력은 하나였다. 마커를 찍은 상대의 위치 추적과 상태 확인이 가능한 능력이다.

범죄자를 잡거나 쫓을 땐 참 유용한 능력이었지만 이귀한이 고른 목적이 매제 픽임을 감안하면 느낌이 이상했다. 부인이 언제 어디서 어떤 상태에 처했는지 알 수 있는 능력이라니. 뭔가 찜찜했다.

"추적이 유용하긴 한데 그렇게 마음에 들었어?"

"막내가 어디 있든 확실히 찾을 수 있어. 좋아 보여."

"그렇구나. 내가 걱정되어서 그런 거구나. 고마워, 큰오빠. 그런데 요한 씨는 나한테 마음 없어."

이귀한이 눈을 반만 뜨고 귀를 후볐다.

"마음 없는데 통화 한 시간?"

"어쩌다 보니?"

다른 사람도 아니고 이귀한이 통화 시간을 지적했다. 일 얘기도 없이 잡담으로 한 시간은 좀 과하긴 했다. 그건 인정한다.

이보배의 귀가 솔깃해졌으나 이해기의 주접에 당한 게 있는 터라 넘어가진 않았다.

"요한 씨가 워낙 상냥하고 친절하잖아. 말 끊을 타이밍을 놓친 거겠지."

"주기적으로 연락도 하고."

"그거 연락이 아니라 보고야. 오빠들 사고 치지 않고 얌전히 집에 있었다고 내가 자진 신고하는 거잖아."

"남자가 계속 연락하는 걸 일이라고 생각? 무르구나, 막내야!"

"공적으로 만났다가 친구가 되기도 하잖아. 큰오빠야말로 같은 남자면서 그렇게 한쪽으로만 생각하는 게 어딨어. 요한 씨는 가뜩이나 친절해서 그런 오해 산 적도 많을 텐데."

"어쨌든 나는 요한이."

이귀한은 자신의 소신 픽을 굽히지 않았다. 이보배는 행여나 최요한이 앞에 있을 때 이귀한이 연애 얘기를 꺼낼까 봐 걱정했다.

"내 연애는 내가 알아서 할 테니까 제발 아무 말도 하지 말아줘."

"남매 연애엔 껴도 된댔잖아! 낄 거야! 나는 요한이!"

"그래, 참견해도 되는데 내 체면을 위해서 제발 우리끼리 있을 때만 얘기하자. 응?"

이귀한은 입술을 불퉁하게 내밀면서도 막내의 부탁에 수긍했다. 그런데 엉뚱한 곳에서 참견이 날아왔다.

"최요한은 안 돼."

주방으로 도망쳤던 이해기가 거실로 돌아와 이보배의 옆에 앉았다. 수긍했던 이귀한이 바로 호기심을 보였다.

"왜 안 돼?"

이해기가 쓸데없이 끼어드는 바람에 끝난 얘기에 다시 불이 붙었다. 그런 주제에 이해기 본인은 핸드폰에서 시선을 떼지 않았다. 간간이 입꼬리가 실룩이는 것이 이보배의 참견 덕분에 괜찮은 대화가 오가는 듯했다.

은혜를 귀찮은 일로 갚는 이해기가 괘씸해서 이보배는 손가락으로 옆구리를 후볐다. 후빈 손가락만 아팠다.

"최요한은 별로야."

"언제는 믿어도 된다더니 별로라는 건 또 뭐래."

"공적으론 신뢰할 수 있다. 그치만 개인의 인성은 별로야."

이보배는 이 화상이 또 왜 이러나 싶어서 막연해졌다.

'처음 봤을 때부터 안 좋아하긴 했어.'

표적을 찍히기 싫어서 피한 것치곤 지나치게 꺼리는 기색을 보였다.

'사고를 치거나 배신하진 않은 것 같지.'

만약 그랬다면 믿을 수 있다는 말을 하지 않았을 것이다. 이해기 자신이 최요한의 목숨을 살렸다고 공언하는 걸 보면 회귀자 입장에서 살려두는 게 이득인 사람이란 소리였다.

'아, 설마.'

이보배는 혹시나 하는 마음에 떠오른 가능성을 말했다.

"설마 마노 선배랑 요한 씨랑 사귀었어? 그래서 싫어하는 거야?"

그냥 물어봤을 뿐인데 이해기가 정색하고 펄쩍 뛰었다.

"둘이 안 사귀었거든! 서로 이성으로도 안 본단다! 마노 누나가 그랬었어, 친한 동생 느낌이었다고!"

"오빠가 자기 되듯이 누나도 자기가 될 수 있어."

"진짜 아니다! 조금 질투하긴 했지만 누나가 아니랬으니 믿는다!"

이보배는 알 만하단 표정을 지었다.

'그럼 그렇지. 질투 때문이었구먼.'

이귀한도 이보배를 따라서 한심하단 눈빛을 발산했다. 이해기는 억울한 듯 형과 동생에게 해명하려 애썼다.

"조금 질투했지만 그거랑은 다른 문제야. 난 최요한이란 사람 자체가 별로라고 말하는 거다."

"그래, 질투해서 별로."

"아니라니까. 최요한은 그러니까…… 성격이 나빠. 이건

마노 누나도 인정했다."

"범죄자 아닌 사람한텐 친절하잖아. 나도 범죄자한텐 성질부릴 수 있어."

"최요한이 매사 친절하고 상냥하게 구는 건 가식이다. 얕보여서 마커를 쉽게 찍으려는 거지."

"직업이 직업이니까 어쩔 수 없잖아. 오히려 피곤하겠다."

최요한의 성격이 겉보기와 다르다는 건 이보배도 슬슬 알아챘다. 그래도 이보배에게 나쁜 짓을 한 적 없고 최요한도 작정하고 숨기려 들지 않았기 때문에 괜찮다고 생각했다.

결국 이해기는 비장의 수단을 꺼냈다.

"보배야, 충격받지 않게 마음의 준비를 하고 잘 들으렴."

"응."

"최요한은 관리국 소속이 되기 전에 암살자였다."

타인의 신상 정보를 서슴없이 털어버리는 작은오빠 때문에 이보배의 마음이 착잡해졌다.

"그렇게 마음대로 남의 개인 정보 누설해도 돼?"

"회귀자의 특권이란다. 별로 놀라지 않는구나."

"아냐, 놀랐어. 스킬이랑 직업 궁합이 찰떡이네. 유명했겠다."

최요한은 마커만 찍으면 어디서 공격하든 반드시 공격을 명중시킬 수 있다. 덩치가 크거나 이렇다 할 급소가 없는 몬스터 상대로는 결정력이 약하다. 대신 인간이 표적일 경우 반드시 죽이거나 치명상을 남길 수 있는 스킬이었다.

암살자에게 이보다 더 좋은 스킬이 있을까? 이보배는 암살자 최요한을 상상했다. 정말 잘 어울렸다.

"업계 최고였지."

"근데 왜 은퇴해서 관리국에 들어간 거야?"

"마노 누나가 스킬 날리는 걸 보고 자기 스킬과 마노 누나의 스킬이 합쳐지면 무적이 될 거라고 생각했대."

천벌 콤비의 탄생 배경은 의외로 단순했다. 이해기는 놀라지 않는 동생을 보고 다시 말했다.

"정말 안 놀라는구나."

"큰오빠는 세계를 멸망시켰고 작은오빠는 내 복수하느라 각성 직업도 바뀌었었다며."

이보배는 덤덤하게 말했다.

"살인을 긍정하진 않아. 단지 직업만 듣고 무작정 비난하지 않는 거야."

균열의 날 이전의 이보배였다면 강력 범죄에 대해 결벽 증적으로 거부감을 나타냈을지도 모른다. 하지만 균열의 날을 기점으로 많은 일이 있었다.

이보배는 힘들어도 최악은 피해 살았다. 최악의 상황에서 어떻게 반응할지 모르니 결과만 듣고 단정 짓고 싶지 않았다.

"난 날 죽이려는 사람 있으면 보복할 거거든. 저렴하고 안 들키는 암살자를 알면 의뢰할래."

업계 정점이었으니 저렴하진 않았을 테지만.

이보배는 그것 말고 놀라지 않은 이유를 하나 더 말했다.

"그리고 나쁜 암살자였으면 마노 선배가 가만히 안 뒀을 것 같아."

설마 박마노가 콤비를 짠 부하의 어두운 과거를 모르진 않을 터다. 이보배의 말이 정답이었던 듯 이해기가 싱겁게 웃었다.

"안 속는구나."

"가장을 속이려 하다니. 괘씸해."

"역시 우리 막내. 똘똘해. 둘째는 괘씸해."

이보배가 〈가장의 위엄〉을 쓰지 않았지만 이해기는 사과하는 기세로 무릎 꿇었다. 소파 위에서 꿇어 더 괘씸해졌다.

"네 말대로다. 암살 의뢰가 들어오면 목표의 뒷조사를 해서 죽을 만한 죄를 지었을 경우에만 죽였다고 해. 마노 누나가 관리국은 왜 들어오려고 하냐니까 이렇게 말했대."

"뭐라고 말했는데?"

"어차피 나쁜 놈 죽여서 돈 버는 건 똑같으니 둘이 힘을 합쳐 무적이 되자고."

사람들은 어째서 무적이나 최강에 매료되는 것일까? 의문을 품은 이보배조차 세계 최강이나 국내 최강, 절대 무적이 가진 마력에서 자유롭지 않았다. 이보배가 박마노를 동경하는 이유가 뭐겠는가. 강하기 때문이다.

"조금 멋있다."

불완전한 둘이 만나 서로의 약점을 보완해 최강의 콤비가 된다.

이보배가 온건한 반응을 보이자 이해기가 두 손을 휘저으며 짜증 냈다.

"멋있어? 유치하지 않니? 나쁜 사람만 골라 죽이는 암살자 설정부터 무적이 되겠다고 손 씻고 공무원 되는 것까지 전부 유치해!"

"결론은 질투 맞잖아."

"아니야!"

"마노 선배랑 사이좋아서 질투하는 거잖아. 어휴, 진짜 사귀었던 거 맞아? 왜 이렇게 자신이 없어? 그렇게 질투할 거면 왜 살려준 건데?"

마지막 말은 농담이었다. 유치하게 반응할 작은오빠를 기대했건만, 이해기는 이보배의 기대를 저버리고 회귀자의 고독을 씹으며 우수에 찬 표정을 지었다.

"마노 누나가…… 슬퍼했으니까."

진지한 사람 앞에서 이러면 안 되지만 이보배의 팔목에 닭살이 오소소 돋았다. 이귀한이 눈살을 찌푸리고 콜라를 건넸다.

형제의 연애에 낀 대가는 이런 것이다. 이보배는 탄산 가득한 콜라를 감사한 마음으로 마셨다. 전신에 돋은 닭살이 조금 진정되었다.

"질투는 맞다. 마노 누나가 평생 후회했거든. 과거의 네가 납치당했을 때도 얼마나 자책했는지 모른다. 그 녀석만 있으면 널 바로 찾을 수 있는데, 네가 납치되자마자 바로 알았을 텐데, 하고."

박마노는 공무원인 자신에게 무슨 적이 있겠냐고 이해기에게 말했었다. 사실은 농담이다. 박마노는 적이 많고 본인도 그걸 알고 있다.

최요한은 박마노의 적이 몸을 사리게 하는 힘 중 하나였다. 최요한이 죽은 후 이해기가 빈자리를 채웠으나 비수와 검은 역할이 다른 법이다. 최강의 검은 최적의 비수가 될 수 없었다.

최요한이 비수가 아니었더라도 박마노는 그의 사망을 후회했을 것이다. 최요한의 죽음은 박마노가 누린 오만과 방심의 대가였다. 이해기는 그걸 이해하지 못하다가 이보배를 잃고 나서야 알았다.

"최요한을 살리면 내가 아는 마노 누나는 만나지 못하

지. 안다. 하지만 마노 누나가 아무 근심 걱정 없이 웃는 모습을 지켜주고 싶었다."

자세한 사정은 몰라도 절절한 마음은 느껴졌다. 이보배는 어떤 표정을 지어야 할지 몰라 얼굴을 잔뜩 찌푸리고 고개만 끄덕였다.

'막내야.'

이귀한이 이보배를 작게 불렀다. 이보배는 왜냐고 묻지 않고 콜라를 돌려줬다. 이귀한이 콜라 한 병을 원샷했다.

"요한 씨는 어쩌다 돌아가셨는데? 혼자 있을 때 당한 거야?"

"둘이 같이 균열에 들어갔다가 죽었다. 그 균열은 나와 형이 공략했으니 미래가 바뀌었지."

"둘이서? 둘이 있으면 무적이라고 했잖아."

"세상에 진짜 무적이 어딨고 영원한 강자가 어딨겠니. 상대가 안 좋았어."

빈 콜라병에 바람을 불어넣던 이귀한이 짚이는 게 있는지 말했다.

"강원도?"

"맞아."

"사망 인정. 상성 안 맞네."

이보배는 둘이 말하는 균열을 바로 알아들었다. 그녀만 쏙 빼놓고 속초까지 놀러 갔을 때 공략한 그 균열이었다.

"그럼 그 균열에서 요한 씨가 사망하고 마노 선배가 위험에 빠졌는데 작은오빠가 구했던 거야? 얼마나 위험한 균열이었는데?"

"위험하기보단 상성 문제란다. 입장 가능 인원이 한 명만 더 있었어도 그렇게 당하진 않았을 거야. 아니, 둘이 조금만 더 대비했으면 그렇게 당할 균열이 아니었다."

이해기는 생산계 각성자인 이보배가 알아듣기 쉽도록 설명했다.

"연속해서 생성되는 몬스터를 죽이면 되는 간단한 균열이었지만 마지막 몬스터와 둘의 상성이 맞지 않았다. 너도 알다시피 마노 누나는 번개와 육탄전, 최요한은 기습과 급소 공격, 중독 등으로 적을 상대해. 물리 공격이 통하지 않는 적은 마노 누나의 번개로 지지면 되지. 그런데 마지막 몬스터는 그게 안 됐어."

A급 균열 〈무한도전〉의 마지막 몬스터는 번개정령군주였다. 육신이 없는 정령체에게 최요한과 박마노의 물리 공격은 통하지 않았다. 박마노의 스킬 공격은 당연히 안 통했다.

둘의 체력과 마력, 정신력이 온전하고 장기전을 벌였다면 승산이 있었을 것이다.

하지만 둘은 연전에 지친 상태였다. 무적을 과신했던

둘은 가능한 빨리 균열을 공략하기 위해 힘을 아끼지 않았다.

그 결과 최요한은 사망했고, 최강의 패가 위험해진 걸 알게 된 관리국이 이해기에게 의뢰했다. 이해기는 균열 〈무한도전〉을 무사히 공략해 박마노를 구출했다.

"그런 일이 있었구나."

이해기의 과거는 그가 재밌는 소설을 발견해 내용을 설명해 줄 때처럼 흥미진진했다. 이보배는 그제야 이해기와 박마노가 진지한 관계였다는 주장을 납득했다.

그때의 이해기는 지금의 맹탕 이해기가 아니라 진국 이해기였을 것이다. 그런 데다 위기의 순간에 도와주기까지 했으니 박마노의 호감도가 시작부터 높았을 게 분명하다.

그에 비해 지금의 이해기는 어떤가. 첫 만남은 수상한 새끼요, 하는 짓은 잘나가다가 초치고 허당질이다.

지금의 이해기가 박마노와 사귀려면 뼈를 깎는 노력을 해야 할 것이다.

'그런데 지금 뭐 하는 거람.'

이보배는 뼈를 깎는 노력을 할 시간에 동생 사생활에 참견이나 하는 이해기를 노려보았다. 대화가 끝났다면 이해할 수 있지만 이해기의 핸드폰 화면은 여전히 대화방을 비추고 있었다.

"대화는 잘 이어가고 있는 거지?"

"마침 누나의 장비에 대해 얘기하고 있었다. 성장 방향이랑."

"기껏 하는 얘기가 그런 거야? 그건 일 얘기잖아."

"장점을 살리라고 했잖니. 이 얘기는 마노 누나에게 꼭 해주려던 거라 그것부터 떠오르더구나."

박마노는 최요한이 사망한 전투를 수십, 수백, 수천 번 복기했다.

최요한이 아니라 다른 헌터와 팀을 짰더라면. 방심하지 않고 다양한 마법 스크롤과 아티팩트를 챙겼더라면. 오만을 버리고 겸손을 배워 정령체에 타격을 줄 수 있는 장비를 다양하게 구비해 뒀더라면. 전투가 이어지니 중간중간 몬스터를 전투 불능 상태로 만들어 휴식을 취했더라면.

이해기는 박마노의 절절한 복기를 모두 들었다. 그런 일은 〈무한도전〉이 아니라 어디서든 발생할 수 있다. 그래서 회귀해 박마노를 만나거든 최요한의 사망을 방지한 후에도 장비를 잘 갖출 걸 조언할 생각이었다.

실제로 박마노는 이해기의 조언을 고까워하지 않고 긍정적으로 반응했다.

[연어가 전투 센스 좋다고 하더니 나보다 대비하고 생각하

고 있는 게 많네? 장비는 지금도 충분하다고 생각했는데 다른 속성 공격이 가능한 장비를 맞춰라……. 좋은 생각이야. 대비해서 나쁠 건 없지. 어떤 속성이 좋을까?]

긍정적이다 못해 재밌어하는 것 같았다. 이해기는 신이 나서 박마노의 질문에 대답했다.

'이 인간 이러다가 저번처럼 단물 쪽쪽 빨리고 배신당했다고 난리 치는 거 아냐?'

맨땅에 헤딩한 1세대 각성자인 박마노 입장에서는 남에게 조언받는 건 무척 생소한 경험일 것이다. 22년 차 베테랑이 숨길 생각 없이 밑천을 털어주고 있으니 박마노가 다시 이해기를 의심해도 할 말이 없었다.

이보배가 이해기를 물끄러미 바라보자 이귀한이 텅 빈 콜라병을 가리키며 고개를 저었다. 이보배도 이번엔 큰오빠의 말에 동의했다. 참견은 한 번이면 족했다.

"이얏호!"

이해기가 소파에서 뛰어올라 위로 솟구쳤다. 적당히를 모르는 그의 머리가 천장에 부딪혀 큰 소리가 났다.

"왜 그래? 무슨 일이야."

이해기가 먼저 기행을 벌여서 묻는 것이니 참견이 아니다. 이해기는 세상을 다 가진 듯 활짝 웃었다.

"데이트 신청받았다!"

"받아? 작은오빠가 한 게 아니고 받았다고?"

"청각 정상인데?"

이보배는 물론이고 이귀한까지 제 귀를 의심했다. 이보배는 정확한 사태 파악을 위해 이해기의 핸드폰을 뺏었다. 이귀한이 고개를 드밀었다. 동체 시력이 이보배보다 월등한 그가 빠르게 문자를 읽었다.

"그럼 무기 고르는 거 도와줄래요? 나 내일 괜찮은데. 응, 데이트 아니야."

이귀한이 냉정하게 잘랐다. 이보배는 그렇게 생각하지 않았다.

"이 정도면 꽤 온건하잖아. 일단 둘이 만나는 거……"

대화방에 새로운 문자가 계속 추가되었다.

[보배랑 이귀한 씨, 이한생 씨도 다 데려와요. 내가 쏨.]

[요한이도 부른다.]

[요한이한텐 해줄 조언 없음?]

[말해봐, 말해봐.]

[말해주면 몰래 미신고 균열 공략하고 다니는 거 봐줄게.]

"마노 누나에게 문자 오고 있구나. 얼른 다오."

이보배는 핸드폰을 이해기에게 재깍 반납하고 고개를 돌렸다. 차마 이해기가 실망하는 모습을 볼 수 없었다.

아니나 다를까. 이해기가 핸드폰을 끌어안고 앓는 소리를 냈다. 균열 보상과 히든 피스를 독점하듯이 사람 마음도 독점할 수 있다면 얼마나 좋을까.

회귀자의 연애는 앞으로도 험난할 듯하다.

외전 5. 시스템교 (1)

이귀한은 이씨 사남매 중 장남이다. 실종 전에는 막내인 이보배를 대놓고 편애했다. 귀환한 후에도 막내를 향한 편애는 여전했다.

"셋째 어디 감?"

다만 최근엔 막내가 아니라 셋째인 이한생에게 들러붙었다. 늘 그를 피하던 화르세인지 드 체키빙 공자가 조금씩 마음을 열고 상대해 준 것이 기뻤던 모양이다.

"신실한 신도들을 만나러 가느니라."

"나도나도!"

평소처럼 외출하는 망나니의 뒤를 이한생이 따랐다. 이한생은 못마땅한 듯 혀만 차고 동행을 거부하지 않았다.

장남과 삼남이 집을 나갔다. 그 모습을 물끄러미 지켜보던 둘째 이해기가 감상을 밝혔다.

"형이랑 한생이가 꽤 친해진 것 같지?"

"그러게. 예전이었으면 따라오지 말라고 고래고래 소리 질렀을 텐데."

"원래 한생이가 형을 잘 따랐지. 형이 나랑만 놀아준다고 서운해하기도 했고. 솔직하게 형을 따라서 잘됐다."

이보배는 고개를 저었다. 이해기의 생각과 다르게 이한생은 여전히 솔직하지 못했다. 이한생은 이귀한과 동행하는 그럴싸한 핑계를 댔다.

"막내 오빠는 신앙으로 악마를 교화해 보자고 데려가는 거야. 저번에 따라가서 봤는데 사람들이 오며 가며 큰오빠한테 한마디씩 하더라."

"뭐라고 하는데?"

이해기가 관심을 갖고 물어봤다. 시스템교는 점조직이라 공통의 교리나 교칙이 없다. 종교 단체보단 봉사 모임에 가까운 이 동네의 시스템교에선 이귀한에게 무슨 말을 해주는 것일까?

목격자인 이보배가 이해기의 궁금증을 채워주었다.

"세상은 아름답다. 사람은 아름답다. 세상은 사랑과 평화가 제일이다. 뭐 이런 거?"

"뻔한 얘기구나. 차라리 교리였으면 재밌었을 텐데."

"그게 교리일 수도 있지. 중요한 건 그게 아니야."

이보배는 팔짱을 끼고 입술을 살짝 깨물었다. 지금 중요한 건 중구난방인 시스템교의 교리가 아니다.

이한생에 이어 이귀한까지 시스템교 모임에 신세 지고 있다. 집안의 가장이자 둘의 법적 보호자로서 이보배는 모임에 성의를 표해야 했다.

하다못해 말 잘 듣는 어린이를 맡길 때도 최소 과일 상자를 보내 사례한다. 말 안 듣는 어른이 둘을 불평 없이 돌봐주는 모임에 어떤 사례를 해야 할지 이보배는 생각만 해도 막막했다.

"뭘 고민하니. 크게 한 장 쓰렴."

이보배는 회귀자의 큰 거 한 장이 얼마인지 묻지 않았다. 그렇지만 큰 거 한 장엔 공감했다.

'꽤 도움받았지.'

이한생을 돌봐주면서 그가 정서적 안정을 되찾게 도와주었고, 이귀한까지 받아주면서 집에만 박혀 있던 그가 외출하는 데 크게 기여했다.

'막내 오빠 병원비 내던 거에 비하면.'

한없이 수상한 신흥 종교 단체지만 남매의 평화에 기여한 바를 고려하면 큰 거 한 장은 아깝지 않았다.

'기부하기 전에 얘기 한번 해보고……'

이보배는 일전에도 기부금을 냈기 때문에 시스템교의 계좌를 알고 있다. 하지만 사전에 아무 말 없이 달랑 입금

하면 실례라는 생각이 들었다.

그런 이유로 이보배는 다음 날 나란히 집을 나서는 큰오빠와 막내 오빠와 같이 나갔다.

이씨 남매가 본의 아니게 신세 지고 있는 시스템교는 주말마다 공원에서 무료 급식 봉사를 한다.

몇 번 대화를 나눈 적 있는 민 회장이 반갑게 인사했다.

"이 헌터님, 안녕하세요."

"안녕하세요, 늘 오빠들이 신세 지고 있습니다."

신세 진 게 있으니 자연스럽게 머리가 아래로 내려갔다.

"막내 오빠도 힘드실 텐데 거기에 한 명 더 늘어나서 제가 뭐라 드릴 말이……."

"아유, 무슨 말씀을 그렇게 하세요. 이귀한 씨도 아주 좋은 분이던데!"

중년 특유의 넉살과 웃음소리에 이보배의 얼굴이 펴졌다. 하지만 분주하게 움직이는 사람들 사이를 쏘다니며 방해하는 이귀한을 보자마자 도로 구겨졌다.

"큰오빠 뭐 하는 거야! 안 도와줄 거면 막내 오빠처럼 가만히 있든가!"

"괜찮아요. 이귀한 씨가 후각이 예민하더라고. 저번에 배송 중에 뭐가 잘못됐는지 제육볶음이 갈락 말락 하는 걸 이귀한 씨가 말해줘서 바꿀 수 있었거든요. 하마터면 단체 식중독으로 9시 뉴스에 뜰 뻔했지 뭐예요."

후각만 예민한가, 청각도 예민한 이귀한이 자기 칭찬하는 소리에 끼어들었다.

"막내야, 나 잘했지?"

"응, 잘했어."

평소 파괴와 타락, 오염이 제 관할이라고 주장하더니 웬일로 좋은 일을 했다. 이보배는 이귀한의 머리를 쓰다듬었다. 그사이 봉사자 한 명이 민 회장에게 달려왔다.

"회장님, 어떡하죠? 기동 씨가 갑자기 연락이 안 되는데."

"기동 씨도요? 요즘 갑자기 연락 안 되는 분들이 많네……. 해미 씨도 갑자기 연락을 끊더니……."

이보배는 눈을 깜빡이며 상황을 살폈다. 보아하니 자원봉사자 몇이 연락 없이 오지 않으면서 일손이 부족해진 것 같았다.

사지 멀쩡한 청년 둘이 노닐고 있지만 그 둘은 일하지 않는다. 화르세인지는 말로만 참견하고 이귀한은 사고나 안 치면 다행이었다.

하지만 급할 땐 고양이 손이라도 빌리고 싶다고 했던가. 바삐 움직이던 봉사자가 이귀한과 이한생에게 도움을 요청했다.

"한생 씨, 귀한 씨, 밥이랑 국은 배식하실 수 있죠?"

망나니는 귀족이기 때문에 청소나 설거지, 요리엔 절대손을 대지 않는다. 그런 망나니라도 배식은 도와줄 수 있지 않겠냐 계산을 한 모양이었다.

이귀한에겐 아예 그런 계산도 없이 위생 장갑과 주걱이 쥐어졌다. 이귀한이 멀뚱멀뚱 주걱과 위생 장갑을 보았다. 이걸 어디에 던질까 고민하는 게 분명했다.

"큰오빠, 내가 할게! 제가 도와드릴게요."

"정말요? 감사합니다!"

호의엔 호의로 보답해야 한다. 이귀한이 여기서 주걱을 던지면 분명히 마음 상하는 사람이 있을 것이다. 망나니의 유일한 사회생활을 망칠 순 없다.

이보배는 이귀한을 구석에 끌고 간 후 위생 장갑과 주걱을 뺏어 들었다. 동시에 배식을 할까 말까 망설이는 이한생을 꼬드겼다.

"막내 오빠, 원래 한국인은 밥심인 거 알지?"

"그래서 돼지가 처먹지 않느냐."

"그리고 밥상에서 제일 중요한 건 국물인 것도 알지?"

"쌀밥이 아니었느냐?"

"쌀밥이 왕이면 국물은 왕비야. 둘은 없어선 안 돼. 그리고 배식 난이도는 국이 더 높아. 국물과 건더기를 잘 배분해야 하잖아. 그런 중요한 임무를 막내 오빠가 맡은 거야."

"모르는 소리 말거라. 내겐 더 막중한 임무가 있다."

"뭔데?"

"시스템 신의 은혜를 느끼며 남기지 않고 잘 먹는지 관리 감독하는 일이다. 다 먹은 자의 자리를 치우도록 알리기도 하지."

남 밥 먹는 거 구경한다는 소리였다. 빈자리가 생기면 알아서 치우지 않고 다른 사람에게 치우라고 명령하는 것도 참 망나니다웠다.

'아예 아무 일도 안 하는 건 아니었구나.'

그래도 아무 일도 안 하고 방해하는 것보단 낫다.

이보배는 화르세인지를 기특하게 생각하며 위생 장갑과 국자를 장비시켰다. 망나니는 오만상을 찌푸렸지만 이보배의 말에 순순히 따랐다.

"그리고 막내 오빠 표정이……."

하기 싫은 일을 억지로 떠맡아서 그런지 이한생의 표정이 좋지 않았다. 배식하는 사람이 저런 표정을 짓고 있으면 배식받는 입장에서 기분이 별로일 게 분명했다.

다행히 위생을 위한 마스크가 있었다. 마스크를 쓰니 이한생의 얼굴이 가려졌다. 눈빛이 더러운 건 원래 태어나길 이렇게 태어났다고 우기면 된다.

배식 시간이 가까워지면서 배식을 기다리는 줄이 생겼다. 이보배는 이귀한을 불러 앉혀 타일렀다.

"큰오빠, 세상에 공짜는 없어. 알지?"

"응."

"키즈 카페에서도 놀려면 돈을 내야 해. 큰오빠 여기 놀러 왔으니까 도와줄 수 있는 건 도와주자."

"싫우웁."

"싫다는 말 하는 미운 입이 이건가?"

"시루웁."

"막내 오빠를 위해서라도. 알았지?"

동생을 위해서란 말이 나오고 나서야 이귀한이 고개를 끄덕였다.

"그럼 나 뭐 해?"

"큰오빠는 무겁거나 뜨거운 거 나를 때 도와줘."

이귀한은 선선히 그러마 대답했다. 배식은 별문제 없이 순조롭게 끝났다.

배식이 끝난 뒤엔 산더미만큼 많은 설거지가 사람들을 기다렸다. 음식 준비와 설거지는 주최인 민 회장의 식당에서 한다. 도와주겠다고 말해놓고 밥만 배식하고 가면 섭섭하기 때문에 이보배는 식당까지 따라가 설거지를 도왔다.

"헌터님한테 이런 일까지 시켜서 어떡해."

민 회장이 미안한 얼굴로 고무장갑을 건넸다. 이보배는 어깨를 으쓱이고 수세미를 집었다.

"헌터가 별건가요. 그리고 굳이 따지면 전 생산계라서 헌터 아니에요."

"그래도 각성자잖아요."

대부분의 시스템교에선 각성자를 우대한다. 시스템을

신으로 믿는 그들에게 시스템의 은총을 받아 이적을 일으키는 각성자는 신의 사도나 마찬가지였다.

"돈 잘 버는 사람에게 이런 거 시키니까 미안하잖아요."

'그쪽이었냐.'

민 회장과 봉사자들이 민망해한 건 이보배가 신의 사도여서가 아니라 고소득 전문직이기 때문이었다. 돈을 잘 벌면 설거지를 하면 안 된다는 기막힌 논리에 이보배는 쓴웃음을 지었다.

"자원봉사잖아요. 게다가 그렇게 치면 저 지금 백수라 괜찮아요."

정작 이보배가 소매를 걷게 만든 백수 둘은 식당에서 요구르트를 마시며 TV를 보는 중이었다. 이보배는 속으로 한숨을 쉬면서 설거지에 집중했다. 살면서 이렇게 많은 설거지를 하는 건 처음이었다.

이보배가 묵묵히 설거지에 열중하자 봉사자들은 자기들끼리 아는 주제로 대화했다. 늘 오던 할머니가 오지 않아 걱정된다, 야채 가게 사장이 배추를 주겠다고 하는데 김치를 담그자 등등.

"사람이 책임감이 있어야지. 아무리 돈 안 받고 하는 일이지만 온다고 해놓고 안 오는 게 말이 돼?"

"그러니까. 못 오면 못 온다고 미리 알려주면 다른 사람에게 연락할 수라도 있잖아. 진짜 심했다."

"요즘 갑자기 불참하는 사람이 많은 거 같지 않아요?"

외부인인 이보배 때문에 바로 튀어나오지 않았던 불만이 대화가 무르익으니 튀어나왔다.

"우리가 딴 동네 시스템교랑 다르긴 해."

"그거 알고 참여한 거면서 연락도 없이 안 오니까 화나는 거삻아."

"요즘 옆 동네에서 열심히 전도하는 시스템교 있잖아요. 거기로 간 것 같던데요."

"으리으리한 건물 사진 박아서 전단지 뿌리는 거기?"

"그거 진짜 있는 건물이래요. 산 좋고 물 좋은 동네에 있어서 가입하면 별장처럼 쓸 수도 있대요."

"다단계네."

"사이비네."

"수상한데."

똑같은 신흥 종교에 동일한 신을 믿으면서 상대를 의심하는 진풍경이 벌어졌다. 이보배는 웃음을 꾹 참느라 진땀 흘렸다.

"열심히 전도하는 거 같더니 진짜 다 그쪽으로 빠졌을까? 수상하던데."

"요즘 안 오는 사람들 다 여기가 봉사 단체지 종교 단체냐고 투덜거리던 사람들이었으니까 진짜 그리로 갔을 수 있겠다."

절이 마음에 들지 않으면 중이 떠난다. 어차피 같은 신을 믿으니 종교 모임보다 봉사 단체에 가까운 이 동네 시스템교가 마음에 들지 않아 다른 동네 시스템교로 옮기는 것도 있을 법한 일이었다.

"우리가 이런 말 하면 안 되지만 수상하던데."

"헌터님도요."

뜬금없이 자신이 불리는 바람에 이보배는 화들짝 놀랐다.

"네? 제가 뭐요?"

"여까지 모시고 와서 같이 설거지하는 마당에 이런 말 하기 그렇지만 아무 곳이나 따라가지 마세요. 쌈질하는 헌터님이 아니라 뭐 만드는 헌터님이라면서요."

"하하, 저야 오빠들이 있으니까요."

이보배는 동물 나오는 프로그램 재방송을 애청하고 있는 오빠들을 가리켰다. 그러자 민 회장이 입을 가리고 말했다.

"아프잖아요."

허우대만 멀쩡하지 속은 곯은 총각 둘을 보는 민 회장의 눈빛이 고장 난 정수기에서 나온 온수처럼 뜨뜻미지근했다.

"우리가 시스템 신을 믿기는 믿는데 우리처럼 얌전히 믿는 사람이 별로 없더라고."

공통된 교리와 교주가 없다 보니 시스템교는 멀쩡한 곳부터 사이비 신흥 종교의 폐단이 집약된 곳까지 각양각색이었다.

봉사자들 입에서 이보배는 듣도 보도 못한 루머가 튀어나왔다.

"어디 시스템교에선 헌터님들 피를 뽑는대요."

"어디선 사람들 모아놓고 강제 노역시킨대."

"죽을 위기에 처하면 각성한다고 미신고 균열에 사람 집어넣는 곳도 있다더라."

민 회장이 소문을 종합해 말했다.

"그러니까 헌터님도 조심히 다니세요. 이런 시장 구석까지 따라오지 말고."

"아하하. 네, 걱정해 주셔서 감사합니다."

설거지를 마친 이보배는 민 회장이 준 요구르트를 마셨다. 고맙게도 빨대까지 꽂아줘서 감사히 받아 마셨다. 민 회장은 빨대를 꽂아주고 나서야 아차 싶었는지 뒷북쳤다.

"맞다! 남이 주는 음료도 이렇게 열린 건 먹으면 안 되는데!"

"제가 보는 앞에서 꽂아주셨잖아요."

"이것도 드라이기로 녹이면 감쪽같다니까요?"

"아휴, 민 사장님, 참견 그만하고 쉬시게 돼요."

봉사 활동 중엔 민 회장으로 불리고 봉사 활동이 끝나

면 친한 사람에게 민 사장으로 불리는 듯했다.

이보배는 땀에 젖은 손을 후후 불어 말리고 요구르트를 마셨다. 목욕하고 나온 뒤 마시는 바나나 우유만큼 맛있었다.

설거지가 끝나자 민 회장이 뒷정리는 혼자 하겠다며 사람들을 보냈다. 이보배는 기부금 얘기를 하기 위해 일부러 남았다.

"아직도 안 가셨어들?"

음식물 쓰레기를 버리고 돌아온 민 회장이 남아 있는 이보배를 보고 말했다. 이보배는 방문 목적인 기부금 얘기를 꺼냈다.

"부담 갖지 마시고 받아주셨으면 해요. 저희 오빠들 때문에 정말 죄송하고 감사합니다."

"고마워서 어쩌죠. 우리가 하는 일도 없는데……."

"오빠들 때문만은 아니고 오늘 도와드리고 느꼈지만 좋은 일 하시는 것 같아서요."

민 회장은 기부금을 거절하지 않았다. 가난은 나라님도 구제할 수 없고 봉사 모임 회장 입장에선 돈과 인력은 늘 부족했다.

"제가 곧 일을 시작할 거라 오늘처럼 도와드리지는 못하겠지만 그래도 달리 도와드릴 수 있는 게 있다면 도와드릴 테니까요."

"그럼 혹시."

이보배는 빈말이었는데 민 회장은 식당 카운터를 뒤져 작은 종이를 가져왔다. 명함이었다. 고급스러운 재질에 깔끔한 폰트로 이름과 직책, 연락처가 적혀 있었다.

'지부장?'

지역은 이보배의 동네였다.

"이 사람 아세요?"

"모르는 사람인데요."

"그러시구나. 아니, 이분도 헌터라고 하셔서 혹시 아는 분인가 하고."

"나도 볼래."

"유명한 인물이냐?"

게임과 TV 시청을 병행하던 이귀한이 심심했는지 고개를 들이밀었다. 이한생도 덩달아 명함을 보더니 고개를 저었다.

"모르는 사람이다!"

"처음 보는 이름이로구나. 대단한 자는 아닌 듯하군."

"찾는 사람이세요?"

혹시 헌터라고 주장하고 식당에서 외상을 그었나 싶어 이보배가 질문했다. 민 회장은 명함을 만지작거렸다.

"그게 아니라 여기도 시스템교래요."

"아."

들고 보니 명함에 적힌 단체명이 '각성'이었다. 각성 시스템교. 실로 수상쩍은 단체명이었다.

"이름은 좀 그런데 좋은 일 많이 한다는 소문이 있어요."

"정말요?"

"회장이 헌터에 신도 중에 자산가랑 정치인도 있대요. 교리도 이상하지 않고 나쁜 일도 안 해서 믿는 사람이 늘었다고 하는데 우리 모임을 흡수하고 싶다고 하더라고요. 각성 시스템교 소속이 되면 사람도 지원해 주고 무료 급식소를 아예 지어주겠다고 해서……."

세상에 공짜는 없다. 너무 좋은 얘기에 이보배가 오묘한 표정을 짓자 민 회장이 동의하는 듯 고개를 끄덕였다.

"수상쩍죠? 그래서 거절했는데 시스템교가 그간 저지른 게 많잖아요. 오랫동안 꾸준히 사고 안 치고 선행한 단체를 지원해서 이미지를 바꾸는 게 목표라고, 우리가 딱 그렇다는 거예요. 나 혼자 하는 게 아니니까 의논해 보겠다고 했는데 제안해 준 분이 자기도 헌터라고 했거든요. 헌터님 중에 믿는 분 많다고. 그래서 혹시 아는 헌터님인가 해서 물어봤어요."

이름부터 수상하지만 민 회장은 신중하게 고민했다. 바로 거절하기엔 액수가 너무 컸던 탓이다. 이보배도 지원금을 듣고 혀를 내둘렀다.

'시스템교에도 이렇게 규모 큰 곳이 있구나.'

"제가 우물 안 개구리라 드릴 정보가 없네요. 일단 다른 분들과 의논해 보시고 가능하면 거절하시는 게……. 제대로 된 곳이면 이후에도 기회가 있을 테니까요."

"그렇죠?"

금액이 너무 커서 흔들렸던 민 회장의 마음이 이보배의 말을 듣고 굳었다.

회귀자인 이해기는 알 수도 있단 생각에 이보배는 핸드폰으로 명함을 찍었다.

"정 고민되시면 제가 따로 알아볼게요."

"아니에요, 그렇게 신세 질 수는 없죠. 한생 씨 오늘 고생 많았어요. 귀한 씨도."

민 회장이 집에 가서 먹으라며 봉지에 요구르트를 담아 줬다. 이한생은 우쭐하며 칭찬을 받고 이귀한은 요구르트를 까서 마셨다. 민 회장의 눈빛이 다시 뜨뜻미지근해졌다.

"얼른 나아야 할 텐데. 헌터님이 고생이 많으시네요."

"아하하하하하하."

아무리 눈치가 없어도 그렇지 이한생은 정말 이 눈빛에서 느끼는 게 없단 말인가? 이보배는 요구르트 분배를 두고 다투는 오빠들을 보며 눈물을 삼켰다.

"우리 왔어."

"집이 최고!"

"쯧, 오늘은 귀가가 조금 늦었군. 이게 다 돼지가 쓸데없이 일해서 그렇다."

이귀한은 소파로 안착해 핸드폰을 꺼냈다. 너무 자주 들어서 가끔 이보배의 꿈에도 등장하는 게임 오프닝 음악이 거실에 흘렀다.

이한생은 이보배가 하지 않아도 될 일을 나서서 하는 바람에 자신의 시간을 뺏겼다며 잔소리를 하고는 제 방으로 들어갔다.

"나도 부르지 그랬니."

"작은오빠까지 부를 거 있나. 오빠도 요구르트 마셔."

이보배는 큰오빠와 막내 오빠 틈바귀에서 확보한 요구르트를 이해기에게 주었다. 이해기는 작은 요구르트병을 보더니 피식 웃었다.

"고맙다."

병이 작으니 내용물도 적다. 감질나게 끝나는 맛에 이해기가 더 없냐고 손을 내밀었다. 민 회장이 준 요구르트는 총 열 병이었다. 여섯 병은 이귀한과 화르세인지가 챙겼다.

이보배는 남은 네 병을 이해기와 둘씩 나눌 생각이었기에 그대로 병을 건네면 된다. 어차피 이해기의 몫을 챙겨

주는 거면서 이보배는 장난스럽게 말했다.

"내가 원하는 정보를 주면 원하는 걸 주마."

"오, 정보상 놀이?"

"회귀자. 각성 시스템교에 대해 아는 대로 불어라."

질문하면서도 이보배는 큰 기대를 하지 않았다. 이해기가 누차 주장하기를, 이 시기의 그는 균열 도는 데 미쳐 있었어서 사회와 사건 사고에 관심이 없었기 때문이다.

"모른다."

그래서 이해기가 상큼한 얼굴로 즉답했을 때 이보배는 실망하지 않았다. 대신 화냈다.

"쫌! 생각하는 시늉이라도 하면 덧나?"

"모르는데 어쩌겠니."

"그러니까 기억을 더듬는 성의라도 보이란 말이야! 생각해 보지도 않고 무작정 모른대. 오빠 대체 아는 게 뭐야?"

회귀자는 억울한 표정을 짓더니 아는 걸 불었다.

"각성 시스템교는 모르겠지만 시스템교 몇이 사고 치는 건 알고 있다. 가장 대표적인 게 너무 반인륜적이라 언론에선 통제한 부활 시스템교 사건이지. 겉으론 각성자를 신의 사도로 우대하는 척하면서 각성자를 모집해 살해한 후 인육을 먹……."

"응, 거기까지."

인육이 나온 시점에서 이보배가 이해기의 입을 봉쇄했

다. 평생 모르고 사는 게 나을 정보였다.

"그럼 각성 시스템교는 괜찮은 거지? 삭은오빠가 기억할 만한 사고는 안 친 거잖아."

"그렇게 생각하면 곤란하단다. 수상쩍은 단체는 이름만 바꿔 활동을 이어가는 경우도 비일비재해. 일단 지금 암약 중인 시스템교의 대부분이 기존의 사이비교였다는 게 그 증거지."

이보배가 각성 시스템교의 정보를 원하는 이유를 들은 이해기가 말했다.

"솔직히 한생이가 다니는 시스템교가 특이한 거지 다른 시스템교는 네가 생각하는 사이비와 큰 차이 없다고 말해 주고 싶구나. 교세는 계속 커지고 자기가 시스템에게 선택받았다고 주장하는 교주도 슬슬 등장할 시기다. 시스템교는 가능한 멀리하렴."

"민 회장님한테도 그렇게 말할까? 일단 거절할 것 같긴 했어."

"갑자기 네가 끼어들면 불쾌해할 수 있으니 두고 보자. 만약에 그 사람이 각성 시스템교의 제안을 받아들이면 우리가 한생이를 못 가게 하면 된다."

망나니가 들었으면 망나니짓을 했을 말을 이해기는 서슴없이 했다. 이해기가 보호라는 명목으로 이한생을 너무 통제하려는 것 같아 이보배가 보기에 좋지 않았다.

'그땐 막내 오빠 편들어야지.'

"정 걱정되면 아라크네에게 의뢰해 볼까?"

"됐어, 정보료도 비싸잖아."

"음……. 아니다. 돌다리도 두들겨 보고 가자고. 교세를 확장하려는 것 같으니까 일단 알아둬서 나쁠 건 없다. 내 돈으로 의뢰할 테니까 걱정 말렴."

이해기가 듬직한 미소를 짓고 이보배의 머리를 두드렸다.

이보배는 정보료인 요구르트를 건넨 후 명함 사진 파일을 전송했다. 각성 시스템교에 대해선 모른다고 즉답했던 이해기가 명함을 보고 미간을 좁혔다.

"왜 그래? 아는 이름이야?"

"어디서 들어본 것 같은데……."

이해기가 회귀자와 오빠의 자존심을 지키기 위해 기억을 더듬다 못해 쥐어 짜기 시작했다. 이보배는 혀를 끌끌 찼다.

"사서 고생하고 있네. 그만해. 아라크네 씨에게 의뢰할 거잖아. 다 알려주겠지."

아라크네는 이씨 형제의 비밀을 모른다. 그런 점에서 완벽하진 않지만 이해기가 쥐어 짜낸 기억보다는 믿음직스러웠다.

"그보다 보배야, 마노 누나한테 문자가 왔는데 말이다."

이해기는 박마노와 주고받은 대화를 보여주며 자랑했

다. 정작 읽어보면 자랑할 것도 없는 평범한 대화였다. 이보배는 갑자기 할 일이 떠올랐다고 얼버무린 뒤 피신했다.

각성 시스템교는 그렇게 이보배의 인생에서 자취를 감추는 듯했다. 적어도 사흘 뒤까지는.

이보배에게 자신의 장점을 어필하란 조언을 들은 이후, 이해기는 박마노와 심도 깊은 대화를 나눴다.

대인 전투와 몬스터 전투 모두에 유리한 성장 방향이나 전투 시 박마노가 놓치고 있는 부분 등 20년 차 각성자의 위엄을 대놓고 드러내진 않았지만 숨기지도 않았다.

어차피 의심스러운 새끼가 된 것, 정보를 풀어 환심이라도 사자는 의도였다.

그리고 그게 박마노에겐 먹혔다. 피가 되고 살이 되는 이해기의 조언은 마침내 직접 만나자는 약속을 잡는 데 성공했다.

"어떡하지? 마노 누나가 만나재."

이해기가 찢어지는 입을 감추지 못하고 형과 동생에게 핸드폰을 들이댔다.

[이론만 말해서 뭐 하냐. 실전이 중하지. 이번에 공동묘지

갈 건데 같이 갈래? 형 데려와. 나도 요한이 데려갈 테니까.]

이것은 데이트가 아니라 그냥 약속이었다. 이보배는 착잡한 심정이 되어 이해기에게 현실을 일깨워 줬다.

"작은오빠, 균열 공략은 데이트 아닌 거 알지?"

"악마 새끼에 최요한도 같이 만나는데 왜 그렇게 좋아하는 것이냐? 얼굴만 봐도 좋다면 할 말 없다만 사기꾼도 참 중증이야. 쯧쯧."

"응, 나 안 감."

"데이트가 아닌 건 나도 알아."

이해기가 흥분을 감추지 못했다.

"최요한 데려오니까 형도 데려오래. 균열 돌면서 최요한 전투 스타일에 대해 나한테 조언 얻으려고 하는 거 보이지? 굳이 균열에서 보자는 것도 나랑 형 현재 실력 확인하려는 게 바로 티 나잖아. 한 번에 이것저것 해결하려는 속내 너무 귀엽지 않아?"

이한생이 정색했다.

"하나도 안 귀엽느니라."

'욕심이 과한데.'

이보배 생각엔 한 번에 너무 많은 일을 처리하려는 것처럼 보여 욕심이 과한 것 같았지만 이해기가 귀엽다니 할말은 없었다.

'마노 선배의 속내를 다 파악하네. 허투루 사귀진 않았구나.'

"꼭 한 번에 하나씩 처리하지 않고 이것저것 얽어서 처리하려는 버릇이 있어서 싸운 적도 있는데. 이렇게 티 내는 거 보니까 정말 귀엽다."

이해기의 얼굴에서 빛이 나고 남매의 얼굴은 부패했다. 아주 썩어 문드러졌다.

"자랑은 끝난 거지? 난 바빠서 그만."

"신규 이벤트 좋아용."

"사기꾼 자랑을 듣느니 TV에서 해주는 뉴스를 보는 게 낫다."

남매의 의리로 연애에 참견하긴 했다. 그렇다고 좋아하는 사람 자랑까지 들어줄 의리는 없었다.

남매가 심드렁한 얼굴로 해산하려는데 이해기가 이귀한을 붙잡았다.

"그러니까 같이 가줄 거지, 형?"

"응, 아냐."

"누나가 형도 데려오랬어. 같이 가줄 거지?"

"응, 싫어."

애인 자랑은 재미없으나 위의 두 형제가 실랑이하는 모습은 구경할 맛이 난다. 이보배와 이한생은 소파에 앉아 장남과 차남의 실랑이를 관람했다.

이귀한은 귀찮다는 이유로 둘째의 부탁을 연신 거절했다. 이에 이해기가 무릎 꿇었다.

"형님, 아우의 소원을 들어주십시오."

"8시간 안에 공략 가능?"

"공동묘지라면 B급 균열 〈월하의 공동묘지〉일 텐데 여긴 공략하는 균열이 아닙니다, 형님."

B급 균열 〈월하의 공동묘지〉는 대한민국에서 유일하게 언데드 몬스터가 등장하는 균열이다. 조건이 갖춰지지 않았는지 본래 마감이 없는 균열인지 마감도 없었다. 이에 정부는 균열 공략을 금지했다. 국내에서 유일하게 언데드 몬스터에 대한 정보를 수집할 수 있는 균열이니 보존할 가치가 있다고 여긴 것이다. 민간 헌터의 출입도 금지하고 종종 관리국 소속의 헌터가 진입해 연구용으로 쓸 몬스터를 수집했다.

균열에 대한 설명을 들은 이귀한이 질문을 수정했다.

"그럼 하루 만에 귀가 가능?"

"잠깐만."

이해기는 박마노에게 수집해야 하는 몬스터가 있는지 물었다.

박마노가 때려 부수는 겸 겸사겸사 챙겨야 할 몬스터 종류를 보냈다. 몬스터 목록을 본 이해기가 눈을 가늘게 떴다.

"씁, 얘는 잘 안 나오는데."

"당일 귀가 불가능? 응, 안 돼."

"형님, 제발! 출석 이벤트는 보배나 한생이에게 부탁하면 되잖아! 110연속 뽑기 뽑게 해줄게!"

이보배는 속으로 혀를 찼다. 큰오빠 버릇을 작은오빠가 죄 버려놓고 있었다. 다행히 이귀한은 물질에 혹하지 않았다.

"돈으로 날 살 수 있다고 생각하면 오산이야! 나는 파괴이자 죽음! 물질은 날 속박할 수 없다!"

"라고 말하기엔 너무 큰 액수였다는 건 어때?"

이해기가 판돈을 올렸다. 제시된 금액을 본 이귀한이 눈썹을 꿈틀거렸다.

세계를 멸망시킬 수 있는 마왕을 회유하는 데 필요한 금액은 1,100 연속 뽑기를 뽑을 수준이었다. 여러 의미에서 저렴했다.

"나 가서 날뛰어도 돼?"

"그건 좀."

"그럼 안 가."

"형 제발."

대쪽같은 이귀한의 거절에 이해기가 결국 가드 불가능한 기술을 꺼냈다.

"형 진짜 너무하네. 한생이랑 보배가 이렇게 부탁했으면 진작 들어줬을 거면서."

이보배는 가드 불가능한 기술이라고 생각했는데 이귀한은 그렇게 만만한 상대가 아니었다. 이귀한이 콧방귀를 뀌었다.

"억울하면 막내로 다시 태어나라."

"요즘은 한생이만 쫓아다니고 나랑 놀아주지도 않잖아. 애초에 우리 집에서 내가 제일 만만하지? 형 눈치 보느라 설설 기고 수발들어 주고."

"눈치 보면서 자기 하고 싶은 일 다 하는 새끼가 갑자기 억울한 척을?"

이해기의 불쌍하고 억울한 척은 이귀한에게는 먹히지 않았다.

그러나 이해기는 기가 막힌다는 표정의 이귀한을 보고 실망하지 않았다. 어차피 그의 노림수는 따로 있었기 때문이다.

"큰오빠."

이보배는 큰오빠를 슬며시 불렀다. 이귀한이 그녀를 보자 이보배는 불쌍한 표정을 지으면서 이해기를 가리켰다.

내버려 두면 큰일 나는 큰오빠와 아픈 손가락인 막내 오빠 사이에서 늘 치이고 고생하는 작은오빠에게 이보배는 늘 미안한 마음을 품었다. 이해기의 노림수는 그거였다.

"혹시 균열 들어가면 파괴 본능을 제어할 수 없어서 그래? 그런 거 아니면 가주라. 불쌍하잖아."

"하나도 안 불쌍한데."

"작은오빠가 큰오빠한테 오죽 잘해? 이런 건 좀 들어줘."

"이거 다 연기인데. 이 새끼 원래 시건방진 새끼인데."

"큰오빠는 기억 못 하겠지만 부모님 돌아가시고 오빠 실
종되기 전까지 둘이 얼마나 우애가 깊었는데. 게임 출석은
내가 대신 해줄 테니까 들어주라."

부모는 자식을 편애해선 안 되지만 남매는 서로를 편애
해도 괜찮다. 이귀한은 막내의 부탁을 거절하지 못하고 어
쩔 수 없이 이해기의 부탁을 들어주었다.

"1,100연속 뽑기."

"고마워, 형!"

"그리고 막내야. 8시간마다 들어가서 체크해야 해. 지금
하루 세 번 출석 이벤트 시작했어."

'조금 귀찮겠네.'

8시간마다 출석해야 한다니 조금 귀찮겠지만 말을 꺼낸
게 본인이니 어쩔 수 없다.

이보배는 균열에 가기 전에 자신에게 핸드폰을 맡기라
고 말했다.

화르세인지가 못마땅한 듯 작게 속삭였다.

"아둔하게 사기꾼의 계략에 넘어가느냐."

"가족끼리 알면서 넘어가 주는 거지."

이보배가 보기에 아둔한 사람은 망나니였다. 시스템교 봉사자들의 뜨뜻미지근한 눈빛을 알아차리지 못하는 게 어떤 의미에선 대단했다.

"쯧, 쓸데없는 시간 낭비였다. 나는 신실한 자들의 집회에 참석할 터이니 내 방을 청소해 두도록 하여라."

한동안 핸드폰 게임을 못 하기 때문인지 이귀한은 화르세인지를 따라가지 않고 그의 소파 고정석에 앉아 핸드폰을 연타했다.

이해기도 이해기 나름대로 바빴다. 박마노의 스케줄이 갑자기 잡혔는지 약속 날짜가 이틀 뒤였다.

최소 이틀은 균열에서 나오지 못할 것이라 예상하고는 이보배에게 먹고 싶은 반찬을 물어봤다.

"나 감자조림. 비엔나소시지 넣어서."

"비엔나는 다 먹었는데 같이 장 보러 갈래?"

"그럼 마트 말고 시장으로 가서 떡볶이 사 먹자. 큰오빠는 어떻게 할, 이미 신발 신었구나."

혼자 집에 남는 걸 꺼리는 이귀한은 일찌감치 현관으로 가 신발 신고 동생들을 기다렸다. 이보배는 못 말린다는 미소를 짓고 집에 없는 다른 오빠를 챙겼다.

"우리끼리만 떡볶이 먹었다고 하면 막내 오빠 백퍼 삐질걸. 가는 길에 챙겨 가자."

모임의 주축인 민 회장이 시장에서 식당을 하기 때문에

집회 장소도 시장과 가까웠다. 이보배와 두 오빠는 설렁설렁 걸어 오래된 상가 건물에 있는 사무실로 들어갔다. 시스템교의 사무실 겸 집회 장소였다.

'평소보다 사람이 많네?'

집회 참가가 자유기 때문에 가끔 내킬 때만 참석하는 몇몇을 빼면 평소에 마주치는 인물은 그 사람이 그 사람이었다. 그런데 오늘은 작은 사무실이 꽉 찰 정도로 사람이 많았다. 모두 심각한 표정을 짓고 있어서 이보배는 당황했다.

"무슨 일이야?"

이보배는 똑같이 심각한 표정을 짓고 있는 망나니를 발견하고 건드렸다. 이한생도 도착한 지 얼마 되지 않아 자세한 정보를 모르기에 유일하게 들은 것만 일렀다.

"민 회장이 실종되었느니라."

"갑자기 그게 무슨 소리야?"

실로 뜬금없는 소식에 이보배도 모인 사람들처럼 심각한 표정을 지었다.

이해기가 분식집 문턱에 들어서자마자 주문했다.

"사장님, 여기 떡볶이, 순대, 만두, 튀김, 오뎅, 김밥 전부 4인분씩 주십시오."

"둘째야, 나 우동."

"우동도 하나 부탁드립니다."

"네, 떡볶이, 순대, 만두, 튀김, 오뎅, 김밥, 우동 전부 하나씩 맞죠?"

분식집 사장은 4인분을 1인분으로 받아들였다. 마지막으로 분식집에 입성한 이보배가 손가락 네 개를 펼쳐 4인분으로 정정했다.

"우동 빼고 전부 4인분씩 주세요."

"포장?"

"먹고 갈 거예요."

"다 먹을 수 있겠어요?"

"저희가 몸 쓰는 직업이라서요."

이보배가 자리에 앉자 이해기가 물컵과 수저를 놓았다. 사남매는 먼저 나온 단무지를 씹으며 사무실에서 들은 얘기를 정리했다.

"이틀 전부터 식당을 열지 않고 연락도 받지 않는다는 거지."

"사흘 전엔 각성 시스템교의 제안을 회원들에게 얘기한 후 거절하기로 의견을 모았고."

"민 회장은 신앙이 깊고 다른 사람에게 참견하기 좋아하는 자였다. 갑자기 연락을 하지 않는 건 이상하다."

"막내 오빠, 그건 정이 많은 분이라고 좋게 얘기하자."

"다른 가능성을 배제해선 안 된다. 하지만 각성 시스템 교가 보란 듯이 자길 의심해 달라고 하고 있군."

각성 시스템교를 의심하지 않기엔 타이밍이 너무 절묘 했다.

"경찰에 신고는 못 하는 거지?"

"가족이 아니고 실종 기간도 짧아서 아직은 신고를 받 아주지 않을 거다."

민 회장은 가족 없이 혼자 살았다. 균열의 날 배우자를 잃고 하나 있던 자식은 실종된 것이 시스템교를 믿는 계기 가 되었다고 한다.

시스템 신의 이름으로 선행을 해 덕을 쌓으면 실종된 자 식이 돌아오지 않을까. 그런 부모의 마음으로 봉사 활동 을 시작한 것이다. 사무실에서 들은 이야기 때문에 이보배 는 마음이 좋지 않았다.

야무지게 김밥을 씹는 이귀한에게 이보배가 어묵 국물 이 든 그릇을 밀었다.

"큰오빠, 목 막히지 않게 국물 마셔가며 먹어."

"응응."

'나 진짜 이런 얘기에 약한데.'

목이 꽉 막혀서 떡볶이가 잘 넘어가지 않았다. 이보배의 입맛이 떨어져도 접시 속 음식은 착실히 사라졌다.

"아라크네에게 조사 부탁한 건 어떻게 됐어?"

"아직 아무 보고서도 오지 않았다. 그러니 더 수상하지. 평범한 교단이라면 하루 이틀이면 보고서가 왔을 텐데 그러지 않고 있어. 추가로 조사할 게 있다는 얘기다."

아라크네는 비싼 만큼 신속하다. 늦은 밤에 차를 주문하면 다음 날 새벽에 배송 완료하는 아라크네가 단순한 정보 조사 의뢰를 아직까지 완수하지 않는 것 자체가 이상했다.

"그럼 답이 나왔구나."

화르세인지가 마지막 만두를 입에 넣었다.

"각성 시스템교가 범인이다. 당장 찾아가도록 하자."

"안 돼."

"오호라, 사기꾼. 네가 웬일로 방해하지 않는지 궁금했다. 발언을 허하마."

"각성 시스템교가 수상하긴 하지만 민 회장님의 실종 건과 연루되었다는 심증만 있고 물증은 없어. 그리고 준비도 없이 돌입하는 건 하수나 하는 짓이야."

이해기가 핸드폰을 가리켰다.

"이미 아라크네에게 정보 조사 의뢰를 맡겼으니 추가로 민 회장님 수색 보호 의뢰를 넣으면 돼. 그리고 한생아. 민 회장님과 우린 남이다. 네가 당연하단 듯이 찾으러 가자고 말하는 게 형은 참 뜻밖이구나."

"서, 성실히 일하던 자가 갑자기 사라지면 궁금하지 않느냐! 백성의 수를 유지하는 건 귀족의 의무니라!"

"그래, 그래. 걱정했구나. 다단계와 사이비는 사람을 바로 묻지 않고 가둬서 세뇌하는 경향이 강하니 아직은 괜찮을 거다. 이번 일 같은 경우엔 경찰이 수사를 시작하면 바로 용의 선상에 오를 테니 허튼짓은 하지 않았을 거야."

"누가 걱정했다고 그러느냐! 나는 너희 악마 새끼와 사기꾼이 늘 힘자랑을 늘어놓기에 잘난 힘 보여주란 의미에서 말했을 뿐이다!"

화르세인지가 낯을 붉히고 고래고래 소리 질렀다. 이보배는 맞은편에 앉은 이해기를 발로 찼다.

"어휴, 맨날 막내 오빠 놀려먹기만 하고. 잘났어, 정말."

부끄럼 많고 겁 많은 양아치는 자신이 민 회장을 걱정하고 있다는 사실을 들키길 싫어했다.

사람이 실종되었는데 그걸로 동생을 놀리는 이해기에게 이보배는 참 오랜만에, 참으로 오랜만에 〈사랑의 매〉를 휘둘렀다.

"끄억!"

이해기는 분식집 바닥에 오체투지하여 스스로의 과오를 되새겼다. 이귀한은 핸드폰으로 이해기의 사진을 찍었다. 후에 기회를 봐서 박마노에게 보여줄 생각이었다.

"아이, 깜짝이야. 바닥에서 뭐 하세요?"

"저, 젓가락을 떨어뜨렸습니다. 아하하."

"그냥 두면 내가 치우는데."

이해기는 없는 젓가락을 찾는 시늉을 하다 일어섰다. 그의 눈가에 눈물이 그렁그렁했다. 이보배는 말 잘하라는 의미에서 두 주먹을 쥐었다.

"어쨌든 사람이 실종된 일이든 사이비 종교 수사든 우리가 할 일은 이니다. 민 회장님이 석성되니 아라크네에게 추가 의뢰를 하고 잠자코 추이를 지켜보자꾸나. 혹시 모르니 마노 누나에게도 아는 거 없나 물어보마. 그러니 너무 걱정하지 말거라, 한생아."

아라크네는 추가된 의뢰를 접수했다는 답장만 보내고 여전히 보고서를 보내지 않았다.

박마노도 딱히 알고 있는 정보가 없다고 답했다. 경찰과 관리국에서 주시하고 있는 시스템교가 있긴 하지만 각성 시스템교는 아니었다고 한다. 박마노는 감시 목록에 각성 시스템교를 추가하겠다고 알렸다.

별 소득 없이 하루가 지났다. 이해기와 이귀한은 애초의 약속대로 〈월하의 공동묘지〉에 가기 위해 짐을 꾸렸다.

이귀한, 이해기, 박마노, 최요한. 탱커나 보조계 없는 극딜 조합이다. 이보배는 파티의 치우친 조합에 오빠들과 천벌 콤비를 걱정했다. 그래서 괜찮다는 둘의 인벤토리에 포션을 꾸역꾸역 쑤셔 넣었다.

"몸조심하고."

"몇 번 들러본 균열이다. 마감이 시작되는 조건도 알고 있으니 걱정 말렴."

"출석 체크 8시간마다 하는 거야. 알겠지?"

이귀한이 핸드폰에서 시선을 떼지 못하며 신신당부했다. 심지어 이렇게까지 말했다.

"까먹으면 오빠 화낸다."

이보배는 쓴웃음을 지었다.

"알겠어. 알람 맞춰서 안 놓칠게."

"다녀오든지 말든지."

이한생이 불퉁하게 말했다. 그는 평소 힘자랑을 늘어놓은 주제에 사이비교를 처리하자는 간단한 부탁 하나 들어주지 않는 형들에게 단단히 삐진 상태였다.

"가능한 한 빨리 다녀올 테니 집에 얌전히 있으렴. 무슨 일 있으면 관리국이나 사계절에 연락해. 한생이는 오빠니까 보배 잘 지켜주고. 아니다, 서로가 서로를 지켜주렴."

양아치는 목숨 걸고 이보배를 지킨 전적이 있다. 그런 점에서 이해기는 걱정하지 않았다. 반대로 이보배가 목숨을 걸까 걱정될 정도였다.

"허튼짓하지 말고 서로 잘 감시하려무나."

"응, 빅브라더가 할 법한 말이네."

빅브라더를 큰형님으로 직역할 경우 이씨 집안의 진짜 빅브라더는 이귀한이다. 빅브라더 이귀한이 엄숙하게 말했다.

"막내야, 셋째야. 집 밖은 위험하다. 집에서 얌전히 기다리면 선물 사 올게."

이귀한과 이해기가 탄 차가 멀어졌다. 이한생은 이때를 기다렸던 것처럼 움직였다.

"악마 새끼 말대로 집에서 얌전히 기다리고 있어라, 돼지야."

"막내 오빠 어디 가는데?"

"박마노가 각성 시스템교의 주소를 알려주지 않았느냐. 내가 직접 가서 살펴보고 올 것이다."

형들이 한 신신당부는 귓등에도 닿지 못한 태도였다. 이보배는 나오는 한숨을 참고 막내 오빠를 만류했다.

"걱정되는 마음은 알아. 그렇지만 우린 할 수 있는 게 없고 할 자격도 없어. 괜히 문외한인 우리가 접근했다가 일이 복잡해지면 민 회장님께도 안 좋잖아."

"그럼 아는 자가 실종되었는데 두고 보라는 말이냐?"

"아라크네 씨에게 의뢰도 넣었잖아. 전문가가 나섰는데 막내 오빠가 가면 방해만 될 거야."

"돼지에게 같이 가자고 한 적 없느니라. 돼지 주제에 늘 나를 한 수 아래로 여긴다만 나도 머리가 있다. 무작정 쳐들어가지 않고 동태만 살피겠단 것이다. 돼지야말로 집 밖엔 얼씬도 하지 말고 집이나 지키고 있거라. 집돼지답게."

이보배는 뒷목을 잡았다. 화르세인지의 고집을 꺾을 수 없었다. 이보배 자신도 민 회장이 걱정되는 건 마찬가지여서 심정적으로 동의하기 때문에 더더욱 어려웠다.

'솔직히 그렇잖아.'

너무 강해서 시스템이 견제하는 이귀한은 가족 말고 다른 사람에게는 관심을 두지 않으니 예외로 치자. 그치만 이해기는 그렇게 잘난 체할 거면 동생 돌봐주는 사람 정도는 하루 만에 구출해야 하지 않나?

'암만 생각해도 오늘 마노 선배랑 약속 깨질까 봐 뒤로 미뤘어. 작은 새끼 양심을 버렸구먼.'

일말의 양심으로 아라크네에게 추가 의뢰를 하긴 했다. 그래도 평소 이해기가 '나 잘났소' 하고 입 털던 거에 비하면 성의가 부족했다.

차례로 가족을 잃고 멸망으로 치닫는 세계를 지켜봤던 이해기의 윤리관이 이전과 같지 않은 건 알고 있다. 이보배는 상냥했던 작은오빠의 변화를 슬퍼하는 한편 마음을 다잡았다.

'그건 그거고 이건 이거지. 나도 다른 사람 목숨보단 우리 오빠 목숨이 중요한데.'

"막내 오빠가 오빠들에게 빈정 상한 건 나도 알아. 누워서 떡 먹는 것보다 쉽게 일을 처리할 수 있는 사람들이 안 움직이니까 답답하겠지. 그래도 혼자서는 위험해. 무슨 일이 생길지 모르잖아. 오빠들 돌아오면 내가 쥐어박아서라도 민 회장님 데려오라고 할 테니까."

"내게 사이비 종교의 해악을 설파한 건 돼지 아니더냐. 이미 5일이나 지났다."

"음, 그러니까. 사이비 종교든 다단계든 사람은 자원이라서 죽이고 그러진 않으니까, 아무래도 그럴 가능성이 높으니까."

"인신 공양은 하지 않느냐?"

"어휴, 무서운 소리를."

성신이 실존하는 화르세인지의 세계에서 사이비 종교란 곧 악마 신봉자거나 흑마술사 집단, 또는 악신을 숭배하는 무시무시한 자들이다. 그들은 인신 공양을 서슴지 않았고 피의 축제를 벌였다.

'여기서 문화 차이가.'

화르세인지는 성신의 사랑을 받는 체키빙 공작가의 후계자로서 그런 자들의 악행을 듣고 자랐다. 걱정의 출발선이 이씨 남매와 다를 수밖에 없었다.

"인신 공양이 없다곤 확신 못 하겠지만 설마 그렇게 막 나갈까 싶은데……. 그러니까 조금만 기다려 보자. 아라크네 씨에게 연락이 오거나 오빠들 돌아올 때까지만 기다리는 거야."

"올바르지 않은 신앙으로 무장한 자들의 우행은 정도를

모르는 법이다. 대략적인 분위기라도 살피고 오겠느니라.”

“그러니까!”

이보배는 답답한 마음에 외쳤다.

“막내 오빠, 민 회장님이 오빠 불쌍하게 생각하고 잘 대해준 건 알지?”

이보배는 위험한 곳에 가게 두느니 마음이 상하고 남매 간 의가 상하는 게 낫겠다고 판단했다. 마음 아프고 민 회장님과 봉사자들의 선의를 음해해서 미안하지만 막내 오빠가 안 다치는 게 최우선이었다.

거듭 말하지만 이한생의 건강한 신체는 이보배의 공이 지대하다. 이보배는 망나니의 육체가 다치지 않도록 막말할 자격이 쥐똥만큼 있었다.

“그자들이 날 괘씸하게 생각하는 건 알고 있느니라.”

“정말? 그런데 왜…….”

“당연한 것 아니냐. 그자들은 날 떠받든다. 체키빙 공작가의 유일한 후계자기 때문에 속내를 감추고 날 떠받드는 것과 날 가엾게 여겨 떠받드는 것. 차이가 없지 않으냐. 내겐 그렇다.”

이한생이 인상을 찌푸렸다.

“초기엔 괘씸하게 생각했으나 이전에 만났던 자들과 별 차이 없다고 생각하니 아무렴 어떠냐는 결론을 내렸다. 오히려 사리사욕을 채우려 들던 자들보단 낫지.”

이보배의 말문이 막혔다. 눈치가 지지리 없는 게 아니라 알면서 묵인하는 거였다. 양아치가 갑자기 현명해 보여서 이보배는 많이 놀랐다.

"지금 생각하면 내가 왜 그딴 자들에게 속았는지 의문이 든다만, 이곳에서 생활하며 조금씩 느꼈느니라. 내 기억이 18살에서 끊겼으나 내 진짜 나이는 18살이 아니다. 분명 아버지의 명으로 창고에 갇힌 후 나의 식견을 넓힐 만한 사건이 있었을 테지."

마지막 기억이 18살에 끊겼다고 해서 그 사람의 정신연령이 18살이란 법은 없다. 화르세인지는 자신이 이보배보다 어른임을 주장했다. 특히 마흔아홉 회귀자보다 더 어른이었을 거라고 강력하게 주장했다. 이보배는 얼떨떨하게 그 주장을 받아들였다.

"그러니 어린 돼지는 집이나 잘 보고 있거라."

"무슨 소릴 하는 거야! 갈 거면 같이 가!"

결국 이보배는 이한생과 함께 집을 나섰다. 혼자 가게 두느니 따라가서 외부에서 정찰만 하도록 감시하는 게 편했다.

각성 시스템교의 본거지는 수도권 외곽이었다. 위성 사진으로 살펴보니 야산에 뜬금없이 큰 건물 여러 개가 세워져 있었다.

"왜 이런 곳에 이렇게 큰 건물이 있는 걸까?"

"그걸 내가 어떻게 아느냐."

"암만 생각해도 원래 수상한 목적으로 쓰이던 건물인 게 분명해. 원래도 사이비 종교에서 썼던 건물인 거 아니야?"

건물에 대한 추측을 늘어놓던 이보배는 택시에 타자마자 입을 다물었다.

택시를 타고 주소지에서 내리면 너무 티 나기 때문에 이보배는 산길 초입에서 내렸다. 택시 기사는 놀 곳 없는 야산에서 내리는 승객에게 의문을 표했다.

"동반 자살 같은 거 아니죠?"

"그런 끔찍한 거 아니에요. 여기에 아는 사람만 아는 놀기 좋은 계곡이 있다고 들었거든요."

이보배는 택시 기사에게 웃돈을 얹어줬다. 돌아갈 땐 어떻게 하냐는 질문에 계곡을 알려준 사람이 차를 가져와 만날 것이라고 둘러댔다.

택시가 점이 되어 사라지자 남매는 행동을 개시했다. 일단 택시 기사에게 둘러댄 것처럼 놀러 온 게 목적으로 보이게끔 위장했다.

"이제 어떻게 하느냐? 바로 가느냐?"

"솔직히 길을 따라 올라가면 편하겠지만 감시 카메라도 있을 거 같아. 근데 또 위장했으니까 당당하게 올라가도 될 것 같기도 하고……."

이보배는 일단 길을 따라 산에 올랐다. 중간에 적당히

길 없는 곳으로 숨어들어 목적지에 도착하면 될 거라고 생각했는데 마음처럼 쉽지 않았다.

일단 핸드폰이 먹통이었다. 데이터가 잘 잡히지 않아서 이보배는 핸드폰을 흔들었다.

"산이든 바다든 지하든 빵빵 잘 터지는 게 이 나라의 장점인데 왜 이러지?"

"지도가 없으면 산으로 들어가는 건 위험한 것 아니냐?"

"대충 방향만 알면 어떻게든 될 것 같은데. 놀러 왔다가 조난당한 컨셉도 무해하고 만만해 보여서 괜찮지 않을까?"

문제는 컨셉이 아니라 진짜 조난당하게 생겼다는 점이다. 이보배의 핸드폰은 물론이고 이귀한과 이한생의 핸드폰도 모두 먹통이었다.

"막내 오빠, 이만하면 충분히 동태를 살폈어. 솔직히 경기도에 있는 산에서 핸드폰 안 터지는 게 말이 안 되거든. 각성 시스템교는 아주 수상하고 위험하다. 땅땅."

"기사가 검을 뽑았으면 종자의 목이라도 베어야 하는 법이다."

"종자 목은 왜 베는 거야……."

'문화 차이 무서.'

이보배 생각엔 해가 지기 전에 큰길로 나가 택시를 잡아 귀가하는 게 좋아 보였다. 하지만 화르세인지는 건물 지붕이라도 보고 가야 한다고 주장했다.

"지도를 볼 수 없다면 핸드폰이 되는 곳으로 이동해 방향을 잡은 후 이동하면 되느니라."

"등산이 그렇게 쉬운 게 아니라니까."

이보배라고 산을 잘 아는 건 아니다. 하지만 전국의 학교들이 제각각 정기를 이어받을 산이 존재하는 산지 친화형 국가에 태어나 공작가 망나니보단 잘 안다고 자신했다.

"성신과 시스템 신께서 내리신 축복으로 이 정도 험지는 너끈하다!"

"막내 오빠 진짜 이러기야?"

"그나저나 이상하군. 초목이 울창한 산인데 어찌하여 이런 썩은 내가 나는 거지?"

"부엽토 냄새 아니야? 그보다 주제 바꾸지 마!"

"세상에, 고객님이 여기까지 오셨네. 두 분을 어쩌면 좋을까."

남매의 대화에 낯선 목소리가 끼어들었다. 타인의 접근을 알아채지 못한 이보배와 이한생은 펄쩍 뛰어 뒤로 물러났다.

"인기척도 없이 접근하다니, 무엄하다! 누구냐!"

초여름의 녹음과 대비되는 붉은 치파오가 가장 먼저 이보배의 눈길을 사로잡았다. 아라크네가 교태롭게 손을 흔들며 둘에게 인사했다.

"안녕하세요, 이보배 고객님. 이한생 님도 처음 뵙겠습니다."

아라크네가 사르르 눈웃음쳤다.

"정보상 겸 중개인 아라크네입니다. 잘 부탁드려요."

아라크네의 자기소개를 들은 화르세인지가 인상을 찌푸렸다.

"아라크네? 이자가 돼지와 사기꾼이 말한 정보상인 게냐?"

"응, 아라크네 씨."

"속전속결로 의뢰를 해결한다고 하여 일을 맡겼거늘 아직까지 답이 없으니 이 손해를 어찌할 것이냐!"

이한생이 적지인 것도 잊고 큰소리 땅땅 쳤다. 이보배는 검지를 입술에 붙이고 주위를 살피다가 아라크네의 눈짓을 받고 안심했다.

'맞아. 이 사람이랑 대화하고 있을 땐 주위에서 못 알아챘지.'

"고객님의 소중한 시간을 낭비해 죄송합니다. 조심스럽게 변명드리자면."

아라크네가 살포시 미간을 찡그렸다. 서시는 얼굴을 찡그려도 예쁘다더니 딱 그 짝이었다.

"파도 파도 계속 나와서 조금만 더 알아보고 중간보고를 드려야겠다고 생각하다가 그만……."

"오늘이 되었군요."

"네, 그래요. 정말 죄송합니다, 고객님. 고객님께서 손해 보신 걸 대신할 순 없지만 추가 의뢰는 무상으로 제공하 겠습니다."

"무상 서비스는 당연하고 정신적 피해 보상도 해야 할 것이다!"

"정말 죄송합니다."

아라크네가 저자세로 나오니 이한생은 더욱더 기고만장 했다. 아라크네 나름대로 미인계를 쓰는 것 같은데 화르세 인지에게 먹히지 않는 게 신기했다.

'망나니짓 하면서 미인 많이 봐서 면역이 있나.'

그러나 아라크네가 비단 손수건을 꺼내 눈가를 콕콕 찍 으면서 이보배의 추리는 무효가 되었다. 망나니가 어깨를 움찔 떤 것이다.

'그럼 그렇지.'

이보배는 막내 오빠를 한심하게 쏘아봤다.

"추가 의뢰라면 민 회장님은요? 소재를 파악하신 건 가요?"

"소재지는 파악했습니다. 짐작하신 대로 각성 시스템교 에 억류되어 계시죠."

민 회장 얘기가 나오자 이보배와 이한생은 앞다퉈 질문 했다.

"무사하신 거죠? 설마 다치셨거나 그런 건 아니죠?"

"민 회장을 당장 데려오거라!"

"조금만 진정해 주시겠어요? 저도 민 회장님을 안전히 댁까지 모시고 싶은 마음이 굴뚝같지만 그러지 못하는 사정이 있답니다."

아라크네가 성미 급한 남매를 달래 차근차근 설명했다.

"일단 익류된 분이 민 회장님 말고 더 계세요. 이 상황에서 민 회장님만 빼돌리면 다른 분들의 상황이 악화될 가능성이 생기죠. 동시에 모든 분을 구출하는 건 초과 임무고."

아라크네가 다시 손수건으로 눈가를 콕콕 찍었다.

"정보상의 일도 아니랍니다. 그래서 전 눈물을 머금고 그분들이 육체적으로 학대받지 않는 것만 확인하며 정보를 캐고 있었어요."

아라크네가 길고 우아한 손가락으로 손수건을 쥐어뜯으며 둘을 응시했다.

"보고를 들으러 여기까지 왕림하신 건 아니실 테니 민 회장님을 구하러 오신 것이겠죠. 하지만 각성 시스템교는 위험해요. 고객님들께선 이만 댁으로 귀가하세요. 의뢰하신 민 회장님의 안전은 제가 책임지고 무사히 귀가시켜 드릴게요."

언제 울었냐는 듯 아라크네가 고혹적인 미소를 머금었다. 남매의 대화에 끼어들 때처럼 위험 구역을 침범한 남매를 어찌하냐는 한탄성 어조가 강했다.

당연하게도, 기억이 18살까지밖에 없어서 18스러운 짓만 골라 하는 체키빙 공자께서 외쳤다.

"그럴 수 없다!"

"이한생 고객님께서 전투계 각성자로 각성하신 건 알고 있습니다. 제가 이해기 고객님께 정보 제공해 드린 균열을 같이 공략하셨으니 전투 능력도 상당하시리라 짐작해요. 지금 비각성자 백 명 정도야 가볍게 상대할 수 있다고 생각하시겠죠?"

아라크네가 정곡을 찔렀는지 이한생이 바로 반박하지 못했다.

"늦었지만 지금이라도 중간보고드리겠습니다. 문의 주신 각성 시스템교는 종교 활동보단 축재와 엉뚱한 야망에 주력하는 전형적인 사이비 교단입니다. 교주는 마나슬루. 균열의 날 마침 히말라야에 있다가 시스템 신에게 직접 교주로 임명받았다고 하지만 해외여행 경력은 일본 여행이 처음이자 마지막이에요."

아라크네의 입에서 각성 시스템교의 신자 수와 주요 거점 등이 청산유수로 흘러나왔다. 민 회장에게 명함을 준 사람의 말대로 각성자와 재력가, 정치에 몸담은 신도의 정보도 있었다.

'생각보다 교세가 크네.'

아라크네가 갑자기 중간보고를 한 건 물정 모르는 전투

계 각성자와 비전투원인 생산계 각성자를 돌려보내기 위해서인 것 같았다.

"잠입하여 민 회장만 빼 오는 것은 가능하다."

"그러다 발각되면 잡히겠죠. 그리고 다른 분들이 위험해진다니까요."

"수사기관에 미리 신고해 두면 될 것 아니냐."

"아직 물증을 확보하지 못했거든요. 횡령이나 부동산 사기는 확보해 두었는데 진짜 범죄인 감금과……."

아라크네가 더는 말할 수 없다는 듯 입술을 다물었다.

이보배는 돌아가라는 아라크네의 의견에 동의하면서도 이해 가지 않는 부분이 있어 반박했다.

"민 회장님은 억지로 잡혀 있으니까 증거로 충분하지 않나요?"

"그게 말이죠. 이곳으로 오실 때 정기 집회까지 경험해 보고 제안을 거부하기로 약조하셨나 봐요. 직접 가겠다고 하신 영상이 있어서 곤란하네요."

민 회장은 회원들과 상의한 후 각성 시스템교의 제안을 거부했다. 그러자 각성 시스템교에선 민 회장에게 정기 집회만 보고 확정 지으라고 권유했다는 것이다.

'나한테는 아무 데나 따라가지 말라고 하더니.'

"거짓말은 하지 않은 대신 밝히지 않은 사실이 많죠. 정기 집회까지 일주일가량 남았다는 걸 밝히지 않았고 본당이 통화권 외 지역인 것도 밝히지 않았어요. 일단은 자연 속에서 전사기를 멀리하고 심신을 정화해야 정기 집회를 참관할 수 있다고 속인 상황이니까 민 회장님 본인은 좋게 좋게 생각하고 계신 것 같아요. 억류된 다른 분들도 마찬가지고요."

아직은 회유 단계. 그런 상황이라면 폭행이나 협박 등의 해코지는 하지 않았을 것이다. 이보배는 안도했다. 망나니도 적잖이 안심했는지 뻣뻣하던 어깨의 긴장이 살짝 풀렸다.

"그럼 그 정기 집회는 언제죠? 일주일 정도 남았다고 하면 내일이나……."

"오늘 자정."

안도했던 이보배는 도로 긴장했다. 집회가 끝난 뒤에도 민 회장이 마음을 바꾸지 않을 경우 각성 시스템교가 본격적으로 실력 행사를 시작할 게 분명했다.

"그럼 오늘 구해야 하는 거 아니에요?"

"비슷하게 잡힌 분이 많아서 저 혼자는 힘들어요. 그리고 혹 모르죠. 민 회장님이 마음을 바꾸실지도."

"민 회장은 그리 아둔한 자가 아니다. 적어도 이 돼지보단 명석하지."

"그래도 미끼가 꽤 유혹적이어서요."

'미끼?'

이보배는 사이비교가 내세울 만한 미끼를 떠올렸다.

일단 평범한 종교에서도 제공하는 정서적 안정. 이건 봉사 활동으로 더 얻을 수 있으니까 제외.

내세 보장. 시스템교는 특성상 내세에 대해 다루는 경우가 적다. 그러니까 일단 제외.

각성 보장. 민 회장이 각성하고 싶어서 시스템교를 믿는 건 아닐 것이다.

'쯥, 좀 더 사이비 같은 걸로.'

이보배는 어른이지만 나이만 성인이지 스스로가 어른이라는 자각은 없다. 그런 이보배가 보았을 때 민 회장은 훌륭한 어른이었다. 훌륭한 어른이 한번 내린 결정을 번복할 만한 미끼는 무엇일까?

'아라크네가 괜히 말을 꺼낸 건 아닐 거야.'

생각해 보면 답은 처음부터 나와 있었다. 이보배는 조심스럽게 답했다.

"실종된 아드님이 미끼인가요?"

민 회장이 시스템교를 믿게 된 계기는 아들의 실종이다.

균열의 날 이후 실종된 사람이 모두 차원을 이동했다고 볼 순 없다. 사망해 시체를 찾지 못한 경우에도 실종으로 처리하기 때문이다.

민 회장의 아들이 진짜 차원 이동을 했는지 죽었는지는 모른다. 하지만 자식이 실종된 부모 마음은 모두 같듯이,

민 회장은 아들이 살아 있다고 믿었다. 시스템의 이름으로 선행을 베풀면 귀환 가능성이 높아질 거라 여겼다.

"아까워라. 그건 민 회장님이 여기까지 따라오게 된 이유긴 하지만 미끼는 아니에요. 신도 중에 귀환자가 있으니 얘기를 들어보지 않겠냐고 유혹했죠."

"아아, 그래서 얌전히 여기까지 따라오신 거구나."

국내 귀환자의 수가 만 명을 넘겼으나 제 몸을 지킬 힘이 없다면 숨기고 사는 경우가 많다. 헌터와 귀환자를 포함한 능력자와 비능력자가 계층화되고 있기 때문에 평범한 사람은 헌터와 대화하기 힘들었다.

민 회장은 귀환자와 대화할 수 있는 기회를 포기하기 어려웠을 것이다.

"네 낯짝이 반반하여 봐주었으나 쓸데없는 말이 많구나. 촉새냐? 빙빙 돌리지 말고 제대로 고하여라."

"촉새가 아니라 거미랍니다."

"거미든 촉새든 하고 싶은 말이 있다면 빨리 해라!"

성질 급한 이한생의 독촉에 아라크네가 알겠다는 듯 싱긋 웃었다. 그리고 이보배는 귀를 의심했다.

"사자 소생."

"네?"

"부활. 신이나 신의 아들이 아닌 내 가족, 친구, 연인의 부활. 시체의 각성."

말도 안 되는 소리를 들은 이보배와 이한생의 얼굴이 일그러졌다. 그러거나 말거나 아라크네가 의미심장하게 계속 말했다.

"그게 각성 시스템교에서 내세우는 기적이에요."

"좀…… 너무 거창한 거 아니에요?"

이보배는 기가 막혀서 사이비 교주가 아닌 아라크네에게 따졌다.

세상엔 절대 바뀌지 않는 불변의 진리가 있다. 물리학계의 진리는 세상이 뒤집어지면서 같이 뒤집어졌지만 그래도 바뀌지 않는 게 있다.

죽은 자는 살릴 수 없다. 하물며 교주나 신이 아닌 평범한 사람을 부활시키는 기적이라니, 과해도 너무 과했다.

"정기 집회에서 기적을 선보인다고 하니 딱 거기까지만 파고 보고드릴 생각이었어요."

아라크네가 눈을 찡긋거렸다. 이보배가 뭐라 대답하기 위해 입을 여는데 화르세인지가 먼저 반응했다.

"부활? 말도 안 된다!"

"맞아요, 아라크네 씨가 그런 말을 믿으실 줄 몰랐어요."

"저도 믿진 않지만 어찌나 자신만만하던지요. 짐작 가는 것이 있지만 직접 눈으로 확인하고 싶은 마음에 오늘까지 기다렸죠."

"사람이 죽으면 그 혼이 영혼의 강으로 흘러 윤회의 굴레를 도는 것이다! 세계가 다를지라도 이 진리를 크게 벗어나진 않을 터!"

'저쪽 동네 내세관은 저렇구나.'

흥분한 망나니가 아라크네의 존재도 잊고 판타지 세계의 상식을 외쳤다. 이보배는 당황해 막내 오빠의 입을 막을까 하다 포기했다.

'에라, 모르겠다.'

이한생이 뭐라 외치든 신성력의 존재만 안 들키면 그만이었다.

"감히 신의 이름으로 우매한 군중을 현혹하려 들다니!"

"사이비니까."

"사이비니까요."

"내 비록 성신을 모시는 몸이나 시스템 신의 은총도 함께 받은즉! 체키빙 공작가의 유일한 후계자로서 혹세무민하는 사특한 집단을 두고 볼 수 없구나! 너! 아라크네라고 했느냐!"

"네, 고객님."

"의뢰를 추가한다! 각성 시스템교를 박살 내어라!"

"죄송합니다, 고객님. 저는 청부 폭행과 살인 의뢰는 거절하고 있습니다. 미리 안내해 드리지 못해 고객님께 불편을 끼쳐 드려 죄송합니다. 사죄하는 의미에서……."

'뭐지?'

청산유수처럼 거침없던 목소리가 느려지고 찰나의 순간 이지만 아라크네의 눈가가 살짝 일그러졌다. 아라크네의 긴 속눈썹이 짝 만난 나비 날개처럼 떨렸다.

"두 번이나 이한생 고객님을 실망시켜 드릴 수 없으니 특별히 의뢰를 받겠습니다."

"좋아. 그럼 당장 가서 다 때려 부수고 오너라."

"죄송해요. 저도 제 몸 하나 간신히 건사하는 처지라. 대신 다른 방법으로 의뢰를 수행할 건데 신속하게 하려면 두 분의 도움이 필요해졌네요."

'태도가 바뀌었어.'

조금 전까지만 해도 아라크네는 둘을 집으로 돌려보내려 했다. 그랬던 것이 갑자기 태도가 바뀌었다. 이보배가 미심쩍어하는 걸 알아챈 아라크네가 재빨리 말했다.

"신뢰를 얻으려면 솔직해져야겠죠? 호랑이도 제 말 하면 온다더니 시스템께서 퀘스트를 내주셨네요. 퀘스트를 완수하려면 이한생 고객님의 의뢰도 자연스럽게 이행되기 때문에 받아들였어요. 의뢰비는 퀘스트 보상으로 대신하겠습니다."

"흥, 보나 마나 신의 이름을 팔아 사기 치는 자들을 처단하라는 퀘스트겠지. 공유는 안 되느냐?"

"경험치는 각자 받으니 공유해 드릴게요. 제가 독자적으로 움직여야 하니 퀘스트 완수 직전에 파티 신청 드리면 될 것 같아요."

"흠, 좋아."

"잠깐, 잠깐만요. 안 좋아요. 안 좋거든. 저희가 어떻게 도와드려야 하는 건데요? 위험한 건 아니죠?"

이해기는 아라크네를 믿어도 된다고 말했다. 그래서 이보배도 아라크네를 믿는다.

하지만 아라크네는 보조계 각성자다. 아티팩트로 몸을 휘감았다고 해도 직접 말한 대로 자기 몸 지키는 게 한계일 터였다.

"여기까지 와놓고 왜 빼냐고 하시겠지만 전 불에 뛰어드는 막내 오빠를 말리러 온 거지 같이 뛰어들러 온 게 아니에요."

이보배는 적극적으로 몸을 사렸다. 그럴 수밖에 없는 게, 그녀는 홑몸이 아니었다. 중학생 시절 이후 연애 경력 0인 이보배가 처녀 수태 기적의 산증인이 되었다는 얘기가 아니다.

이보배가 잘못될 경우 스프도 뿌리지 않고 세계를 뿌셔 뿌셔 할 사람이 있었다. 두부 으깨는 것보다 쉽게 뿌셔뿌셔 할 대마왕이.

"제 입으로 이런 말 하기 굉장히 부끄럽지만 제가 위험하면 세계도 위험해지거든요."

이보배는 부끄러운 마음에 볼을 찰싹찰싹 두드렸다. 이

한생이 이보배의 어깨에 손을 얹고 동의했다.

"돼지의 말이 옳다. 돼지가 죽으면 세계가 위험해진다."

"그것 참…… 재미있는 컨셉…….'

천만다행히 아라크네는 황당해하거나 어이없다는 표정을 짓지 않았다. 아라크네는 뇌쇄적이고 신비로운 정보상이라는 본인의 컨셉에 걸맞게 요염하게 눈웃음쳤다.

"그런 컨셉도 괜찮네요. 그럼 이보배 고객님은 댁으로 돌아가시고 이한생 고객님의 도움만 받아야겠어요."

"돼지는 귀소본능이 있는 동물. 돼지만도 못하단 얘기 듣기 싫으면 딴 데 새지 말고 집으로 곧장 가라."

"잠깐만요. 그것도 아니죠."

이보배는 아라크네와 같이 사라지려는 망나니를 붙잡았다. 이 몸에 금전적 지분이 있는 입장에서 절대 놓칠 수 없었다.

"이것도 싫다 저것도 싫다. 어쩌자는 게냐!"

"그으러니까 아라크네 씨, 생명은 보장되는 거 맞나요?"

이보배는 자포자기하는 심정으로 물었다. 아라크네는 거미줄에 걸린 왕파리를 목격한 것처럼 고개를 끄덕였다.

'에라, 모르겠다.'

이한생이 난리 친다고 여기까지 따라온 것부터 이렇게 될 결말의 복선이었을지 모른다.

"집 밖은 위험해."

"허튼짓하지 말고 서로를 지켜주렴."

큰오빠와 작은오빠의 말이 이보배의 뇌에서 메아리쳤다. 이보배는 두 눈을 질끈 감고 귀환자와 회귀자의 말을 떨쳐냈다.

본래 주인공의 여동생이란 하지 말라는 걸 하는 존재다.

"그럼 저도 도울게요!"

주인공도 그렇다.

"후훗, 좋아요."

아라크네가 두어 발짝 성큼성큼 걸었다. 두 발자국이라고 해도 신장이 훤칠해 거리가 꽤 벌어졌다.

"시간을 꽤 지체했으니 가면서 자세히 말씀드리죠."

치파오를 입은 아라크네는 축지법을 쓰는 것처럼 앞으로 쭉쭉 나아갔다. 무슨 수를 썼는지 편한 복장을 입은 이씨 남매보다 빨랐다. 아무리 기를 쓰고 쫓아도 도저히 앞지를 수가 없어서 이보배는 포기했다. 힐끗 옆을 보니 이한생도 포기한 듯싶었다.

"헉헉, 그래서 저희가 어떻게 도와드리면 되나요?"

"사이비 종교에서 가장 중요한 게 뭐라고 생각하세요?"

"정보 팔이! 쓸데없는 얘긴 관두고 본론이나 말해라!"

화르세인지는 아라크네의 화법이 마음에 들지 않는 듯

성질 냈다. 이보배는 정반대였다.

'아라크네 씨가 많이 말하면 말할수록 좋은 건데.'

아라크네는 정보상이다. 그렇기에 정보는 곧 돈이다. VIP 고객을 위한 특별 서비스인지 모르겠지만 아라크네가 이렇게 던져주는 정보는 알게 모르게 도움이 된다.

'저번에 검성이 화났을 때도 그랬고.'

그때도 이보배는 아라크네가 알려준 팁으로 눈앞에서 벌어지는 검성 vs 박번개의 생사결을 막을 수 있었다.

두 고수의 대전은 그날 관람한 영화보다 박진감 넘쳤을 것이다. 하지만 둘 중 하나가 죽기 전에 구경꾼인 이보배의 목숨이 먼저 끊어진다는 단점이 있었다.

"막내 오빠, 쉿."

"건방진 돼지가 어디서 족발을 손가락처럼 쓰느냐. 흥, 사이비라고 해도 종교이니 당연히 신과 신께서 내리신 교리 아니겠느냐."

"사이비 종교에서 가장 중요한 건…… 아까 말한 미끼…… 는 아니겠네요. 말 그대로 미끼니까. 그러면……."

미끼가 있다면 미끼로 꼬시는 사람도 있는 법이다. 이보배는 떠오르는 답을 대답했다.

"교주겠네요."

신과 교리, 그리고 교주. 아라크네가 선택한 답은 교주였다.

"후훗, 저도 이보배 고객님 의견에 동의합니다. 사이비 종교에서 가장 중요한 건 교주예요."

"집회를 주최하는 인간 따위가 신과 교리보다 중요하다니. 말도 안 되느니라."

화르세인지가 자기 의견이 채택받지 못하자 투덜거렸다. 이보배와 아라크네가 동시에 이유를 설명했다.

"그러니까 사이비지."

"그러니까 사이비랍니다."

망나니는 언짢은 표정을 지었지만 더는 투덜거리지 않았다.

사이비 종교에서 교주의 카리스마는 중요하다. 그리고 그 카리스마는 보통 교주의 언변, 생애, 심하겐 선보이는 기적에 좌우된다.

"그럼 그 마나…… 뭐시기 교주가 부활 능력을 갖고 있다는 건가요? 그걸 집회에서 보여주고요? 각성자일까요?"

"아쉽게도 제가 아직 직접 보지 못해 각성 여부는 미정이랍니다. 일단 현재까지 확인한 신자 중엔 부활 능력을 가진 사람이 없어요"

아라크네는 집회 때 교주를 보고 확인할 요량이라고 말했다.

"그럼 교주가 아닌 다른 신자가 부활 능력을 갖고 있을 수도 있단 얘긴데……. 좀 이상하네요. 보통 능력을 가진 사람이 구심점이 되지 않나요? 영화나 소설에선 그러던데."

"죄송해요, 제가 정확하게 정보를 알려 드리지 못했네요. 일반적인 사이비 종교에서 가장 중요한 건 교주지만 각성 시스템교는 약간 달라요. 교주는 각성자든 아니든 허수아비고 진짜 실세는 따로 있죠."

사기꾼이 쇠를 덮어씌우기 위한 바지 사장을 내세우는 건 흔한 수법이다. 사이비 교단에서도 종종 교주는 허수아비고 배후가 실세인 경우가 있었다.

"각성 사이비교의 진짜 실세는 한완용, 그 사람이에요. 관리국엔 F급 마법사로 신고했지만 실제 직업과 스킬은 다를 것으로 예상하고 있어요. 적어도 죽은 사람이 살아났다고 착각하게 할 만한 능력을 갖고 있을 거라고 추정하고 있습니다. 그 외의 특이 사항은…… 귀환자 출신이라는 거네요. 대한민국 1호 귀환자인 검성보다 일찍 귀환했기 때문에 기록은 없지만 균열의 날 이후 실종되었다 돌아온 기록이 있어요."

아라크네가 한완용의 개인 정보를 읊었다. 고등학교 다닐 때 전교생이 보는 앞에서 고백했다가 차였다는 얘기까지 나오는 바람에 이보배는 질렸다. 아라크네의 정보 수집 능력이 무시무시했다.

"어떻게 그 많은 정보를 아세요?"

"이전에도 말씀드렸지만 천라지망을 펼쳐 세상의 모든

정보를 놓치지 않겠다는 게 제 목표라서요."

방대한 양의 정보를 모아도 그걸 기억하고 연계시켜 써먹는 건 보통 사람이 할 수 있는 일이 아니다. 구슬이 서 말이라도 꿰어야 보배이지 않은가. 이보배는 심히 감탄했다.

"정말 대단하세요."

"대단하긴요. 이보배 고객님 댁에 놓친 정보가 많은 것 같은데 수집할 수 없어 얼마나 아쉬운데요. 정보 수집하는 의미에서 진로와 개인 상담은 차와 케이크로 사례받을 테니 언제든 문의 부탁드려요. 이한생 고객님도 마찬가지세요. 형제간에 불화가 있으실 때 전화로라도 언제든 상담해 드릴 수 있답니다."

"누가 너 같은 정보 팔이에게 가족의 정보를 팔겠느냐! 웃기는 소리 하지 마라!"

이보배는 아무 말도 하지 않았는데 이한생이 지레 짜증 냈다.

"돼지 너도 들러붙거나 감동받은 눈빛 쏘지 말거라! 너희가 이 몸뚱이의 핏줄임은 나도 똑똑히 인식하고 있을 뿐이니!"

"누가 뭐랬나."

"흥!"

이한생이 부끄러워하기에 이보배는 다시 본론으로 돌아갔다.

"그럼 한완용이 목표인 건가요?"

"과연 VIP 고객님! 명석하셔라! 허수아비인 교주를 처리해 봐야 한완용을 잡지 않으면 이름만 바꾼 또 다른 사이비 교단을 만들 뿐이죠."

사이비 교단을 상대하라고 할 땐 막막했지만 사람 하나만 상대하면 된다고 하니 마음이 조금 편해졌다.

"그럼 어떻게 하면 되는 거예요? 증거를 모아서 관리국에 신고하면 되나요?"

"네, 저도 그렇게 처리할 계획이었어요. 검사검사 취미도 즐기려고 했는데 아쉽게 되었지 뭐예요."

"취미요?"

"관리국 분들에게 사건 정보 던져 드리면 발칵 뒤집히는데 지켜보면 정말 재밌답니다."

아라크네의 취미는 익명 신고였다. 공익을 위해서는 좋은 일이지만 박마노의 혈압엔 안 좋은 취미였다. 이보배는 박마노에게 애도를 표했다.

"물증이 없어 신고해도 소용없다고 하지 않았느냐?"

"이한생 고객님의 지적이 정확해요! 그래서 두 분의 도움이 필요하다고 한 거예요. 조금 기다리면 증거를 확보할 수 있을 것 같았는데 그러기엔 시간이 부족하니 이쪽도 미끼를 드리울까 해서……."

열심히 입을 놀리면서도 앞만 보고 걷던 아라크네가

고개를 돌렸다. 이보배는 자신과 이한생을 가리키고 되물었다.

"미끼?"

"네."

정확히 어떤 미끼인가. 자세한 설명을 요구하려는데 차가운 것이 이보배의 코끝을 스치고 떨어졌다. 이보배는 흠칫 놀라 머리를 뒤로 뺐다.

이보배의 코를 스친 물방울을 신호로 빗방울이 떨어지기 시작했다. 해가 든 쪽은 먹구름이 없어 밝은데 다른 방향에선 묵직한 먹구름이 몰려오고 있었다. 빗줄기는 점점 굵어졌다. 소나기 선에서 그칠 비가 아니었다.

"두 분 의복을 살펴보니 놀러 왔다가 우연히 근처에 오게 되었다고 위장하실 생각이셨던 것 같은데 비도 오니 마침 잘되었네요."

"젠장! 가방을 그대로 메고 있었구나! 이러니 더럽게 힘들지!"

'아차.'

이씨 남매는 완벽하게 위장하겠답시고 피서객으로 위장했었다. 이것저것 물건을 집어넣어 무거운 배낭을 멘 채 아라크네를 따라 걷고 있었던 것이다. 이보배는 울상을 짓고 배낭을 인벤토리에 수납했다.

어깨에 들러붙어 있던 배낭이 사라지자 뒤늦게 어깨가

떨어져 나갈 듯 아팠다.

"너무 성내지 마세요. 덕분에 더 그럴싸해졌잖아요."

비와 땀에 쫄딱 젖어 누가 봐도 일기예보 안 보고 산에 왔다가 조난당한 사람이었다. 빗줄기는 시원하지만 산을 타느라 열이 오른 몸은 뜨끈뜨끈했다. 이보배는 몸에서 쉰 내가 올라오는 것 같아 몸서리쳤다.

그에 비해 아라크네는 어떤가. 미간을 찌푸려도 아름다운 사람은 비에 젖어도 아름답다. 본래도 몸의 굴곡을 드러내던 치파오는 비에 젖어 더욱 관능적이었다.

'생각보다 뼈가 굵네. 하긴 키가 저렇게 크니까.'

신장이 크고 얼굴이 작아 언뜻 보아선 버들가지처럼 낭창하지만 자세히 보니 마르기만 한 체격은 아니었다.

"그럼 미끼 설정부터 말씀드릴게요."

아라크네는 간략하게 미끼의 설정과 역할을 말해주고는 뒷걸음질 쳤다.

"이 앞으로 계속 가시면 각성 시스템교가 나온답니다. 앞까지 바래다 드리고 싶지만 시간을 너무 지체해서 그러지 못해 죄송해요."

"잠시만요, 아라크네 씨! 만약에 들킬 경우 어떻게 할지 대비책을 말 안 해주셨잖아요. 조금 더 상세히!"

"내부에 조력자가 있어요. 위급할 때 도와줄 거예요."

이보배가 멀어지는 아라크네를 잡으려 손을 뻗었지만

아라크네는 그녀 앞에서 자취를 감췄다. 멀쩡히 있던 사람이 코앞에서 사라지자 망나니가 눈을 껌뻑였다.

"무, 무어냐? 마법이냐?"

"그 비슷한 거겠지. 그것보다 더 신기한 것도 있는데."

"사람이 눈앞에서 그냥 사라진 것보다 신기한 게 있겠느냐?"

"아라크네 씨 얼굴 생각나?"

"그야 당연한 것 아니냐. 돼지가 기억력이 안 좋다고 나까지 의심을…… 어? 분명히 빨간……."

성신의 가호를 받으신 잘난 체키빙 공자도 시야에서 사라진 아라크네의 모습은 떠오르지 않는 모양이었다.

이한생은 자신이 감탄했던 정보 팔이의 외모를 떠올리기 위해 노력하며 치파오만 묘사했다.

"빨간, 빠알간!"

"응, 빨갛고 예쁘지. 아악! 이 망할 거미야. 조력자는 누구고 어떻게 알아보는데. 그건 말해주고 가야 할 거 아냐."

빗줄기는 계속 굵어졌다. 더는 지체할 시간이 없었다. 이보배는 아라크네가 말한 미끼의 설정을 대강 복습하고 아라크네가 알려준 방향으로 이동했다.

세찬 빗줄기 너머로 건물이 나타났다. 교도소 담 뺨치게 높은 벽을 보고 이한생이 조소했다.

"어지간한 토성보다 낫구나."

"준비됐어?"

"애초에 끝냈느니라. 아둔한 돼지를 기다리다 지쳤다."

"그럼 간다."

인벤토리에서 다시 가방을 꺼낸 이보배와 이한생은 누가 먼저랄 것 없이 각성 시스템교 본거지를 향해 달렸다.

감시 카메라에 포착되는 것? 괜찮다.

가능한 만만하고 건드려도 뒤탈 없게끔 보이는 것.

아라크네가 요구한 미끼의 조건이었다.

이보배는 화르세인지와 함께 육중한 철문을 두드렸다.

"문 좀 열어주세요오! 살려주세요!"

"살려다오! 들여보내다오!"

"저희 수상한 사람 아니에요! 살려주세요!"

세차게 내리는 빗소리에 묻히지 않도록 이보배는 목청을 높였다. 감시 카메라에 대고 두 팔을 흔들거나 두 손을 싹싹 빌기도 했다. 비 때문에 표정 연기를 하지 않아도 저절로 간절한 표정이 지어져서 편했다.

'안 열어주면 안 되는데.'

구슬은 꿰어야 보배고 미끼는 낚싯바늘에 꿰어야 미끼지 안 꿰면 그냥 구슬이고 지렁이다.

이보배의 애타는 속이 한여름 아스팔트에 오른 지렁이처럼 비비 꼬여갈 때, 전기 통하는 소리와 함께.

'됐다!'

문이 열렸다.

"저 사람들 뭐야?"

각성 시스템교의 보안 직원은 모니터를 보고 눈을 비볐다. 비 때문에 영상이 깨끗하진 않지만 문 앞에서 가벼운 등산복 차림의 남녀가 두 팔을 흔들고 있었다.

정문 쪽 경비가 난처한 듯 연락했다.

─등산객 아닙니까? 비 오니까 들여보내 달라는 것 같습니다.

"그건 나도 알지. 근데 이 산은 사유지잖아. 왜 남의 산에 와서 저러냐고."

─어떻게 하죠? 비는 밤늦게 그친다고 했고 주변에 민가도 없는데.

"잠깐 기다려. 외부 스피커 연결해 봐."

정문 경비는 스피커를 켰다. 요란한 빗소리에 살려달라는 절규가 어우러져 환장의 하모니를 완성했다.

─열어줘야 할 것 같습니다.

"우리 마음대로 정하면 안 돼. 일단 한 실장님께 여쭤보고."

보안 직원은 윗선에 전화해 상황을 보고했다.

각성 시스템교, 아니, 시스템교 자체를 향한 사회의 시선이 곱지 않아 보안 직원을 포함한 신도들은 모두 외부인의 방문을 꺼렸다. 심지어 오늘은 신성한 정기 집회, 교주의 기적이 일어나는 날이었다. 쫓아내는 게 당연했다.

하지만 날씨가 심상치 않았다. 비가 이렇게 내리는데 도로로 30분기량 걸어 내려가라고 쫓아낸다면? 큰길을 따라 내려가라고 쫓아냈다가 부상당해 앙심을 품고 사이비네 어쩌네 하면 일이 시끄러워질 터였다.

윗선도 같은 생각이었는지 들여보내도 좋다는 허가가 떨어졌다. 보안 직원은 문을 열기 전 말했다.

"일단 들여보내되 격리해 두게. 외부의 오염된 영혼이 정화 중인 신도들에게 접근하면 안 되니. 수건이나 던져주고 택시 불러줘. 기자인지도 확인해 보고."

―택시가 안 오면 어떡할까요?

날씨가 이러니 이 산속까지 택시가 오지 않을 가능성이 높았다. 그렇다고 직접 차로 택시가 잡힐 만한 구역까지 데려다주기엔 오늘 집회를 위해 보안 직원은 할 일이 많았다.

교주가 선보인 기적에 흥분한 신도들이 날뛰거나 혼절할 수도 있고 아직 도착하지 않은 손님도 있기 때문이다.

"기자 아니면 하루 잘 곳만 내줘."

상사의 지시를 받은 정문 경비가 문을 열었다. 문이 열리자 울고불고 난리 났던 등산객 커플이 안으로 뛰어 들어왔다. 직선으로 달려 본관 건물로 갈 기세였기 때문에 정문 경비는 얼른 밖으로 나와 붙잡았다.

"추워 죽어!"

"실내! 실내!"

'일기예보도 안 보고 산에 오는 망할 인간들.'

정문 경비는 혀를 끌끌 차고 둘을 붙잡았다. 그리고 정문 옆에 붙은 경비실로 끌고 갔다.

"그쪽은 가면 안 됩니다! 여기로 오라고!"

"으아아악! 살려주세요!"

"실내!"

2인용인 경비실에 3명이 들어가니 비좁았다. 가뜩이나 억수같이 쏟아지는 장대비로 습도가 올랐는데 물에 젖은 사람이 둘이니 불쾌지수가 급상승했다.

정문 경비는 커플에게 수건을 건넸다. 누구냐고 물어보자니 전신에서 물이 떨어져 대답할 만한 몰골이 아니었다.

"감스아합니, 우앗."

"내가 먼저다."

"왜 가져가? 나한테 주신 거거든?"

"장유유서 모르느냐!"

"꼴에 문자 쓰네! 레이디 퍼스트!"

"여기 레이디 없는데? 돼진데?"

등산복을 입은 젊은 남녀는 수건 한 장을 가지고 티격

태격 싸웠다. 정문 경비는 젊은 남녀 조합이라 커플이라고
속단한 걸 정정했다.

'남매나 친군가.'

경비실 내 대화는 보안실에서도 모두 들을 수 있도록 통
신기를 켜두었다. 보안 직원도 커플에서 남매로 정보를 수
정했을 것이다.

정문 경비는 물을 끓여 커피 믹스를 탔다. 전신은 못 말
리고 얼굴만 간신히 닦은 남녀에게 커피를 건네자 의심 없
이 받았다. 정문 경비는 눈 돌리는 척하면서 커피를 마시
는지 주의 깊게 감시했다.

"으하, 살 것 같다. 감사합니다."

"이게 무슨 날벼락이야, 시발."

"진짜 네 말대로 이게 무슨 날벼락이야."

"말 짧은 거 봐라."

"일찍 태어났다고 유세는. 오빠, 오빠, 오빠. 됐어?"

'남매 맞군.'

갑자기 등장한 남매는 산에서 장대비를 마주친 불운을
쉬지 않고 토로했다.

전문 메이커가 아닌 평범한 등산복에 사용감이 묻어나
는 운동화. 둘 다 젊어서 그런지 피부가 좋고 체격이 괜찮
았다.

"누구십니까? 여긴 어떻게 알고 왔습니까?"

"네? 저는 김보석이고 오빠는 김빈의인데요."

"이름 묻는 게 아니잖아요. 뭐 하는 사람들이냐고요."

"저희 그냥 놀러 왔는데요. 갑자기 비가 와서 내려가려고 하다가 길 잃어서 헤매다가 건물 보고 달려왔어요."

"너 때문이야. 네가 놀러 가자고 했잖아."

"아 씨, 누가 이럴 줄 알았나. 그리고 왜 나 때문이래. 여기로 오자고 한 건 너잖아."

남매는 제대로 된 대답을 하지 않고 자기들끼리 티격태격 싸웠다. 정문 경비는 인상을 쓰고 목소리를 낮췄다.

"여기 사유지인 거 모릅니까? 경계부에 철조망과 팻말 못 봤어요?"

"진짜 죄송해요. 사유지인 거 아는데 이쪽에 놀기 좋은 계곡이 있다고 그래서……. 오빠도 사과드려. 오빠가 소문 들은 거잖아."

"죄송."

"아휴, 진상."

오빠 쪽은 눈매가 날카롭다 싶더니 대화에 비협조적이었다. 대신 여동생은 연신 죄송하다고 사과하고 문을 열어 줘서 고맙다고 고개를 꾸벅였다.

틈만 나면 싸우려고 드는 남매의 대화를 종합해서 정리하면 이랬다.

남매는 균열의 날 부모를 잃고 친척 집을 전전하며 살

다 어른이 되어 독립했다. 오빠는 어릴 적부터 양아치 기질이 있어 한 직업을 꾸준히 버티지 못했고 여동생은 일하다가 힘들어서 얼마 전에 일을 그만뒀다.

양아치인 오빠가 사유지에 있는 물 좋은 계곡에 대한 소문을 듣고 친구들과 같이 놀러 가자고 동생을 꼬셨다. 차가 없는 남매는 대중교통으로 산에 왔다가 차 있는 친구가 갑작스러운 사정으로 오지 못한다는 소식을 들었다.

여기까지 온 게 아쉬웠던 남매는 계곡을 찾아 산으로 들어왔다. 그리고 비가 내려 산을 헤매다가 각성 시스템교 본거지를 발견한 것이다.

"진짜 문 열어주셔서 감사해요. 이대로 엄마 아빠 뵙는 줄 알았어요. 이게 다 너 때문이야. 친구는 얼어 죽을 친구! 고기랑 텐트랑 다 가져온다고 하더니 내뺐잖아!"

"너 지금 내 친구 무시하냐?"

"친구가 아니겠지! 대화방에서 서로 허세나 떨고! 그 친구 아마 차 있다는 말도 거짓말일 거야."

"이게 동생이라고 봐주니까."

"쳐! 쳐봐! 치는 날이 너 콩밥 먹는 날이다!"

오빠가 동생의 멱살을 잡았다. 정문 경비는 한숨을 쉬며 둘을 말렸다.

"됐고 택시 불러줄 테니까 나가세요."

"헉, 저희 비 그칠 때까지만 여기 있으면 안 될까요? 인간적으로 이건 아니죠."

"아, 가오 상하는데. 부탁한다."

"비에 젖어서 그런지 저랑 오빠 거 핸드폰도 이상하고 그리고 산 헤맸더니 힘들어 죽을 것 같아요. 좀 도와주시죠? 서로 돕고 살아요."

"씻을 수 있으면 더 좋고."

"염치없이 뭘 씻어. 근데 진짜 씻고 싶다. 아하하."

"이보세요, 지금 상황 파악이 안 되나 본데 여기가 어디라고."

"수상한 곳이에요? 저희 이제 큰일 나요?"

"그게 아니라 여긴 사유집니다. 댁들은 지금 사유지를 함부로 침범한 거예요."

"잘못했어요. 근데 저희 정말 계곡에서 쓰레기 안 버리고 얌전히 놀다 가려고 했거든요. 보세요. 쓰레기 다시 주워 가려고 쓰레기봉투도 챙겨 왔는데."

여동생이 비에 젖은 배낭을 열었다가 울상을 지었다. 모든 짐이 물에 푹 젖어서 멀쩡한 건 라면밖에 없었다.

"사유지는 사유지고, 거 뭐냐. 법 있지 않나? 위기에 처하면 사유지 들어가도 되는 거. 이렇게 큰 건물이면 의무적으로 사람 받아주고 그래야 하는 법 생겼다고 들었는데."

"그건 균열이 발생했거나 몬스터 등장 시 긴급 대피에만 해당합니다. 지금은 해당되지 않아요."

"왜 해당이 안 돼! 위험하잖아!"

여동생이 감정에 호소한다면 오빠라는 인간은 안하무인인 양아치였다. 그렇다고 여동생이 말이 통하냐면 그것도 아니었다.

"저희 수상한 사람 아닌데 진짜 씻겨주시고 재워주시기만 하면 안 될까요? 밥은 라면 가져온 거 있으니까 그거 먹으면 되는데⋯⋯. 너도 그러지 말고 같이 부탁드려 봐."

"사람이 가오가 있지."

"가오가 밥 먹여주는 게 아니잖아."

"여기가 무슨 캠핑장인 줄 알아요? 여긴 엄연히 종교 시설이에요, 종교 시설! 정숙해야 하는 곳이라고요!"

정문 경비가 호통치자 여동생이 눈을 동그랗게 떴다.

"여기 절이에요?"

"절이겠냐? 절로 보이냐?"

"아니, 산에 있으니까."

"아, 꼴통 새끼. 척 보면 모르냐. 시스템교잖아."

"와, 오빠 어떻게 알아?"

"진입 금지 팻말에 써 있던데?"

슬프게도 시스템교에 대한 사회의 인식은 좋지 않았다. 정문 경비는 꼴통은 모르겠고 뇌가 어느 정도 청순한 것 같은 여동생이 시스템교에 대해 욕을 할 거란 예감에 안 좋은 표정을 지었다.

하지만 여동생은 활짝 웃었다. 웃는 것도 모자라 손뼉까지 쳤다.

"시스템교야? 와, 잘됐다! 저도 시스템 신님 믿어요! 시스템 신님 믿는 동지니까 도와주실 거죠?"

정문 경비는 굴하지 않았다. 같은 시스템 신을 믿는다고 해서 교리가 일치하진 않는다.

시스템교는 점조직으로 춘추전국시대를 이루고 있으며 다들 자기가 진짜고 저쪽이 가짜라고 생각했다.

특히 교주에 대한 믿음이 굳건한 각성 시스템교는 그런 인식이 더 강했다.

정문 경비가 헛수작 부리지 말라고 입을 떼려는데 여동생이 수건을 허공에서 없앴다가 다시 꺼냈다.

"보이죠? 방금 보셨죠? 믿으면 복이 오고 나누면 배가 된다! 시스템 신님을 열심히 믿었더니 이렇게 각성해서 헌터가 되었다고요, 에헴!"

시스템교는 전반적으로 각성자를 우대한다. 여동생도 그렇게 생각했는지 인벤토리를 보여준 후 콧대를 높였다.

"허, 헌터님이십니까?"

"얼마 전에 각성했어요! 시스템 신님을 직접 뵐 수 있고……. 아, 젠장."

허리에 손을 얹고 고개를 뒤로 젖히던 여동생이 얼굴을 일그러뜨리고 제 손으로 머리를 쥐어박았다.

"무겁게 배낭 안 메고 여기다 넣으면 되는 건데……."

"푸하하하, 꼴통! 이제 깨달았냐? 이런 띨띨이가 각성했다고 잘난 척할 때부터 알아봤지!"

"왜! 왜 안 알려줬어!"

"내가 말했으면 네가 내 배낭까지 인벤토리에 넣어줬을까? 아니잖아? 크하하. 각성해 봐야 꼴통은 꼴통이지."

"으으, 이 양아치가!"

"치려고? 쳐봐! 헌터가 사람 때리면 가중처벌이다."

"아직 헌터 등록 안 했으니까 괜찮거든!"

남매는 또 유치하게 싸우기 시작했다. 갑자기 방문한 불청객의 정체에 정문 경비는 적잖이 놀랐다. 평범한 헌터야 교주의 위대한 기적에 비하면 아무것도 아니긴 하다. 하지만 어쨌든 헌터 신자는 시스템교에게 특별했다.

각성한 지 얼마 안 된 헌터고 시스템교에 호의적이라면 이참에 전도하는 것도 나쁘지 않았다. 대화를 들은 상부에서도 같은 생각이었는지 새 명령이 하달되었다.

"알아보지 못해 실례했습니다, 헌터님."

"흠흠, 제가 아직 미숙해서 못 알아보실 수도 있죠."

"지랄한다."

"시스템 신의 은총을 받으신 헌터님이라면 기꺼이 묵을 곳을 준비해 드려야죠. 생활관으로 안내하겠습니다. 그곳에서 씻으시고 쉬십시오."

"꼴통도 쓸데가 있어. 가자, 꼴통."

오빠가 배낭 두 개를 정문 경비에게 넘겼다. 하도 태도가 당당해서 정문 경비는 저도 모르게 양손에 배낭을 들고 경비실을 나섰다. 뒤따라오는 여동생이 우산을 받쳐주긴 했지만 걸음이 안 맞아 거추장스럽기만 했다.

'쯧.'

정문 경비는 불쾌한 마음에 속으로 혀를 찼다. 비에 젖어 무거워지는 바지 밑단이며, 다 젖어서 배는 무거워진 배낭이며. 꼭 물귀신이 달라붙은 것처럼 무겁기 그지없었다.

"으허어."

뜨거운 물로 샤워하니 어허 소리가 절로 나왔다. 물줄기가 몸을 때리는 건 동일하지만 빗줄기와 온수는 천지 차이였다. 이보배는 진심으로 흘러나오려는 콧노래를 참았다.

'아냐, 안 참는 게 더 컨셉에 충실해.'

놀러 왔다가 조난당한 건 설정이지만 무거운 배낭을 메고 비 오는데 산을 헤집은 건 진짜다.

이보배는 콧노래를 설설 부르면서 아라크네가 잡아준 설정에 충실했는지 아까의 연기를 점검했다.

'이 정도면 건드려도 뒤탈 없는 만만한 각성자 맞지? 친

척과 연이 끊겼고 직장은 수시로 이직. 주기적으로 연락하는 친구 없고 남매가 계속 이사해서 갑자기 동네에서 사라져도 의심할 사람 없는.'

설정이라고 하지만 이보배 입장에선 진짜 같았다. 만약에 큰오빠와 작은오빠가 죽고 막내 오빠와 그녀만 남았다면 진짜로 그런 인생을 살았을지도 모른다.

감정 이입한 덕분에 연기는 흠잡을 데 없이 훌륭했다. 화르세인지와 티격태격하는 부분에선 오랜만에 옛날 생각이 나기도 했다. 이한생에 한하여 이보배는 원수 같은 돼지 새끼였다.

이한생은 오빠 못 잡아먹고 못 이겨먹어서 안달인 돼지 새끼를 무슨 생각으로 감쌌을까? 이보배는 날이 갈수록 퇴색해 가는 고마움이란 감정에 오랜만에 광을 냈다.

'내 이름은 김보석, 오빠는 김빈의. 남매가 같이 하루 벌어 하루 먹고살다가 동생이 각성한 걸 계기로 놀러 왔다.'

갑작스러운 불청객에서 이용 가치가 있는 인물로 바뀌었으니 질문이 자세해질 것이다. 이보배는 욕실을 나가기 전 마지막으로 설정을 되새겼다. 망나니가 생각보다 연기를 잘해서 걱정을 덜었다.

'하긴. 가출해서 신분 숨기고 놀았댔으니까.'

최소한 자신이 갈아입은 옷에 걸맞은 신분으로 위장할 줄은 안다는 이야기다.

'우리가 고진아 씨보다 연기 잘하는 거 같아.'

이보배는 검성이 들었으면 줬던 패를 뺏어 갈 괘씸한 생각을 하고 시스템교가 준 옷으로 갈아입었다. 속옷은 다행히 비닐에 밀봉한 것이 젖지 않아 본인 걸 입었다.

'개량 한복 비슷하네.'

펑퍼짐해서 입고 활동하기 용이했다. 옷을 주고 간 사람도 같은 옷을 입었으니 신도들의 공식 생활복 같았다.

이보배는 아무렇지 않은 척 내부를 훑어보았다. 생활관이라더니 1인용 방은 물론이고 욕실까지 딸렸다. 모든 신도가 이런 방을 쓸 순 없으니 교단에서 지위가 높은 사람용일 것이다. 창문은 컸지만 쇠창살이 달려 있어 탈출과 외부 진입을 막았다.

수건 위에 올려둔 배낭도 열어보니 뒤진 흔적이 있었지만 이보배는 눈치채지 못한 척 뒤집어 내용물을 쏟았다. 어차피 신분을 확인할 만한 물건은 넣지 않아서 괜찮았다.

이보배는 옷과 마찬가지로 시스템교가 준 슬리퍼를 신고 문을 벌컥 열었다. 밖에서 대기하고 있던 사람이 깜짝 놀라거나 말거나 옆방으로 가 무작정 문을 두드렸다. 이한생이 들어간 방이었다.

"야, 김붕! 다 씻었냐?"

"꼴통이 머리도 다 안 말리고 왜 지랄인데."

"라면 먹자, 배고파."

이보배는 배낭에서 꺼낸 라면을 흔들고 안절부절못하는 시스템교 사람에게 말했다.

"방 빌려주셔서 정말 감사한데요, 방에 조리 기구가 없어서요. 부엌이랑 냄비만 빌려주시면 깨끗하게 먹고 치울게요. 네?"

"밥도 빌려달라고 해. 갚는다고."

"남은 찬밥 없으세요?"

잠시 당황했던 시스템교 교인이 곧 평정을 되찾았다. 교인이 온화하게 말했다.

"식사 대접이야 어렵지 않습니다. 산을 헤매느라 시장하셔서 따뜻한 식사가 고프셨군요. 절 따라와 주세요. 따뜻한 음식을 드리겠습니다."

이보배가 안내받은 방은 생활관이라고 적힌 건물의 4층이었고 식당은 지하에 있었다. 이보배는 계단을 내려가면서 층마다 철문이 잠겨 있는 걸 확인했다. 이한생은 휘파람을 불며 건들건들 걸었다.

"건물 좋네. 역시 종교 장사는 돈이 된다니까."

"오빠는 그렇게 돈 좋아하면서 왜 돈을 못 벌어?"

"이제 네가 잘 벌 거잖아. 너는 벌고 나는 쓰고. 균형 잡힌 남매 아니냐?"

"내 돈을 왜 네가 써?"

"건방진 게. 나 없으면 방도 못 구했을 게."

"근데 건물 진짜 좋네요. 우리 지하 셋방보다 좋아. 이런 데서 살고 싶다."

이보배는 대놓고 건물을 둘러보고 창밖도 살펴봤다. 비 때문에 경관은 안 좋지만 건물 수와 위치는 대충 파악 가능했다. 이한생이 그런 이보배의 머리를 거칠게 쓰다듬으며 같이 눈동자를 굴렸다.

"살아. 너도 시스템 신 믿잖아. 믿으면 살게 해주는 거 아니야?"

"에이, 그런 게 어딨어. 진짜 그런가?"

이보배는 교인을 보면서 눈을 반짝였다.

"저 시스템 신님 진짜 믿어요. 믿으니까 각성한 거죠. 안 그래요?"

"그러시군요. 신의 은총을 받으셨다니 신앙생활을 정성 들여 하셨나 봐요."

"남는 방 있으면 하나만 어떻게……. 에이, 농담이에요, 농담."

식당에 도착할 때까지 교인은 어색한 미소만 머금었다. 이보배나 이한생이 말을 걸 때마다 '그러시군요'로 끝내고 허허 웃었다.

식당은 패키지 관광객도 수용할 수 있을 만큼 규모가 컸다. 미리 연락받았는지 음식이 차려진 상태였다. 이보배는 사양하지 않고 자리에 앉았다.

"다른 사람은 없네요?"

"식사 시간이 끝났으니까요."

이씨 남매는 아침 일찍 집을 나선 이귀한과 이해기를 배웅한 후 출발했다. 이동하고 어영부영 산을 헤매니 점심시간을 지나 오후 4시가 가까웠다.

"아휴, 우리 때문에 또 차려주셨구나. 안 그러셔도 되는데."

"아닛!"

망나니가 굵고 짧게 소리 질렀다. 이보배와 교인이 깜짝 놀라 고개를 돌렸다.

"뭐야, 왜?"

"무슨 일이세요?"

"이건 뭐 풀밖에 없어. 여기가 초원이야? 우린 기니피그고?"

반찬 투정 참 박진감 넘치게 했다. 이보배는 손에 쥔 젓가락을 던지고 싶은 얄미움에 부들부들 떨다가 연기임을 깨닫고 진정했다. 이보배는 막내 오빠가 깔아준 반찬 투정 흐름에 편승했다.

"진짜 풀밖에 없긴 하다. 주방 써도 될까요? 라면이라도 끓이면 좋겠는데."

"죄송합니다. 오늘 중요한 집회가 있어서 보름 동안 육식은 금하고 있습니다. 육류의 조리도 마찬가지라 주방을 빌려 드릴 수가 없습니다."

"시발, 이럴 거면 밥 준단 얘길 하지 말든가."

망나니가 의자를 끌며 자리에서 일어섰다. 연기인 걸 알지만 정말 얄미웠다.

"공짜 밥에 뭐 그렇게 따지는 게 많아. 그냥 주는 대로 처먹어 좀. 중요한 거 있다잖아. 저도 시스템 신님 믿거든요. 중요한 거면 이해해요."

"어떻게 계란도 없어."

화르세인지가 투덜거리면서 꾸역꾸역 밥을 먹었다. 거하게 반찬 투정한 사람치곤 잘 먹었다. 점심도 못 먹고 산을 올랐으니 배가 고팠을 것이다. 같은 처지인 이보배도 배가 많이 고팠다.

이보배는 이한생에게 반찬 뺏길세라 열심히 먹었다. 풀밖에 없다고 투정 부려놓고 이씨 남매는 기니피그처럼 부지런히 입안에 저장했다.

이보배와 이한생이 식사를 다 마치자 교인은 생활관이 아닌 본관의 다른 곳으로 둘을 안내했다.

이번에 안내받은 곳은 응접실로 보였다. 고급스러운 소파와 탁자가 있고 벽에는 큰 그림이 걸려 있었다. 이보배는 문을 열자 정면에서 보이는 그림을 보고 눈을 연신 깜빡였다.

'저 그림은.'

종교화는 나름의 양식이 있다. 한국인인 이보배에게 익숙한 건 절이나 교과서에서 본 탱화나 기독교 쪽 종교화였다. 매체에서 종종 등장하기 때문에 무속화도 꽤 익숙하다.

그런 의미에서 벽에 걸린 각성 시스템교의 종교화는 익숙하면서 새로웠다.

'게임 일러스트 느낌이다.'

이귀한이 좋아하는 프! 프! 프!는 게임보단 애니메이션이 생각나는 그림체였다. 이보배 보기엔 이쪽이 더 게임 일러스트 화풍 같았다.

그런 일러스트가 벽 절반을 차지했다. 시스템 신을 의미하는 푸른빛의 반투명한 상태창에 각종 장비를 갖춘 사람들이 무릎을 꿇어 찬양하는 내용이었다.

"그림이 마음에 드십니까?"

남매보다 앞서 응접실에 있던 사람이 질문했다.

"신의 은혜를 받은 사도 외의 비각성자들도 알아보기 쉽도록 그린 그림입니다. 애석하게도 화가 또한 은총 받은 사도가 아니라 완벽하게 신의 은혜를 묘사하진 못했습니다. 직접 느끼셨으니 아시겠지만 신의 은혜는 이보다 더 아름답지 않습니까."

질문을 한 건 다른 교인들과 다르게 정장을 입은 남자였다. 나이는 최소 20대 후반을 넘은 듯했다. 이보배는 남자가 각성자일 거라고 추정했다. 근거는 말투다.

"새로 나온 게임 홍보 포스터 같은데."

이한생이 팔짱을 끼고 그림을 비웃었다. 남자는 도발을 웃어넘겼다.

"하하, 제대로 보셨습니다. 자비로우신 신께서 어리석은 우리가 쉽게 받아들일 수 있도록 게임 시스템창의 형태를 취하셨죠. 그 뜻에 따라서 일부러 그런 화풍을 지닌 화가에게 의뢰했습니다."

"X망겜⋯⋯."

화르세인지가 이귀한이 자주 외쳐 익숙한 단어를 중얼거렸다. 이보배는 인생 온라인이 희대의 망겜이라는 데 동의했지만 일단 이한생을 제지했다.

"넌 무슨 말을 그렇게 하니! 죄송해요. 오빠가 비각성자라 뭘 몰라요. 저는 딱 보고 감동이 느껴지던데요. 와, 시스템 신님 너무 멋있다!"

이보배는 두 손을 싹싹 비벼 그림을 칭찬한 후 돌직구를 날렸다.

"그런데 누구세요? 높으신 분이세요? 이 갈색 옷 구려서 안 입으신 거죠? 편해서 좋긴 한데 색은 좀 아닌 거 같아요. 아니, 옷은 구운 고기 색인데 반찬엔 고기가 없으면 어쩌나. 아이참, 제가 하고 싶은 말은 그게 아니고 여기 엄청 돈 많은 거 같아요. 건물도 멋있고 그림도 멋있고 소파도 멋있고 와, 탁자도 멋있어. 이런 거 비싸겠지?"

"너 팔아도 못 사지."

"이젠 아니거든! 가격이 수직 상승했거든!"

이보배는 양지에서 법을 지키며 살아서 연금술사의 매매가를 모른다. 일단 소파와 탁자는 사고도 남을 것이다.

"하핫, 신의 뜻을 수행하는 사도에게 값을 매기다니요. 있을 수 없는 일입니다. 제 이름은 한완용입니다. 각성 시스템교에서 사무장직을 맡고 있는데 편하게 한 실장이라고도 불립니다."

"저는 김보석이고 얘는 김빈의예요."

"꼴통이 각성했다고 뵈는 게 없어. 오빠한테 얘가 뭐냐."

"오빠 노릇을 해야 오빠라고 해주지! 나보다 잘난 건 하나도 없으면서! 나이 두 살 더 먹은 거 말고 네가 나보다 잘난 게 뭐 있냐?"

"이게 하나 있는 동생이라고 오냐오냐 봐줬더니 주제를 모르고 까불어."

망나니가 이보배의 멱살을 잡았다. 이번엔 이보배도 같이 잡았다. 한완용은 갑자기 다투는 남매를 보고도 당황하지 않았다.

"우애가 깊으시니 보기 좋습니다. 커피 괜찮으십니까?"

"난 에스프레소 아니면 안 마십니다."

"와, 커피도 주세요? 이 집 서비스 좋네. 역시 돈이 많으니까 이것저것 퍼 주는구나. 좋다, 시스템교."

허세로 에스프레소를 찾은 화르세인지에겐 안타깝게도 응접실엔 캡슐 머신이 비치되어 있었다. 이한생이 소태 씹은 표정으로 진한 에스프레소를 받았다. 이보배는 아메리카노를 감사히 받았다.

"김보석 씨와 김빈의 씨. 만나 뵙게 되어 반갑습니다. 듣자 하니 산에서 길을 잃고 헤매시다가 저희 건물을 발견하셨다고요."

"네, 비 맞아서 그런지 핸드폰도 먹통 되고. 여기 발견 못 했으면 진짜 비 맞다 죽었을 거예요."

"그러니까 계곡 끼고 내려가자고 했잖아."

"물 엄청 불었는데 무서워서 어떻게 거기로 가."

"이 산이 외부인 출입 금지인 사유지인 건 알고 계셨습니까?"

이보배는 이한생의 옆구리를 쳤다. 이한생이 오만상을 찌푸리며 입을 열었다.

"아니, 친구가, 꽤 괜찮은 놈인데 자기 어릴 때 몰래 들어가서 놀던 계곡이 있다는 겁니다. 그때도 사유지라 출입 금지였다는데 산이 커서 몰래 들어가면 모른다고 해서 와봤지. 얘가 일 그만두고 놀러 가자고 하도 졸라서 왔더니 시발. 하늘엔 구멍 뚫리고 계곡이 한강 되데."

"죄송요."

"미안하게 됐수다. 근데 댁이 손해 본 건 없잖습까? 얘

가 일단은 헌터인데 시스템교는 헌터 좋아하잖아. 봐주면
안 될까?"

"맞아요, 저 시스템 신님 믿어요. 열심히 믿어서 각성한
거예요."

"바른 신앙을 품은 형제님이셨군요. 혹 다니시는 곳이
나 가입하신 곳이 있으십니까?"

"아뇨, 없는데요. 그냥 저 혼자 믿었죠. 시스템 신님 열
심히 믿을 테니까 제발 로또, 아니지, 각성시켜 주세요. 매
일 상태창을 보고 절하겠습니다, 이렇게 빌었더니 각성이!
와, 진짜 대박!"

이보배는 엉덩이를 들썩거리며 흥분한 척하다가 인벤토
리에서 F급 회복 포션을 꺼냈다. 이걸 위해 미리 제작해
둔 포션이었다.

"포션! 이게 갑자기 만들어지더라니까요! 하나 만들고
기절했지만."

"그래서 놀러 온 거잖아. 네가 하도 징징거려서."

"산 좋고 물 좋은 데서 놀면 정신력이랑 마력이 팍팍 찰
거란 느낌이 빡 왔거든. 오빠 각성 안 해서 모르지?"

"연금술사로 각성하셨군요. 축하드립니다."

"네, 직업 칸에 연금술사래요. 아, 진짜. 이제 하루 벌어
하루 먹는 생활 청산이다 싶어서 놀러 왔다가 이런 물벼
락을 맞아서 신세 지게 되었습니다. 죄송해요."

"죄송하긴 뭘 죄송해."

화르세인지가 뻔뻔하게 소파에 등을 기대고 응접실을 둘러보는 시늉을 했다.

"시스템교잖아. 헌터한테 돈 주는 곳도 있다는데 여긴 그런 거 안 합니까?"

"그런 소문 들었는데 여기도 주나요?"

이보배가 기대에 찬 눈으로 한완용을 보았다. 한완용의 표정은 이번에도 바뀌지 않았지만 이보배가 보기엔 눈이 살짝 빛난 것 같았다.

"신의 가호를 받아 성스러운 정화를 행하는 사도들에게 소정의 생활비를 지급해 드릴 뿐입니다."

"정화?"

익숙한 단어에 이한생의 연기에 금이 갔다. 다행히 한완용은 몰라서 물어본다고 생각했는지 자세히 설명했다.

"몬스터와 균열을 없애는 헌터, 뒷받침하는 생산계와 보조계 모두 세상을 정화하는 신의 사도입니다."

"난 또 더러운 거 정화한다고."

"하하, 독 종류라면 여기 계신 김보석 씨와 같은 연금술사들이 활약합니다. 몬스터는 하등 도움 되지 않는 이계의 침입자니 배제가 곧 정화 아니겠습니까."

"오빠."

"우엑, 왜?"

"배제가 뭐야?"

"그것도 모르냐?"

"그래서 뭔데."

"시발, 모르면 사전 찾아봐. 넌 손이 없냐 발이 없냐."

"찾아보고 싶은데 핸드폰이 죽었잖아."

"배제란 물리쳐서 제외한다는 뜻입니다. 한자로는……."

"문자 쓰지 말고. 그래서 이 꼴통한텐 얼마나 주실 겁니까?"

이한생이 이보배의 머리를 퍽퍽 쳤다. 이보배는 진저리 치면서 거친 손길에서 벗어났다.

"너 진짜 나 헌턴데 막 때리고. 죽었어, 진짜. 근데 돈 진짜 주시는 거예요?"

"그것은……."

"주시면 안 돼요? 월세 낼 돈 다 써서 완전 망했는데. 이번에도 월세 밀리면 방 뺐랬거든요. 그 방 진짜 구려요. 여기 생활관 방보다 구려요. 진짜 교통만 좋으면 여기서 살고 싶다."

"저희가 사도분들의 생활을 지원해 드리고 있지만 재정에 한계가 있어 모든 사도를 지원해 드릴 수는 없습니다. 결국 올바른 신앙을 품은 분계만 약소한 혜택을 드리는데……."

"저 시스템 신님 믿는다니까요. 완전 믿음요, 대박 믿음요."

"하면 저희 각성 시스템교에 입교하시겠습니까?"

이보배는 바로 예스를 외치려고 했다. 예스를 외치려는 이보배의 입을 이한생이 거칠게 틀어막았다.

"입교하면 생활비 얼마씩 나옵니까?"

"등급에 따라 다르지만 월 300씩 제공해 드리고 있습니다."

"애가 만든 물약 그거, 내야 하고?"

"사도분들의 지원과 봉사는 자발적 참여를 원칙으로 하고 있습니다. 교에 기부하신다면 기쁜 마음으로 받겠습니다."

"됐네. 여기다, 여기야. 돼지야, 여기가 우리가 묻힐 자리다."

이보배는 입을 틀어막은 손을 물었다. 이한생이 과장되게 비명을 지르며 손을 회수했다.

"왜 네 맘대로 정해? 난 아직 하겠다고 안 했거든."

누가 보아도 예스를 외치려 해놓고 갑자기 말을 바꾸는 이보배 때문에 화르세인지가 헛웃음을 뱉었다. 한완용은 여전히 미소를 잃지 않았다.

"아, 꼴통 누구 닮았냐."

"엄마."

"돼지야. 네가 각성하고 놀러 가고 싶다고 용쓴 게 여기에 가입하라는 신의 인도 아니었겠냐. 놀고먹어도 월 삼백을 준대. 이런 꿀이 어딨어."

"너무 꿀이면 수상하니까 믿지 말라고 했잖아."

"그건 네가 각성을 안 했을 때 얘기고. 헌터 됐는데 뭔일 있겠냐. 이 빌어먹을 세상 헌터가 왕이지."

"김빈의 씨, 동생이지만 김보석 씨의 의사를 중시하셔야합니다. 저희 각성 시스템교는 억지 포교는 절대 하지 않습니다. 각지에 퍼져 있는 시스템교 신앙을 한데 모아 불미스러운 사고와 사이비를 막고 진실한 교리와 신앙을 알리는 게 목적입니다. 일단 입교에 관심을 가지셨다면 오늘밤에 있는 집회를 보신 후 결정하는 건 어떠십니까?"

"식탁을 초원으로 만든 원인?"

"집회요? 저 설교 같은 거 들으면 자는데."

"늦은 밤에 열리는 집회라 피곤하실지 모르지만 아주인상적이실 겁니다. 잠이 확 깨실지도 모르죠."

이보배는 입안의 살을 깨물고 필사적으로 머리를 굴렸다. 아라크네가 정해준 컨셉에 따라 충실히 연기했고 이보배 스스로도 만족한다. 걱정했던 화르세인지도 얼마나 감쪽같은지 양아치가 연기하고 있나 의심스러울 정도다.

문제는 정해지지 않은 기간이었다. 이보배는 이 연기를 언제까지 해야 하는지 몰라 답답했다.

'집회에도 참가해야 하나?'

이보배가 치열하게 갈등하는데 한완용이 갑자기 자리에서 일어났다.

'들켰나?'

머리 굴리는 게 티 났나 싶어 이보배는 바짝 긴장했다. 다행히 한완용은 책장으로 다가가 책을 뽑았다. 그가 이보배에게 뽑은 책을 권했다.

"각성 시스템교의 경전입니다. 집회가 있기 전까지 읽어 보시는 건 어떻습니까. 생활관엔 다른 사도분들도 계십니다. 함께 담소를 나누는 것도 나쁘지 않을 겁니다."

한완용이 손짓하자 문이 열리고 사람이 들어왔다. 갈색 옷을 입은 평신도였다. 이보배는 경전을 챙기고 일어섰다. 이한생은 계속 채식 식단으로 툴툴거리더니 식은 에스프레소를 원샷했다.

"에퉤퉤."

"진상이야, 진짜."

이보배는 체키빙 공자를 책망하며 밖으로 나갔다.

김씨 남매를 연기하는 이씨 남매가 떠난 응접실. 혼자 남아 남매와의 대화를 반추한 한완용의 얼굴에서 미소가 사라졌다.

"재활용도 못 할 쓰레기들이군. 그래도 연금술사는 없는 것보단 나은데."

오빠는 그린 듯한 양아치고 동생도 별반 다를 것 없는 밑바닥 인생이다. 각성해서 인생 역전을 꿈꾸는 듯했으나 F급 포션 하나 만들고 일주일 동안 능력치 채우는 걸 봐선 성장해도 크게 다를 바 없어 보였다.

"기껏해야 밑바닥 인생에서 밑바닥 헌터 인생이 되는 거지."

그렇다고 방심해선 안 된다. 한완용은 재활용 가능한 유용한 자원에게 연락했다. 무선 통신 방해전파를 쓰기 때문에 연락 방식은 유선 전화였다.

"갑자기 전화드려 죄송합니다. 새로 입교 의향 밝히신 사도님이 계신데 요즘 관리국에서 이쪽을 주시하고 있다는 정보를 얻어서요. 사도님을 의심하긴 싫지만 교단을 위해 〈관찰〉해 주시면 안 되겠습니까? 시도만 하셔서 결과를 알려주시면 됩니다. 네, 네 감사합니다. 시스템의 가호가 있기를."

남매의 재활용 여부는 연락을 받은 후 결정하면 된다. 한완용은 창문을 열었다. 비는 쉬지 않고 강하게 퍼부었다. 한완용은 시스템과 하늘을 동시에 올려다보았다. 반투명한 시스템창이 하늘을 비춰 새카만 색으로 보였다.

"저딴 쓰레기가 각성하는 걸 보면 신은 없는 게 확실하군."

한완용의 조소가 빗소리에 묻혔다.

"안녕하세요, 입교 상담받았다는 각성자는 어느 쪽? 이쪽? 아니면 여기?"

"설명 귓등으로 들었나, 여자라고 했잖아."

"그럼 이쪽이네. 만나서 반가워요. 여기 있는 사람들 다 각성자니까 선배라고 편히 불러요."

"댁이 하는 게 뭐가 있다고 선배 대접 받으려고 그래?"

"그러는 그쪽도 나랑 다를 거 없으면서 왜?"

"매일 얼굴 보는 사이에 너무 그러지 마십시다."

응접실을 나온 이보배와 이한생은 휴게실을 안내받았다. 말이 휴게실이지, 들어가니 컴퓨터 몇 대와 TV, 만화책과 잡지 등이 널려 있어 오락실로 보였다.

휴게실에 있던 인물들이 이보배에게 나름의 호의를 보이며 인사했다. 남자 둘에 여자 하나로 그들이 한 말을 그대로 믿는다면 모두 각성자였다.

"안녕하세요, 김보석이에요. 이쪽은 제 오빠 김빈의고요."

"난 각성자 아님다. 오, 컴퓨터가 있네. 인터넷 되나?"

이한생이 껄렁하게 자기소개를 마친 후 각성자에겐 관심 없다는 듯 컴퓨터 쪽으로 다가갔다. 홍일점인 각성자와 신경전을 벌이던 키 작은 남자가 저지했다.

"잠깐, 여긴 사도 전용 휴게실이다. 일반 신도는 사용 금지야."

"내 동생이 헌턴데?"

"쓰게 해줘. 어차피 컴퓨터도 남잖아. 인터넷 되니까 써요. 우리가 다 여기 모여 있는 이유도 유선 인터넷 되는 데가 여기 밖에 없어서거든."

"교단에서 전자 기기가 영혼을 타락시킨다고 통신사에서 설치한 중개기를 모두 회수했다나 봐요. 그래서 유선 말곤 인터넷이 질 안 돼요."

싸우는 둘을 말렸던 인상 좋은 남자가 친절히 설명했다. 가장 먼저 이보배에게 인사한 건 홍일점 헌터였지만 자기소개는 인상 좋은 남자가 도맡았다.

"저는 판주식이고 보조계 각성자입니다. 이 신사분은 제창운 씨고 전투계 각성자예요."

"그걸 맘대로 말하면 어떡해?"

키 작은 남자 제창운이 못마땅한 듯 투덜거렸다. 판주식이 고개 숙이고 사과했다.

"난 말해도 돼요."

"이 숙녀분은 아테나라고 전투계 각성자세요."

"아테나요?"

갑자기 튀어나온 그리스 로마 신화 속 여신의 이름에 이보배가 반문했다. 아테나가 팔짱을 끼고 당당하게 말했다.

"시스템교에 입교한 기념으로 지은 이름이지. 불교엔 법명 있고 천주교엔 세례명 있잖아. 전쟁의 여신처럼 전장을 휩쓰는 헌터가 되겠다는 다짐으로 지었어. 괜찮지?"

"와, 멋있다."

이보배는 깊이 생각하기 전에 칭찬부터 한 다음 아테나를 살폈다. 다시 보니 제창운이 키가 작은 게 아니라 아테나의 키가 큰 거였다.

아테나는 키가 훤칠하고 몸매가 좋았다. 얼굴도 이목구비가 또렷한 미인이라 옅은 화장을 했을 뿐인데도 진하게 화장한 것처럼 인상이 화려했다. 펑퍼짐한 갈색 신도복이 마음에 들지 않았는지 몸에 달라붙는 트레이닝복을 입어 혼자 튀었다.

'설마 이 사람이 조력자인가?'

아라크네와 아테나. 둘 다 그리스 로마 신화에서 가져온 이름이다. 혼자 대놓고 가명을 쓰는 것도 눈에 띄었다. 키 크고 몸매 좋은 화려한 미인 하면 자연스럽게 떠오르는 사람이 있었다.

'아라크네 본인은 아니겠지?'

이보배는 아라크네에 대한 기억을 떠올려 아테나와 접점을 찾아보려 노력했다. 물론 헛수고였다. 빨간 치파오만 이보배의 머릿속에서 요염하게 펄럭였다.

"왜 그렇게 봐?"

이보배가 자신을 계속 보자 아테나가 인상을 찡그렸다. 이보배는 이번에도 깊이 생각하지 않고 칭찬부터 날렸다.

"예뻐서요."

"좋겠네, 헌터님. 이 꼴통 눈만 높아서 아무한테나 그런 말 안 하는데."

컴퓨터를 쓰게 해준 보답으로 화르세인지가 칭찬에 설탕을 쳤다. 아테나가 피식 웃었다.

"사이비 교단에 가입하겠다고 핸드폰 안 터지는 산에 오른 것치곤 보는 눈이 있네."

"그 사이비 교단에 빌붙은 댁이 할 말이야?"

"똑같은 기생충이면서 왜 나한테만 뭐래? 내 옆에 있으면 키 작아 보이니까 성질 내는 거 티 나."

아테나가 제창운의 시비에 구시렁거리면서 오디오를 틀었다. 오디오에서 각성자 아이돌 그룹의 최신곡이 흘러나왔다. 소리가 너무 커 이보배는 귀를 막았다.

"소리가 너무 커요. 줄여주시면 안 될까요?"

"여기서 돈 받는 처지에 이런 말 하면 좀 그렇지만 도청 위험이 있어서 그래."

"쯧, 그건 뭐."

"너무 의심이 과하신 것 같습니다."

아테나의 말이라면 사사건건 반발하는 제창운이 동조하고 판주식이 부정적으로 반응했다.

이보배는 시끄러운 음악 소리에 섞인 각성자들의 대화를 하나라도 놓칠세라 열심히 들었다.

먼저 아테나가 말했다.

"입교하려는 거면 추천. 돈 선불로 주고 균열 진입하라고 재촉하지도 않아. 사람이랑 싸우라는 말도 없고 한 일주일 둘러봤는데 조용하고 얌전하니 괜찮더라고. 뭐, 처음 몇 달만 잘해주고 그 뒤부터 말 바꿀 수도 있지만 그러면 튀어버리면 그만이지. 일단은 호구야."

다음으로 제창운이 나섰다.

"난 여기 무계획적인 사람과 달라. 다 알아보고 찾아왔지. 시스템교 믿는 사람들은 대부분 헌터를 좋아하거든. 그래서 교에서도 헌터 신도를 영입하기 위해 경쟁이 치열한데 투자가 많은 만큼 바라는 것도 많아. 그런 부분에서 각성 시스템교는 기껏해야 스킬 시연 정도로 귀찮은 일이 끝나. 단체 생활이 싫어 나간 헌터들 얘기를 들어보면 성장 지원도 섭섭하지 않게 해준다더군. 돈만 받고 잠수 탄 사람도 꽤 있다는 모양인데 그래도 계속 선불로 지급하는 건 재정적으로 탄탄하다는 얘기지. 돈 급하면 신세 져서 나쁠 거 없어."

"말은 그럴듯하게 하지만 결국 날로 돈 받으려고 여기까지 왔다는 거잖아."

"그래. 놀고먹으러 왔는데 댁이 하루 먼저 입교한 선배랍시고 거들먹거리는 거 보고 기분 잡쳤다. 됐어?"

제창운과 아테나가 다투는 소리는 거리가 있는 이보배의 귀엔 들리지 않았다. 마지막으로 판주식이 말했다.

"저도 이런 말 크게 하기 부끄러운데 돈 보고 왔습니다. 입교한 지는 얼마 안 되었어요. 사흘 전에 입교했거든요. 아직은 만족하고 있습니다. 산속이라 공기도 좋고 새소리도 듣기 좋아요. 다들 친절하시고 눈은 마음의 창이라잖아요. 눈이 맑으시더라고요. 진지하게 믿어볼까 싶어서 오늘 있다는 집회도 기대하고 있습니다. 일단 저는 추천해 드립니다."

세 명의 이야기를 모두 들은 이보배는 정보를 종합했다. 노랫소리가 시끄러워 방해되었지만 쓸 만한 정보가 적어 금방 끝냈다.

아테나와 제창운은 돈 때문에 입교했다. 판주식은 돈을 노리긴 했지만 종교 자체에도 관심이 있다. 다들 입교 자체는 추천했으나 장기적으로 각성 시스템교를 지켜본 사람은 없었다.

'다들 입교한 지 얼마 안 되었잖아.'

아테나가 약 일주일 전에 입교했는데 제창운은 그보다 하루 늦는단다. 입교한 지 사흘 되었다는 판주식은 거론할 가치도 없었다.

"그 집회에선 뭘 하는데요?"

"잘 모르겠는데 굉장한 걸 보여준대."

"말로 설명하면 모르니까 직접 봐야 한다던데."

"교주께서 기적을 선보이신다는데 자세히 알려주는 분

은 안 계셨습니다."

"그렇구나. 오늘인 거죠?"

입교 시기가 짧아 집회를 본 사람이 없기에 얻을 수 있는 정보는 없었다. 셋도 들은 게 많은지 집회에 대한 각자의 예상을 밝혔다.

"보통 이런 사이비 교단에선 기적이랍시고 사람 치료하잖아. 포션 가지고 장난치는 거 아냐?"

"요즘 시대가 어느 땐데 포션 장난질에 속겠냐? 제대로 믿기로 한 헌터들은 다 집회 보고 마음 정했다고 말했어. 뭔가 있긴 있겠지. 한 달에 한 번뿐이라 돈 받고 잠수 타는 사람들 사라지는 시기랑 비슷하다고 농담하던데 댁도 이번에 사라지는 거 아냐?"

"걱정 마. 구백은 땡겨 갈 거니까."

"히말라야까지 가서 수행하셨던 분이라고 하니 기적도 궁금하지만 어떤 좋은 말씀을 해주실까도 기대됩니다."

"더 들으신 건 없어요?"

"집회가 그렇게 궁금해? 어차피 오늘이니까 조금만 기다리면 될 텐데."

"혹 모르지. 정체를 숨긴 기자나 라이벌 시스템교 신자일지."

"그러니까 두 분 너무 의심이 많으신 것 아니십니까? 평소엔 서로 헐뜯기 바쁘시면서 이런 데에만 동의하시는 거 보기 안 좋습니다."

"아뇨, 그런 게 아니라."

이보배는 난처해 어떻게 둘러댈지 고민했다. 다행히 그녀는 혼자가 아니었다. 대체 컴퓨터로 뭘 하려는 건지 내내 키보드와 마우스를 만지작거리던 망나니가 말했다.

"밥 순다더니 식탁에 풀밖에 없는데 안 궁금하게 생겼어? 라면도 못 끓이게 하고."

화르세인지가 비아냥거렸다.

"뭐 얼마나 대단한 걸 하길래 이 난리를 치냐 이거지."

"맞아요. 보름이나 육식을 금하다니 한 달의 절반이잖아요. 여러분은 그걸로 괜찮아요?"

한국인에게 밥은 중요한 요소다. 셋은 이보배의 변명에 납득했다.

"저는 괜찮습니다."

판주식은 별 불만이 없다고 대답했으나 아테나와 제창운은 달랐다. 그들은 격렬하게 반응했다.

"당연히!"

"괜찮지 않아!"

"근데 어떻게 버티시려고요?"

"사도용 식당은 따로 있어. 거기는 집회 당일을 제외하면 고기반찬 나와."

"대신 집회 당일 저녁은 금식이래. 아까 너네는 사도용 식당이 비어서 일반 신도용 식당에 가서 그럴 거야."

'어차피 사이비면서 금식까지 시켜?'

이보배는 속으로 가지가지 한다고 생각했다. 그럴싸한 디테일이 신자의 충성도를 높이는 비결일지도 모른다.

"앗, 저녁 안 줘요?"

"푸성귀만 뜯어도 괜찮으면 일반 식당에서 먹으면 돼. 물론 난 미리 준비를 해놨지."

"놀고먹으려고 여기에 왔는데 굶을 순 없어."

제창운과 아테나가 인벤토리에서 각자가 챙긴 비상식을 꺼냈다. 제창운은 사흘 전 반찬으로 나온 제육볶음을, 아테나는 닭가슴살 소시지를 꺼냈다.

닭가슴살 소시지는 여분이 많은지 아테나가 이보배와 이한생에게 한 개씩 나눠 줬다.

"이거 줄게. 몸매 관리용으로 잔뜩 샀는데 각성하는 바람에 필요 없어졌거든."

"이분들이……. 이러시면 금식하는 의미가 없어집니다."

"난 왜 안 줘?"

"댁은 나 줄 거 챙겼어? 혼자 제육볶음 맛있게 먹어. 다른 사람들은 소시지 잔뜩 있으니까 더 필요하면 말해."

"김보석 씨와 김빈의 씨는 정식 입교 전이니 괜찮지만 두 분은 자제하셔야 합니다. 진짜 드실 건 아니죠?"

"각성자는 신의 은총을 받은 사도라고 떠받들면서 일반

신자들처럼 몸을 정화해야 한다는 게 비논리적 아닙니까? 판주식 씨는 그렇게 생각 안 해요?"

"이건 애 말이 맞죠. 아까 뭐랬지? 집회 시즌에 선불 받은 사람들 튀댔나? 굶어서 배고픈데 12시에 집회 시작한다니까 어이없어서 튀었나 보네."

"으앗, 시끄러워. 깜짝이야."

난데없이 휴게실 문이 열렸다. 음악 소리에 묻혀 다른 사람의 접근을 알아채지 못한 각성자들이 제육볶음과 소시지를 숨겼다. 이씨 남매는 절반 남은 소시지를 볼이 터져라 욱여넣었다.

갑자기 등장한 사람은 갈색 신도복을 걸친 청년이었다. 자세가 구부정해 큰 키가 아까웠다. 게다가 앞머리가 덥수룩해 얼굴 절반을 가려 얼굴도 잘 보이지 않았다.

청년의 등장에 아테나가 음악 소리를 줄였다. 청년이 구부정한 목을 더 구부정하게 숙였다.

"다들 여기 계셨군요. 아, 이쪽이 새로 오신 분. 안녕하세요, 반갑습니다. 김율입니다."

이보배는 앞서와 마찬가지로 자신과 이한생을 소개했다. 김율은 거북목을 주억거리고는 입을 다물었다. 예의 바른 인사 후 대화가 끊긴 건 처음이라 이보배는 당황했다.

"웬일로 휴게실에 왔어요?"

"저, 부탁받은 게 있어서……."

"예비 입교자에게 장점 말해주라는 거? 하란다고 진짜 오는 사람이 여기 있네."

김율은 평소 휴게실에 드나들지 않는 듯했다. 김율이 거북목을 굽실거리며 소파를 권했다.

"잘됐습니다, 김보석 씨. 김율 씨는 여기 지내시는 각성자 중 가장 먼저 입교한 분이세요. 신앙도 투철한 분이니 궁금한 게 있으면 다 여쭤보시면 됩니다."

셋은 김율에게 이보배를 넘기고는 각자 하던 일로 돌아갔다. 아테나와 제창운은 컴퓨터 앞에 앉았고 판주식은 경전을 읽었다.

역으로 이한생은 컴퓨터 앞을 떠나 이보배 옆에 앉았다.

김율이 불쑥 말했다.

"눈이 맑으시네요. 분명 맑고 깨끗한 영의 소유자시겠죠."

"아하하."

앞머리 커튼이 길어 몰랐는데 김율은 내내 이보배를 직시하고 있었던 모양이다. 목소리는 의외로 부드럽고 낮아서 듣기 좋았지만 이어지는 내용이 감상을 망쳤다.

"각성 시스템교는 시스템 신의 이름만 빌린 시중의 가짜 시스템교와 다릅니다. 위대한 영적 인도자 마나슬루 님께선 마음 수련을 위해 히말라야 등정을 하시던 중 균열의 날을 맞이하셨습니다."

'그래, 왜 없나 했다.'

교단이 이 정도로 규모를 키웠다면 그만큼 열성 신도가 많다는 얘기다. 신자 중 각성자도 많다고 했으니 열성 각성자 신도를 한 명은 만날 거라고 각오하긴 했다. 다만 진짜로 만나서 얘기를 들으니 부담스러웠다.

"균열의 날 이전의 마나술루 님은 평범한 구도자에 불과했습니다. 하지만 그날, 하늘과 맞닿은 히말라야 봉우리에서 자비로운 시스템 님을 영접하고, 답을 찾는 구도자에서 뭇 구도자를 이끄는 인도자이자 선지자로 변모하신 겁니다. 시스템 님께선 세상에 파괴와 혼돈이 도래하매, 이것은 세계의 멸망이 아니라 타락한 인간을 꾸짖는 경종이 될 것이니……."

"김율 씨."

"네, 김보석 님. 어려운 부분이 있으셨습니까?"

"그냥 질문에만 대답해 주실래요? 얘기가 길면 전 졸리거든요."

졸린다는 얘기에 망나니가 고개를 픽 숙이더니 코 고는 소리를 냈다.

"이야기가 길어지면 졸린다는 건 어린아이처럼 영혼이 순수하다는 이야기입니다."

"좋게 해석 감사. 각성 시스템교엔 언제 입교하셨어요?"

"제가 자비로운 시스템 님을 알게 된 건 모든 이와 마찬가지로 균열의 날입니다만 진실로 믿고 따르게 된 것은……."

"그런 거 필요 없고 각성 시스템교엔 언제 왔냐고요! 말귀 더럽게 못 알아먹네."

"8년? 일주일?"

이보배가 큰소리로 짜증 내자 김율이 목을 움츠렸다. 목은 사슴처럼 긴데 거북목이 심해 진짜 등껍질에 머리 감추는 거북이 같았다.

'8년은 뭐고 일주일은 뭐야.'

이보배는 김율이 뱉은 극단적인 기간 두 개를 해석하려 애썼다.

"시스템 신님 믿은 게 8년이고 각성 시스템교 입교한 게 일주일이라는 소리예요?"

"제가 기존에 몸담았던 교단이 흡수되어서, 저는 추천받아 이곳에 왔습니다."

각성 시스템교가 다른 시스템교를 흡수하면서 우수 신자에 속하는 각성자인 김율을 빼 왔다는 소리다. 김율은 언제 쫄았냐는 듯 목을 구부정하게 빼고 빠르게 입을 놀렸다.

"각성 시스템교를 만나기 전까지 저는 거짓 지도자를 따랐습니다. 각성 시스템교에서 바로소 흔들렸던 신앙과 제 안에 싹트던 의심의 싹을 뽑아버리고 이전처럼 순수하게 믿고 따를 분을 만나게 된 겁니다."

"여기 교주님이 그렇게 특별해요?"

"마나술루 님은 다르십니다. 온 세상이 정화된 후 선택받은 자들을 영생으로 이끌 지도자로 시스템 님께 간택받으셨습니다. 그 증거로 누구도 쓸 수 없는 기적을 행하십니다."

앞머리에 커튼이 쳐져 있지만 이보배는 확신했다. 김율은 시금 맹신으로 가득 찬 눈빛일 것이다. 교주가 허수아비인 걸 알고 있는 이보배로선 안쓰럽기 그지없는 일이었다.

"그러니까 기적이 뭔데요? 영화 스포일러도 아니고 뭐이렇게 비싸게 군담."

"커억, 컥. 그러니까. 드르렁."

"시스템교는 신의 이름을 빈 가짜들로 인해 온갖 박해와 음해의 대상이 되었습니다. 교주님을 끌어내리려는 자들의 눈을 피하기 위한 어쩔 수 없는 선택입니다."

"대박 웃긴다. 내가 집회 보고서 입교 안 하고 떠벌리고다니면 끝인데요?"

"그러지 않으실 겁니다. 분명히."

이보배는 또 한 번 보이지 않는 맹신의 눈동자를 목격했다. 광신을 목도한 긴장감에 이보배의 목이 바짝 말랐다.

"최근 이어지는 교단의 선행과 호평을 견제하는지 수상한 외부 세력이 늘었습니다. 그런 의미에서 김보석 님과 김빈의 님을 의심하기 싫지만 〈관찰〉해도 되겠습니까?"

'끼아아아아악!'

예상치 못한 곳에서 들어온 공격에 이보배는 속으로 비명을 질렀다.

"헐, 완전 기분 나쁘네요. 지금 우리 의심하는 거?"

"시발, 비 피하러 왔는데 의심까지 받아야 해? 우리가 이 비 내리는데 작정하고 조난당한 멍청이로 보이냐? 응?"

멍청이 남매는 흔들리려는 눈동자를 붙들기 위해 혼신의 힘을 다했다. 눈짓을 주고받을 틈도 없어 일단 짜증 내는 데 주력했다.

"아니, 가입해 달라고 부탁할 땐 언제고 이러기 있기 없기? 무슨 화장실이에요? 들어올 때 마음 나갈 때 마음 다르게?"

"더럽고 치사해서. 택시 불러! 집에 가자, 꼴통!"

"닥쳐봐. 비 계속 내리는데 가긴 어딜 가. 택시도 안 올 거야. 이거 그거네. 잡은 물고기네. 어차피 하루 이틀 잡혀 있는 물고기니까 갑질을 하겠다 이거네!"

멀대처럼 키는 크지만 기가 약한 김율이 다시 어깨와 목을 움츠려 거북이가 되었다. 제창운과 아테나가 귀를 쫑긋거렸고 판주식은 경전을 덮고 이씨 남매를 말렸다.

"두 분 진정하시고. 의심받아서 기분 상하신 건 이해하지만 이곳이 자선단체는 아닙니다. 백만 원 넘는 돈이 걸려 있는데 확인 절차 같은 거라고 생각하시면 어떨까요?"

"김율 씨가 잘못했어요. 어차피 각성한 지 얼마 안 되어서 김율 씨 등급이면 허락 안 받아도 〈관찰〉할 수 있을 텐데. 왜 일부러 말해서 긁어 부스럼 만들어?"

"그건 아니지. 댁은 왜 그렇게 생각 없이 살아. 상대 허가 없이 〈관찰〉 쓰는 게 개매너인 건 비각성자들도 알잖아. 김율 씨처럼 순수한 사람은 양심이 있어서 가책을 느끼거든."

긴율에게 허락을 해주든 안 해주든 이보배에겐 상황이 안 좋았다. 현재 이보배는 각성한 지 얼마 안 된 연금술사 행세를 하는 중이다.

김율에게 〈관찰〉을 허락하면 최소 이름과 직업, 레벨이 들통나니 거짓말도 함께 들킨다.

그렇다고 완강하게 〈관찰〉을 거부하자니, 거부가 심해지면 사람들이 수상하게 여길 게 분명했다.

'끼야아아악! 조력자! 조력자 있댔잖아요. 나더러 여기서 어떡하라는 거야?'

이보배는 아라크네를 원망하며 아무 말이나 외쳤다. 평소 살면서 쌓아둔 게 많아서 그런지 짜증 내는 연기 자체는 쉬웠다.

'어떻게 해야 해? 미끼 역할 여기서 끝인 거야? 집회 안 보고 쫓겨나도 괜찮아? 그보다 무사히 쫓겨날 수 있나?'

작정하고 정체를 숨기고 접근한 각성자를 사이비 교단이 평범하게 처리하진 않을 것이다. 정체를 들켰을 경우 가장 온건한 반응이 비 오는 밖으로 내쫓는 일이라니. 적

군에 생포된 저격수의 마음이 이러할까.

'우리 어떡해?'

"이게 다 너 때문이야!"

'나도 모른다.'

"놀러 가자고 지랄한 건 너잖아!"

짜증 내다가 서로를 탓하는 남매 싸움으로 변질시켜 간신히 눈빛은 주고받을 수 있게 되었지만 상황은 호전되지 않았다.

"서로를 헐뜯지 마세요. 맑은 영혼이 상처받습니다. 특히 김보석 님은 예쁜 성함에서 알 수 있듯이 집안의 보배시겠죠. 김보석 님이 말씀은 험하셔도 김빈의 님을 얼마나 아끼시겠습니까. 아마 식물인간이 되셔도 포기하지 않고 보살피실 겁니다."

잔뜩 쫄았던 김율이 목만 쭉 빼고 김씨 남매를 연기하는 이씨 남매를 말렸다. 그 말을 들은 순간 김씨 남매를 연기하는 이씨 남매는 김율의 정체를 알아차렸다.

'조력자가 너였냐!'

김율을 진정한 광신도라고 여겨 안타깝게 생각했던 이보배는 골이 띵해졌다. 세상에 믿을 놈 하나 없다더니 신자를 연기하는 거미의 프락치에게 감쪽같이 속았다.

이보배가 배신감에 몸서리치며 이한생의 멱살을 놓았다.

"식물인간 되면 바로 버릴 건데!"

"나야말로 네가 위험해져도 안 구해줄 거다!"

"아, 몰라! 〈관찰〉하든가 말든가!"

"비각성자 〈관찰〉하면 뭐 나오는지 들어나 봅시다."

조력자와 접선한 이씨 남매는 여유를 되찾았다. 이보배는 소파에 거만하게 몸을 기댔다. 이미 거만한 자세로 앉아 있던 이한생은 나리를 꼬았다.

"김빈의 님은 하실 필요 없고 김보석 님만……."

"비각성자 차별 더럽고 치사해서."

"죄, 죄송합니다. 이름, 레벨, 직업만 확인하겠습니다."

김율이 이보배를 보더니 이내 허공을 응시했다. 사실 앞머리 커튼에 가려 어딜 보는진 이보배도 몰랐다. 그냥 대충 그럴 것이라 추측했다.

"〈관찰〉 끝났습니다. 레벨 1 연금술사 맞으십니다. 의심해서 죄송합니다."

만에 하나 조력자가 아니면 어쩌나 조마조마했는데 조력자가 맞았다. 이보배는 조마조마했던 마음을 짜증으로 승화했다.

"진짜 이건 아니지. 정신적 피해 보상을 받아야겠어."

"꼴통이 맞는 말을 하네. 이건 적극적으로 항의하자."

"그럼 저는 이만 가보겠습니다."

김율이 어깨를 움츠리고 불똥이 튀기 전에 도망가겠다는 듯 소파에서 일어났다.

"방에 가서 뭐 하게요? 집회 때까지 여기서 같이 어울리지."

"매일 안 보여서 방에 있나 싶으면 어디 돌아다니고, 밖에 있나 싶으면 방에 있고. 아주 신출귀몰합니다. 뭐 하고 지내세요?"

"돌아다니시는 건 명상할 공간을 찾는 거랍니다. 제가 저번에 산책로를 걷다 만나 여쭤봤습니다. 그렇죠?"

"네. 이 산 곳곳에서 마나술루 님의 영기가 느껴져 좋은 자리를 찾으면 명상을 합니다. 그럼 전 진짜 이만."

김율이 휴게실을 나가자 아테나는 오디오 소리를 키웠다. 제창운이 김율이 나간 자리를 보며 말했다.

"보나 마나 방에 들어가서 〈관찰〉 내용 보고하려는 거지."

"몰래 하면 될 걸 굳이 말해서 일을 키워. 성격 참."

"사람이 솔직하고 성실한 건데 그걸 그렇게 말씀하시면……."

조력자도 만나고 정보도 얼추 모았다. 이보배는 여기서 더 얻을 게 없다고 판단하고 화르세인지와 눈빛을 교환했다.

"우리도 이만 가보겠수다. 마나니 술이니 얘기 듣다 졸려 뒈지는 줄 알았네."

"집회 때 졸기 뭣하니까 지금 좀 자둬야지. 뭐 얼마나 대단한 거 하는지 꼭 봐야겠어요."

세 각성자는 김율 때는 붙잡았지만 이씨 남매는 붙잡지 않았다. 피곤하고 졸린 기색이 역력해서다. 판주식이 친절하게 돌아가는 길을 알려줬다.

돈만 보고 입교한 각성자가 휴게실 내 도청을 의심하는 상황에 방이라고 안심해선 안 된다. 이보배와 이한생은 이렇다 할 얘기를 나누지 않고 각자 방으로 흩어졌다. 일단 집회까지 지켜보기로 암묵적인 합의를 나눈 게 전부였다.

'이제 뭐 하지?'

이보배는 창을 흘긋 보았다. 먹구름이 끼어 가뜩이나 어둡던 하늘은 해가 기울면서 더욱 어두워져 곧 캄캄해질 것 같았다. 비는 그치지 않고 계속 내리고 있었다. 굵은 장대비에서 평범한 장대비 정도로 바뀐 게 다였다.

'저녁 먹을 때구나.'

이보배는 닭가슴살 소시지를 철근같이 씹어 먹으며 보여주기 용으로 일단 경전을 펼쳤다. 대충 읽어보니 유명한 종교 경전의 짜깁기였다.

'교주가 축지법 쓰는 내용이면 재미라도 있지.'

히말라야를 축지법 써서 등정했다는 얘기라도 있었으면 재밌게 읽었을 것이다.

'졸려.'

제 입으로 자러 간다고 말했으니 잠을 참는 시늉을 하면 이상해 보일 것 같았다. 이보배는 침대에 누웠다. 진짜 자진 않았다. 달콤한 수마의 유혹을 필사적으로 거부하며 버텼다.

얼마나 지났을까.

창문을 닫아도 자장가처럼 귓가를 두드리던 빗소리 사이에 다른 소리가 섞였다. 이보배는 창문을 열어 바깥 상황을 파악했다.

일련의 무리가 비를 가로질러 특정 건물로 이동했다. 저녁 식사 시간은 한참 전에 지났으니 집회 장소로 이동하는 것으로 보였다.

'슬슬 나도 부르겠네.'

비가 오니 밖에서 안으로 들어가는 속도가 느릴 수밖에 없다. 긴 줄이 거의 사라지고 난 뒤 누군가 문을 두드렸다.

이보배는 실핏줄이 가득한 흰자를 번뜩이며 방을 나왔다. 집회 장소로 안내하기 위해 이보배의 방문을 두드린 신도가 깜짝 놀랐다.

"눈병? 빗물 들어간 게 잘못되었나요?"

"아, 아뇨. 그냥 피곤해서."

'차라리 잘걸! 그냥 잘걸!'

혹시 잠들면 유사시 대처하기 어렵기 때문에 이보배는

필사적으로 잠을 쫓았다. 그러나 아무 일도 벌어지지 않았다. 차라리 잤으면 컨디션이라도 좋아졌을 것이다. 후회막심이었다.

"이분도 눈이 새빨가네."

이보배와 마찬가지로 무의미한 저항을 한 사람이 있었다. 이보배는 이한생과 눈빛을 교환했다.

'너도 안 잤냐?'

똑같이 실핏줄 선 가족이 있기에 이보배는 외롭지 않았다.

시스템교는 대부분 각성자를 특별 대우한다. 이보배와 이한생은 일반 신도가 강당에 집합한 후에 안내받았다. 도착한 즉시 집회를 볼 수 있게 배려하는 것이다.

이보배는 생활관을 나오면서 시간을 확인했다. 밤 11시 45분이었다. 낮부터 내린 비는 그치지 않고 시원하게 쏟아지고 있었다. 해가 진 데다 비까지 내려 노숙하면 이승과 작별하기 딱 좋게 기온이 내려갔다.

우산을 써도 장대비는 피할 수 없었다. 바짓단이 물을 흡수해 다리에 달라붙고 추적거렸다. 기온이 낮아 시원한 게 다행스러울 정도였다.

바지 밑단과 신발이 젖은 사람이 최소 100명이다. 건물 안에 들어서면서 불쾌한 습기를 각오했으나 괜한 걱정이었다. 에어컨이 열심히 일하고 있었다.

'핸드폰은 금지하면서 에어컨은 틀어주는구나.'

역시 사이비는 모순에 당당해야 하나 보다.

이보배와 이한생은 늦게 입장했지만 앞자리를 배정받았다.

'또 올려다봐야 하는 건 아니겠지.'

이보배는 목 디스크가 올 뻔했던 시사회를 회상했다.

안내받은 앞 좌석은 사도용인지 휴게실에서 마주쳤던 각성자 셋이 이미 자리에 앉아 있었다. 거리와 각도가 적절해 목 디스크를 염려할 필욘 없어 보였다.

'조력자는 아직 안 왔나.'

이보배는 고개를 두리번거리며 김율을 찾았다. 목과 어깨가 구부정하지만 키가 워낙 컸기 때문에 있다면 발견하기 쉬울 것 같았다.

이보배가 앞자리를 두리번거렸다면 이한생은 뒷좌석 쪽을 힐끔거렸다. 민 회장을 찾는 듯했다.

"이 건물은 화장실이 없어서 밖으로 나가서 다른 건물에 가야 한다고 합니다. 중요한 의식이 치러지는 신성한 공간이라 화장실을 만들지 않았대요."

이보배가 하도 두리번거리자 착각한 판주식이 친절하게 화장실 유무를 알렸다. 이보배는 대놓고 물어봤다.

"그냥 아까 그 앞머리 커튼 친 사람이 안 보여서요."

"김율 씨가 늦긴 하네. 가장 먼저 와서 기다리고 있을 것 같더니."

"명상인지 하다가 자고 있는 거 아닐까?"

"두 분 모두 쉿. 헌터로서 모범을 보여야죠."

좋은 자리에 앉아 수군거리던 각성자들이 입을 다물었다. 판주식의 경고를 받아들인 게 아니라 비어 있던 좋은 자리의 주인들이 입장했기 때문이다.

"앗, 저 사람은!"

이보배는 모르는 사람들이었지만 세 각성자는 각자 아는 인물을 발견했다. 정숙으로 사도의 모범을 보이자던 판주식까지 자신이 알고 있는 사람에 대한 정보를 말했다.

모 잡지사 사장, 지역 유지, 유명한 운동선수, 유명 재단의 이사장 등등. 어째서 사이비 종교를 믿는지 이해할 수 없는 인사들이 모였다. 이보배는 아련하게 가까워졌다가 멀어지는 자동차 소리를 들었다.

'차 타고 바로 앞에서 내린 거구나.'

집회에 참석하기 위해 이 밤중에 빗길을 뚫고 여기까지 온 것이다. 이보배는 눈을 가늘게 떴다.

'생각보다 더 규모가 크고 영향력 있는 사이비잖아. 잘 끝낼 수 있을까.'

아라크네가 부탁한 미끼 역할은 이미 완수한 것일까? 아니면 이대로 계속 집회에 참석해야 끝나는 것일까.

궁금하고 답답해 미칠 것 같은데 의문을 풀어줄 사람은

없었다. 이보배는 다시 김율을 찾기 위해 앉은 자세로 두리번거렸다.

'저깄다!'

고만고만한 정수리의 선에서 혼자 톡 튀어나온 앞머리 커튼이 이보배의 시야에 잡혔다. 이보배는 김율을 찾아 반색했다가 곧장 표정을 관리했다. 김율이 한완용과 같이 들어왔기 때문이다.

한 실장은 주요 신자들과 인사를 나누었고 김율은 각성자들이 모여 있는 자리로 걸어왔다. 김율은 키가 크고 사지가 늘씬해 자신감 있게 걷기만 해도 모델 같을 것이다. 그런데 거북목으로 어정어정 걸어서 꼭 약 맞은 거미처럼 보였다.

빈자리에 앉은 김율에게 아테나가 질문했다.

"한 실장이랑 왜 같이 왔어요?"

"교단 일 도와주지 않겠냐고 여쭤보셔서……."

"무료 봉사?"

"아니요. 제대로 노동 계약서 쓰고 4대 보험도 들어주신다고 하셨습니다. 근데 제가 돈을 받기가 좀 그래서……."

김율이 느릿느릿 대답하다가 입을 다물고 곧게 앉았다. 구부정한 어깨와 목은 여전했으나 턱과 코는 정면을 향했다.

집회가 시작된 것이다.

집회는 애국가 제창으로 시작했다. 이보배는 중학교 졸업 후 처음으로 애국가를 불렀다. 화르세인지는 애국가를 듣고 당황하더니 후렴구에선 제대로 소리 내 불렀다. 원래 화르세인지가 몸이 기억하는 건 곧잘 해냈다.

'원래 사이비 집회가 이런 건가.'

사이비가 뭐냐. 일반적인 교회나 절의 집회에도 가본 적 없는 이보배로선 다른 곳에서 애국가를 부르는지 아닌지 알 길 없었다.

어쨌든 집회가 시작되었고 분위기는 의외로 평범했다. 일단 각성 시스템교가 기부금을 모아 행한 자선 행사를 보여주고 기부를 많이 한 신자들의 이름을 언급하며 칭찬했다.

각성 시스템교의 신자가 몇 명을 돌파했다는 부분에선 슬쩍 다단계가 생각나기도 했지만 아직까진 봐줄 만했다. 뭐만 하면 박수갈채가 이어지는 느슨한 분위기에 이보배의 눈이 조금씩 감겼다.

설교 시간이 되었을 땐 마나 뭐시기라는 교주를 볼 수 있을까 싶어 눈을 부릅떴다. 하지만 올라온 건 교주로 보이는 사람도 아니고 한 실장도 아닌 모르는 사람이었다.

'고작 이런 걸 보려고 한 달이나 기다린단 말이야?'

이보배는 눈살을 찌푸렸다. 그녀만 그런 게 아니다. 아테나는 대놓고 심드렁한 표정을 지었고 제창운은 꾸벅꾸벅 졸았다. 판주식은 성실히 경청했으나 졸린 건 매한가지인 듯 하품했다.

'막내 오빠는 어떻지?'

이보배는 곁눈질로 화르세인지의 상태를 살폈다. 이한생은 조는 대신 오만상을 찌푸리고 코를 쿵쿵거렸다.

"콧물 나? 에어컨이 좀 세지?"

"그게 아니다. 구린내가 난다."

"비 맞은 사람들이 모여 있으니 어쩔 수 없지."

"그런 구린내가 아니라……. 되었다, 두고 보면 알겠지."

옆에서 그리 말하니 신경 쓰여서 이보배도 숨을 깊게 들이마셨다. 비와 흙이 섞인 특유의 비린내와 에어컨이 가동되는 냄새가 섞였다. 계속 맡고 싶은 냄새는 아니었다.

그렇다고 불평하자니 배부른 생각이었다. 사람이 많고, 대부분 신발이 젖은 상태다. 여기서 에어컨이 꺼졌다간 모두의 발이 발효되는 악취가 진동할 터였다.

'달콤한 냄새?'

그런 악취를 막기 위해 뒤늦게 뿌렸는지 달콤한 향이 이보배의 코에 달라붙었다. 망나니가 지적한 구린내는 아니었다. 혹 모른다. 향 자체는 달콤했지만 지나치게 인위적이라 고위 귀족이신 체키빙 공자님 코에는 구린내로 느껴졌을 수 있었다.

"으, 추워."

꾸벅꾸벅 졸던 제창운이 부르르 떨면서 몸을 감쌌다. 아닌 게 아니라 냉방이 과했다. 제습으로만 돌려도 될 것 같은데 온도를 얼마나 낮게 설정해 두었는지 이보배의 팔뚝에 닭살이 돋았다.

"시스템께선 우리를 사랑하십니다! 우리를 위하십니다! 시스템의 의도를 곡해하는 거짓 영도자들과 사기꾼의 감언이설에 속아선 안 됩니다, 여러분!"

"우와아!"

지루한 설교가 막바지에 다다른 듯했다. 지루하기만 한 설교가 뭐 그리 좋은지 뒤에서 환호성과 우는 소리가 쏟아졌다.

"시스템이시여!"

"시스템이시여어!"

"우리를 지켜주소서!"

"지켜주소서!"

이보배도 오랜만에 속으로 시스템을 울부짖었다. 교리든 뭐든 전체 공지 한 번만 때려주면 무수한 사이비 교단이 정리될 텐데 어째서 침묵하는 걸까?

'큰오빠가 하는 말에 가끔 응답하는 걸 보면 의사가 있는 건 확실한데.'

"우어어어어!"

이보배는 울부짖는 신자들의 목소리를 듣고 제멋대로

납득했다.

'하기야, 전체 공지 땅땅 때렸다고 없어지면 그게 사이비겠어.'

"오직 마나술루 님만이 위대하신 시스템께 진리의 말씀을 들으신 유일한 영도자십니다!"

"마나술루! 마나술루!"

신자들이 목이 터져라 교주의 이름을 불렀다. 강당을 환하게 밝히던 조명이 갑자기 꺼졌다.

'정전인가?'

이보배는 비가 많이 내려 정전이 되었다고 생각했지만 각성 시스템교의 의도적인 소등이었다. 당황한 건 이보배뿐인지 신자들은 계속 교주를 호명했다.

"마나술루! 마나술루! 마나술루!"

강당을 울리는 함성과 아까보다 더 내려간 실내 온도에 이보배는 어깨를 움츠렸다. 그녀처럼 지루하고 졸려 하던 각성자들까지 신나게 마나술루를 외쳤다.

"마나술루."

귓가에서 천둥이 친 듯 정신없어도 이보배는 막내 오빠의 목소리를 분간해 냈다. 애국가를 부를 때처럼 적당히 따라하는 것이면 좋겠으나 흐릿한 눈빛을 보니 그게 아니었다.

'이 망나니가 왜 이러지?'

당황한 이보배의 코끝에 익숙해져서 맡기 어려워진 달

콤한 향이 맴돌았다.

'이거구나!'

사이비 교단에서 집단 광기나 세뇌를 위해 약물을 쓰는 건 클리셰다. 이보배는 주위 사람을 따라 교주를 외치면서 좌우로 눈알을 굴렸다.

'막내 오빠는 당했고 셋노 당했어. 조력자 씨는 당한 거야 아니야? 저놈의 앞머리 때문에 뭐가 보여야지.'

"막내 오빠?"

"으응."

이한생을 부르자 느릿하게나마 대답이 돌아왔다. 사람의 인지능력을 떨어뜨리고 정신이 몽롱해지게 하는 수준에서 끝나는 약인 듯했다.

'일단 독은 아니야. 난 왜 멀쩡하지?'

외눈박이 나라에선 눈이 두 개인 사람이 비정상이다. 이보배는 어째서 자신은 정신이 멀쩡한 건지 궁리하다가 피를 토하며(진짜로) 쟁취한 스킬을 떠올렸다.

'독 내성아! 아이고, 예쁜 것.'

약물 저항이 타 직종보다 강한 연금술사가 〈독 내성〉 스킬까지 갖고 있어 저항이 중첩된 것이다.

"마나술루! 시스템! 마나술루!"

신자 중 숨어 있던 바람잡이가 암약하는지 안 그래도 거세던 함성이 갈대밭에 불붙은 것처럼 거세졌다. 그에 맞춰 무대 위에서 갑자기 사람이 나타났다.

각성 시스템교의 교주 마나술루였다. 검은 로브를 걸친 교주는 아무것도 하지 않고 가만히 있었지만 사람들은 흥분해 그의 이름을 외쳤다.

"우와아아아! 마나술루! 마나술루!"

"순간 이동이다! 그런 스킬 들어본 적 없어! 기적이야, 진짜 기적이야!"

아무것도 없던 단상에 갑자기 교주가 나타나자 제창운이 깜짝 놀랐다. 은은한 조명과 무대장치, 교주가 걸친 검은 로브의 조합이지 순간 이동이 아니다. 적어도 이보배는 어둠 속에서 단 위로 올라가던 교주의 모습이 보였으니까.

하지만 약물로 판단력이 흐려진 각성자들은 교주가 갑자기 등장했다고 생각했다.

아직까지 힐러가 세상에 등장하지 않은 것처럼 순간 이동 같은 스킬도 등장하지 않았다.

마법사와 학자들은 언젠가 공간 이동 관련 스킬이 등장할 것이라 예상했다. 그러니 스킬이라고 생각할 법한데 무작정 기적이라 외치는 것이 이보배 보기엔 이상했다.

'지금이다.'

어쨌든 교주의 등장으로 모두가 열광한 지금이 이보배에겐 절호의 기회였다. 이보배는 〈사랑의 매〉로 마나술루를 외치는 망나니의 손등을 가볍게 쳤다.

"끄아아아악! 마나술루우우우!"

인생에 다시 겪기 싫은 고통과 마주한 화르세인지가 비명을 지르다 이성을 되찾았다. 이한생은 군중의 함성에 묻히지 않은 유별난 비명의 끝을 마나술루로 장식했다.

'늘 오늘처럼 눈치가 좋으면 얼마나 좋아.'

12시가 지났지만 그냥 오늘이라고 하자. 이보배는 무슨 일이 있었냐는 눈빛의 망나니에게 코를 킁킁거리는 걸로 대답했다.

미동도 하지 않고 가만히 있던 교주가 두 손을 들어 올렸다. 함성이 거세지다가 점점 잦아들었다.

"시스템께선 제게 말씀하셨습니다. 지금 우리에게 닥친 비극은 타락한 인류를 향한 심판이 아니다. 영성을 연마해 현세의 지복과 영생을 누리기 위한 역경이니라."

'개소리하고 있네.'

약물의 힘까지 빌린 화려한 등장이었지만 교주가 하는 설교도 별거 없었다. 신자들의 반응은 열광적이었지만 제정신인 이보배가 듣기엔 다 왈왈 멍멍 컹컹이었다.

"감읍하게도 시스템께선 저를 인류의 지도자로 선정하셔서……."

'아, 나라를 다스리고 싶으시다.'

집회 시작에 애국가를 불러서 방심했는데 국가 전복도 꿈꾸는 위험한 종교였다. 달콤한 향은 목적을 완수했는지 점점 흐릿해졌지만 실내 온도는 여전히 서늘했다. 조명이 미세하게 더 밝아졌다.

"너무 많은 상실이, 희생이 있었습니다. 모두가 잊어야 한다고 말합니다. 극복해야 한다고 말합니다. 하지만 시스템께선 그걸 바라지 않으십니다. 비극적인 날 앞서 사라진 그들에게 무슨 죄가 있겠습니까? 시스템께선 그들 모두 지켜주시려 합니다!"

교주가 목에 핏대를 세워가며 열변을 토했다. 아라크네가 허수아비라고 알려주지 않았더라면 감쪽같이 속을 뻔했다. 적어도 대형 사이비 교단의 얼굴마담을 설 정도의 카리스마는 있었다.

"시스템께서 제게 보여주신 것은 지옥이었습니다. 저는 지옥을 보고 왔습니다! 그 지옥에 우리가 앞서 보낸 자들이, 우리가 잃은 상실과 후회가 있었습니다! 시스템께선 약조하셨습니다. 이 세상의 정화가 끝나면 그들을 모두 돌려보내 주겠노라고!"

단상 아래에서 대기하고 있던 사람들이 무언가를 들고 단상으로 올라갔다. 이보배는 물체의 정체를 알아보고 눈살을 살짝 찌푸렸다.

'관?'

외국 영화에서나 본 화려한 관이었다. 사람들은 단상에 관을 세워놓고 물러나 대기했다. 교주는 로브 자락을 펄

럭이며 관 뚜껑을 열었다. 못을 박지 않았는지 수월하게 열렸다.

이보배는 관 뚜껑이 열리고 드러난 것을 보고 혀를 깨물어 표정을 관리했다. 관이 열리고 드러날 것이 무엇이겠는가. 해적이 숨겨둔 보물이 아니라면 관의 주인밖에 없다.

관의 주인은 이보배보다 어린 소녀였다. 염을 하지 않아 얼굴이 그대로 보였다.

'씁.'

이보배의 기분이 저조해졌다. 이보배도 과거에 시체라면 신물이 날 정도로 보았지만 어린아이 시체는 평생 익숙해질 것 같지 않았다.

"어흐흑!"

갑자기 잡지사 사장이 바닥에 무릎 꿇고 흐느꼈다. 잡지사 사장이 울부짖었다.

"기적을! 제발 기적을 내려주십시오!"

"몬스터에게 희생당한 이 소녀를 시스템께서 외면하실까요? 아닙니다! 모두 돌려주겠노라 하셨습니다. 그 증거로 제게 기적을!"

교주가 다시 두 손을 번쩍 쳐들었다.

"부활의 기적을 선사하셨습니다!"

"부활! 기적! 마나슐루!"

교주가 눈을 감고 집중하는 시늉을 했다. 각성 시스템

교가 신도들에게 내민 최고의 미끼인 부활의 기적을 선보이는 순간이었다.

이보배는 교주의 카리스마가 아닌 신자들의 함성과 기도, 잡지사 사장의 눈물에 압도되어 마른침을 삼켰다.

"시스템이시여, 제게 약속한 기적의 힘을 보여주소서! 이 가엾은 소녀를 구해주소서! 지켜주소서!"

마나슐루의 손에 없던 지팡이가 등장했다. 품 넓은 로브에 감춰놓았다가 꺼낸 듯했지만 신자들은 감탄하며 흥분했다. 지팡이에서 빛이 번쩍였다. 시스템을 외치면서 휘두르니 여느 응원봉 부럽지 않았다.

지팡이가 원과 별을 기조로 한 문양을 그리더니 단상에 꽂혔다.

"깨어나라! 각성하라!"

"각성하라! 각성하라!"

'이래서 각성 시스템교였냐!'

교단 이름 참 직설적이었다. 교주가 애타게 각성하라 외쳤지만 시체는 미동도 하지 않았다.

이보배는 놓치는 것이 있을세라 눈 한번 깜빡이지 않고 시체를 주시했다.

"각성하라!"

교주가 열 번쯤 목이 터져라 외쳤을까, 시체의 눈꺼풀이 살짝 움직였다. 약에 취하지 않은 이보배가 가장 먼저 발견했다. 이보배는 자신의 눈을 의심했다.

'시체가 어떻게 움직이는 거지? 염력 스킬? 아니면 기계로 어떻게 하는 건가?'

"각성하라!"

열한 번째 외침에 시체가 완전히 눈을 떴다. 믿을 수 없는 일이 벌어지자 강당 안은 물을 끼얹은 듯 고요해졌다.

시체는 눈만 뜬 게 아니었다. 교주가 지팡이를 휘젓자 관에서 제 발로 걸어 나왔다. 움직임은 뻣뻣하고 금방이라도 넘어질 듯 비틀거렸지만 어떠한 속임수 없이 스스로 움직였다.

"우와아아아아!"

강당은 열광의 도가니가 되었다. 과도하게 흥분한 신자 몇이 쓰러지고 잡지사 사장이 단상으로 올라가려다 붙잡혔다.

"세상에!"

"이럴 수가!"

"부활했습니다!"

"오오오, 시스템이시여! 마나술루시여!"

세 각성자와 김율이 바람직한 관중의 본보기처럼 놀랐다. 이보배도 놀란 척 비명을 질렀다.

'좀비잖아아아아아!'

소녀는 눈을 뜨고 직접 움직였지만 부활하진 못했다. 여전히 시체 그대로였다. 움직이는 시체라면 누구나 떠올리는 것이 하나 있었다. 좀비다.

'고작 좀비 가지고 부활이니 뭐니 난리 친 거야?'

좀비는 네크로맨서라면 기본으로 부릴 수 있다. 이보배는 억지 함성을 지르면서 생각했다.

'가만있자. 네크로맨서는 국내 명칭이 어떻게 되지? 사령술사나 강령술사, 시체술사쯤인가……. 잠깐만.'

이보배는 등골이 오싹해졌다. 팔뚝만이 아니라 전신에 소름이 돋았다.

균열이 등장하고 시스템으로 인해 사람들이 각성했다. 당연히 등장하리라 예상했지만 나오지 않은 직업과 스킬이 몇 있다.

개중엔 레벨이 더 오르면 나타나리라 예상하는 것이 있다. 앞서 적은 공간 이동이 그렇다.

그리고 기약이 없어 사람들이 반쯤 포기한 직업도 있다. 힐러가 그렇다.

사령술사는 당연히 등장하리라 예상했는데 등장하지 않았고, 없어도 괜찮은 직업이었다. 사령술사가 주인공인 소설이 워낙 많아 이보배가 잠시 착각했을 뿐이다.

이제까지 사령술사는 세상에 등장하지 않았고 국내에서 좀비가 등장하는 균열은 〈월하의 공동묘지〉 하나밖에 없었다. 사람들이 누가 봐도 좀비인 소녀의 시체에 열광하는 이유가 있었던 것이다.

　심지어 시체는 평범한 좀비가 아니었다.

　"엄…… 마……. 아…… 쁘아……."

　"말했다!"

　"시체가 말했어!"

　"부활한 거야!"

　"아빠 여기 있다! 이거 봐! 내 딸이야! 내가 아빠야!"

　소녀 좀비가 말했다. 이보배는 너무 놀라 심장이 멎는 줄 알았다. 진짜 이성이 있는지 확인하기 위해 시체를 노려봤지만 동공은 풀려 있고 여전히 시체로 보였다.

　'부활은 아니야. 부활이 아니라면 뭐지? 사령술사가 좀비를 조종하고 영혼을 부리는 건가?'

　잡지사 사장은 아이의 이름을 외치며 단상으로 가기 위해 난동 부렸다. 번번이 보안 직원에게 막히자 무릎 꿇고 빌었다.

　"마나술루 님! 제발 제 딸을 만나게 해주십시오!"

　"아직은 재회의 때가 아닙니다."

　"어째서!"

　"시스템께서 말씀하셨습니다. 이 세상은 오염되었다, 하니 시스템의 뜻대로 움직여 세상을 정화해야 한다. 정화가 완료되어 세상이 깨끗해지는 날 우리가 잃은 그들이 돌아올 겁니다. 그 전까진 완벽한 부활이 아닐지니."

교주가 손짓하자 시체는 다시 걸어서 관으로 들어갔다. 그리고 눈을 감았다. 잡지사 사장이 조금만 더 보게 해달라며 애원했다. 그러다 밖으로 끌려 나갔다.

"모두 새겨들으십시오!"

단상에서 관이 내려가고 교주가 중앙에서 외쳤다.

"떠난 이들이 그립지 않습니까? 그들을 다시 보고 싶지 않습니까? 시스템께선, 자비로우신 그분께선 우리에게 불로불사의 낙원을 약조하셨습니다! 그걸 위해 세상을 정화해야 합니다!"

놀라운 부활의 기적이 끝난 후엔 싱거운 설교가 이어졌다. 설교가 끝나자 조명이 다시 어두워졌다. 교주는 등장했을 때처럼 어둠과 로브에 몸을 숨기고 사라졌다. 이번엔 약물의 힘을 빌리지 않았지만 부활의 기적을 목격한 사람들은 쉽게 속았다.

집회가 끝나자 시작 직전에 왔던 귀빈들부터 강당을 빠져나갔다. 세 각성자는 흥분을 참지 못하고 제각기 감상을 뱉었다. 다들 교주가 선보인 부활의 기적에 푹 빠진 상태였다.

"오빠도 봤지? 진짜 살아났어!"

이보배도 흥분을 금치 못한 척 이한생에게 말을 걸었다. 그러나 돌아오는 답은 없었다. 화르세인지는 적진 한가운데에서 연기하고 있던 걸 까맣게 잊은 듯 단상을 매서운 눈으로 노려봤다.

"오빠도 놀랐구나!"

이보배는 누구한테 들킬세라 망나니의 눈을 가렸다.

"엄마 아빠 말이야. 균열의 날 돌아가셨잖아. 그럼 교주님 말대로 돌아오실까?"

각성 시스템교에서 내민 미끼는 상력했다. 사이비 교단인 걸 알고 좀비인 걸 아는 이보배조차 믿고 싶어지는 미끼였다.

이보배는 돌아갈 수 없는 과거를 회상했다. 그녀가 김보석을 연기하기 쉬웠던 이유는 뻔하다. 어린 이보배의 성격을 베이스로 잡았기 때문이다.

이보배는 부잣집에서 오냐오냐 자라 철없고, 싸가지 없고, 막내 오빠 알기를 길가의 돌만도 못하게 생각하는 아이였다. 강제로 철이 들어버린 후에 과거의 자신을 생각하면 왜 그렇게 싸가지가 없었나 스스로 생각해도 어이없을 정도다.

한평생 그렇게 살아도 괜찮다고 생각할 만한 부모님의 비호가 있기에 가능한 일이었다. 그러나 누구보다 그녀를 아껴주는 부모님은 영원하지 않았다. 불멸을 믿지는 않으나 그렇게 갑자기 비호가 걷힐 거라곤 예상하지 못했다.

전 세계 모든 사람이 그럴 것이다. 그리고 그런 사람들에게 부활이란 미끼는 얼마나 달콤할지.

"오빠, 시스템 신님이 진짜 바라시는 건 뭘까?"

이한생은 이번에도 대답하지 않았다. 그는 이보배의 머리를 거칠게 헤집은 후 자리에서 일어났다. 귀빈들이 다 빠져나가 각성자 차례가 되었기 때문이다.

"돼지 열병 걸렸냐? 시발, 그딴 걸 어떻게 알아."

"양아치 새끼가. 사람이 감상에 좀 빠지겠다는데 냅두질 않네."

망나니가 양아치 연기를 시작했기 때문에 이보배는 따라서 움직였다.

"아, 머리에 양아치 손 기름 묻었어. 다시 감아야 해, 짜증 나."

생활관에 도착하니 새벽 2시 반이었다. 밤이 늦었기에 각성자들은 각자의 방으로 들어갔다. 이보배는 방에 들어가기 전 망설였다.

'그런 걸 봤으니 남매끼리 그 주제로 대화할 법도 한데. 필담이라도 나누면……. 아냐, 약 때문에 다들 약간 멍한데 우리만 멀쩡히 대화하는 것도 좀 그래.'

"김보석 님, 김빈의 님."

낮고 멋지게 울리는 목소리가 이씨 남매를 불렀다. 김율이었다. 김율이 쭈뼛거리며 말했다.

"피곤하실 텐데 불러서 죄송합니다. 그런데 한 실장님이 잠시 뵙자고 하십니다."

조력자가 가란다. 이건 미끼 역할이 끝나지 않았다는 이야기다. 이보배는 예의상 짜증 내고 이한생도 예의상 시비를 걸어줬다. 조력자 김율도 예의상 난처한 척해준 다음 앞서서 걸었다.

4권에서 계속…